拈花一咲 曁花之延

癸巳年 荷月 竹師 題 時年九十

真相・細節・菩提心
——李文熹《拈花一笑野茫茫》序

姜弘

　　文熹老弟的散文隨筆將要結集出版，向我索序，我雖視力不佳，但我們的交往，於情於理是不能推辭的，就在這裏寫下我讀這些文章時的一些看法和想法。

李文熹李文硯夫婦近影

書名《拈花一笑野茫茫》，這「拈花一笑」出自禪宗典故，說的是佛祖拈花，迦葉一笑，由會心而衣缽相傳的故事。後面的「野茫茫」三字，我卻不知道出處和所指。問文熹，他笑而不答，好像是在考我，看我能否悟出這三個字的深意。翻看目錄，發現那篇談聶紺弩刑事檔案的文章題為「悲涼之霧，遍披華林」，這不是魯迅評《紅樓夢》的話嗎？於是，我立刻想到了《紅樓夢》結尾的最後一句話：「祇見白茫茫一片曠野，並無一人」，對照開頭的那四句詩：「滿紙荒唐言，一把辛酸淚；都云作者癡，誰解其中味」，於是，我明白了，文熹的這個書名，該不是隱含著「悲憫」二字吧？是與不是無須追問，這是我讀他這些文章所獲得的總的印象。

這些文章在今天都叫「隨筆」，寫的都是自己的見聞感受，也有讀書筆記。這類文字在古代屬於「稗官野史」，後又稱「筆記小說」。既「稗」且「野」，當然是非正統非主流的，與《資治通鑑》、二十四史之類有助於專制統治的官書正史不同甚至相反，所以在專制時代是被輕視甚至遭禁絕的。然而唯其如此，其中保留了更多歷史真相，可信度遠超過那些以「瞞」和「騙」為職責的官書正史，所以受到有新思想的改革者的重視。魯迅就特別重視這種野史，他對中國歷史的深刻認識就與此相關。

在文體風格方面，也因其「稗」和「野」，非正統非主流，自然也就不受拘束，不端架子，隨意漫談，信筆所之，因而也稱「隨筆」。這類文章有兩大顯著特點：篇幅短小；

文字精粹。《世說新語》可說是最早的這類文章的典範，體現了魏晉文風的顯著特點：「清峻通脫」──清峻，簡潔有力；通脫，瀟灑自由。前者主要指對所寫事物的觀察和描寫的真切生動，後者是說作者的感情態度。這也就是說，既要寫真實，又要出於誠心，要在不欺瞞、不虛飾，就見聞所及寫下自己的真實觀感。篇幅短小，文字精粹，均由此而來。說不上什麼典型人物典型環境，有的祇是片斷、細節，卻讓人從斷片、局部、一鱗半爪中窺見到社會歷史的真相。──從《世說》裏我們看到了魏晉之際的世態人情，戰亂使得王綱解紐，文化多元，才能那樣自由，那樣珍視人──人的價值、人的才智、人的風采；難怪魯迅說那是個「為藝術而藝術」的時代。那以後一千多年間，筆記小說代有佳作，《聊齋》是離我們最近的朝代最膾炙人口的文學珍寶，那些鬼狐的善良美麗，以及他們讓人憐憫的命運，折射出那個大一統專制王朝的黑暗，也讓我們品味出蒲松齡這個窮書生的品格襟懷。

文熹的這些文章，涉及到百年中國的三次歷史大變動，即1911年的革命、1949年的「解放」、1966年的「造反」。這三次大變動也都通稱「革命」，而實際上卻大不相同。不僅目的、性質不同，進行的方式和造成的後果更有天壤之別。有關正史和野史──口述歷史和各種回憶錄，對此有著很不相同的記述和評價。或歌頌、或暴露，有的寫上層人物運籌帷幄、決勝千里之外的功勳；有的寫普通民眾屍橫遍野、血流成河的慘狀。對同一歷史事件，見聞褒貶大相徑

庭，這就是所謂的「立場」決定的。這也難怪，如佛洛伊德所說：「人不會觀察他不想觀察的東西」。愛倫堡在他的長篇回憶錄《人‧歲月‧生活》的開頭，以汽車前燈為喻，說他之所憶所記，祇是人生長途行進中眼前閃過的瞬間片斷，遠不是歷史現實的全貌。由此可見，從不同人寫出的不同歷史及其評價中，又可以反觀不同人的眼界、目光和襟懷的不同。——文熹的這些文章當然都是有感而發，有為而作，卻說不上是「歌頌」還是「暴露」，所寫的是「正面人物」還是「反面人物」。他祇是以平常人的平常心，在追憶、重溫、思索那些難以忘懷的人和事。

魯迅早說過：「由歷史所指示，凡有改革，最初，總是覺悟的知識者的任務。」事實的確如此。辛亥先驅者，國共兩黨的締造者，都是最先覺悟的知識分子。同理，歷史也已經昭示，凡改革受挫或走上邪路的時候，也必定是知識分子受壓抑和摧殘的時候。這本書裏寫的也多半是這種知識分子，既有辛亥時期的先驅者，更有後來歷史大轉折中的受難者。這中間，王元化的情況比較特殊，他雖然是個受難的知識分子，但後來卻又當過中共上海市委宣傳部長，是個不小的官員。然而也正是在他身上，可以看到一種重要的社會現象：從清末到民國時期，中國社會的人才流動渠道是暢通的，有才能的人不難脫穎而出——王元化的祖父母雖然是貧窮的殘障人，但王元化的父親在基督教聖公會的資助下，苦讀成才，留學美國，回國後被清華大學聘為教授。王元化成長於清華園並成為兼通中西文化的大師級人物，究其原因，

不能不承認當時的社會制度和社會風氣的優良一面——尊重知識，重視文化，愛護人才，有道是「朝為田舍郎，暮登天子堂」，雖有上下尊卑之別，卻沒有後來的階級成份、出身血統的鐵柵欄。上世紀前半期湧現出那麼多大師級人物，後來卻出現了「人才斷層」，就與此緊密相關。

從王元化的家世不僅可以看到那個時代對文化和人才的重視，而且可以看出當時的多元文化格局，即中西古今各種文化同時並存的局面。同樣，文熹自己家和他們的四代世交殷海光家也是如此。毫不奇怪，那是個新舊交替的時代，東西文化既衝突又融合的時代。我們這些八九十歲的在「舊社會」受過中等教育的人都可以證明，傳統文化的基本知識和基本訓練是在中學階段完成的，進入大學還有「大一國文」，進一步拓寬、深化傳統學養。舊大學的理工科學生也能熟練地用文言寫作，會吟詩填詞，因為他們接受的是通才教育，而不是工匠訓練。可見，說五四新文化運動「全盤反傳統」，造成了以後的「文化斷裂」，完全是不顧事實的妄說。當然，「斷裂」確實存在而且還在加深加寬，不過這是後來的事，不能歸咎於新文化運動。

說到文化、新文化，就不應該忽略宗教問題，因為新文化就是從這裏來的：沒有西方宗教的傳入，就沒有什麼「西學東漸」，也不會有「文化衝突」，那以後的維新、革命、新文化運動等等也都無從發生，有的祇能依然是「揭竿而起」引起的連年戰亂和改朝換代。所以，回顧百年歷史不能忘記「文化衝突」這個開端，談文化衝突又不能忽略宗教

的作用。這本書裏有幾篇文章觸及宗教問題，如基督教聖公會在辛亥革命中的作用，宗教在「文革」中受到的摧殘。這裏祇說前者——文熹在文章裏具體談到武昌首義之源泉、反清革命團體武昌日知會與基督教聖公會的關係，就是說，日知會中的大多數都是基督徒，許多教友是投筆從戎的革命志士，有的還是國外歸來的留學生，也就是魯迅所說的「覺悟的知識者」。這裏提供的歷史細節告訴我們，辛亥先驅者的「覺悟」，絕不是為了「翻身」、「坐天下」，而是在民族民主革命要求中包含帶有西方人文主義普世價值的宗教精神和犧牲精神。孫中山1912年元月1日正式公佈的《中華民國國歌》的首兩句：「東亞開化中華早，揖美追歐，舊邦新造」，就充分說明那場革命的性質和精神資源的由來。孫中山本人就是基督徒，武昌首義之前的許多反清革命活動也與教會有關，特別是武昌首義革命黨人與清軍的激戰中，以聖公會為主的基督教在武漢的部份教會都給予了全力協助與支持。

　　我原來沒有注意過宗教問題，因為不信也不懂；「子不語」和「無神論」影響了我的大半生。是文熹的言談和文章，在一定程度上改變了我的看法和態度。他不是教徒，也未必精通哪一教的教義，但他能以同情和理解的態度對待不同教派，饒有興味地參與他們的活動並給予幫助。在聽他向我講述這一切的過程中，我逐漸明白：他是把這當做一種文化而融融其間的。確實，宗教問題可以說也就是文化問題，問題的核心都是「人」——仁愛、慈悲、博愛，以及逍遙、

兼愛等等，無不是對人的關愛。孟子所說的「四端」之首就是「仁」，即「人皆有之」的「憐憫之心」。——面對祇剩下「飲食男女」而文化宗教皆成為其工具和奴僕的花花世界，心懷悲憫、勾畫出不同的世態人情，不也是如魯迅所說，是為了「揭出病苦」，以「引起療救的注意」嗎？

二〇一二年農曆重陽節於武昌東湖

{目次}

殷海光故家的幾件往事

在研究殷海光先生的著作中,可能是囿於資料,很少提到他故家的情況。我們家與殷家是四代世交,特別是海光先生的父親子平公與我家三代——伯祖父、二伯母、家父和我——都交好,本文就我所親見、親知、親聞的一些往事,分成幾個小段臚列如下。

道德文章堪稱楷模的基督徒

殷海光先生的父親殷子平老先生,號綠野農、綠野軒農,1885年1月21日(清光緒十年十二月初六)出生在湖北省黃岡縣殷家樓一個教師(私塾)家庭。子平公一生負詩名,精通音律,篤信基督。1918年畢業於湖北荊州神學院,即被基督教聖公會分配至黃岡縣上巴河鎮福音堂任牧師,全家遂遷居上巴河。海光先生的母親殷老夫人本名吳如意,是子平公的表姐,即子平公的母親是她的姑母,1884年11月27日(清光緒十年十月初十)出生於湖北省黃岡縣雅淡洲吳家嶺一個很有名望的教師(私塾)家庭,其叔父吳貢三,影響和帶領子平公的長兄子衡公加入早期反清革命團體日知會,對殷氏家族思想影響很大,此事我將在後面談到。殷老夫人亦信仰基督,相夫教子,聰慧樸愨。

子平公詩宗老杜，留存於世的十餘首詩詞，是我憑記憶保存下來的。下面從幾首詩的背景切入，談談一些往事和子平公的晚年生活狀況。

　　　小院夜蘭開，先生步月來。
　　　行吟無盡興，臨去又徘徊。

　　這首送給我二伯母張信貞的五言絕句，是現存詩詞中寫作最早的，時間約在1930年前後。在上巴河西街，我們家開了一個線舖，兼營百貨，由二伯父掌管經營。二伯母娘家與二伯父家都信奉基督，二伯母小時在家塾讀書，後又讀過教會辦的女子師範，稟其家教，溫厚有禮，通大義。出嫁到上巴河後，時子平公是上巴河福音堂的牧師，與我家通好，二伯母便義務承擔了福音堂的一些宗教事務。福音堂大門臨街，屋後有兩間學屋，圍著一個院子，種滿了各色花卉，側邊就是明淨清澈的四方塘，晨濯暮浣，景致很美，這首詩就是記述一次在福音堂院內步月賞花吟詩之事。這裏提一件詩詞之外但我們家極為珍視的往事。

　　二伯父性好絲弦，與一班聲氣相投的人吹拉彈唱，常常沒有日夜，於生意上則甚不在意。請的先生夥計見狀，偷的偷，騙的騙，支寬入窄，生意日蹙。二伯母苦口規勸，要二伯父少玩一點，為生計著想，分出時間管一下生意。二伯父充耳不聞，玩樂如故，家境每況愈下。二伯母對家庭前途日益憂慮，常閉戶飲泣。時間一長，二伯母為子女今後的教育

著想，攢起了私房錢。但這些錢又不能放在家裏，於是，她想到了子平公。子平公學貫中西，為人正直、寬厚、謙和，至誠至公，且富同情心，在鄉里極有口碑。二伯母把自己的想法告訴了子平公，子平公非常同情二伯母的境況，答應通過他的手把錢借貸出去。自此，二伯母手上祇要有點錢，一塊兩塊，十塊八塊（銀元），都交給子平公，因怕二伯父知道，她自己沒有留帳。子平公倒是寫了一本帳，時間錢數記得清清楚楚，借貸出去也有字據，幾年下來，竟有幾百塊大洋，這在當時不是一筆小數目，且這事除他們二人外，任何人都不知道。1933年，二伯母分娩大出血，驟然去世。喪事後，子平公把二伯父、家父和叔父等幾兄弟請到福音堂，告訴他們這件事及其原委。子平公強調，為完成二伯母的囑託，這筆錢不能交給二伯父，今後孩子們上學所需就從這筆錢中開支。二伯父他們都無異議（後來果如二伯母所料，生意嚴重虧空，幸好幾兄弟支持才沒有倒閉，但已顧及不上其他的事了）。後來，我的兩個堂姐、一個堂兄讀書及在校生活所需就是用的這筆錢。而且，這件事在我們家族中幾代相傳，成為教育子女的一個典型事例。

> 貧居陋室掩蓬蒿，頹廢無為感寂寥。
> 架上殘書堪寶貴，樹頭好鳥當知交。
> 潛心今古千秋恨，滿眼風塵萬眾勞。
> 惆悵終朝思故舊，夜深魂夢蕩江濤。

這首七言律詩是子平公1962年元月下旬寫在信箋內送給家父的。1962年元月初，家父得脫縲絏回家，家兄即函告子平公。此前三年，子平公曾專程到我家裏來看望慰問，他握著家母的手說：「吉人自有天相，莫著急。」這對當時我們家庭來說，是很大的慰藉。我們很快收到子平公的回信，說得知我父親回來，喜而泣下，恨不得馬上相見，望中何限，蒼涼寂寞，惆悵終朝，寫下了這首語言樸實而感情強烈、思致綿邈而鬱勃跌宕的好詩。子平公還在信中把這幾年來的家庭變故一一告知：子平公的三兒子浩生先生被打成極右派，押在湖北沙洋強制勞動改造；最痛心的是子平公的二兒子順生先生已因病於1961年元月去世。可想而知，子平公過的是什麼日子！

上世紀五十年代初，上巴河福音堂被當地政府沒收，子平公失去了職業，經濟沒有了來源，祇得靠兒女贍養。現在三個兒子，一個死了，一個在勞改，一個在海外；唯一的一個女兒在丈夫因歷史反革命問題勞改後，拖著兩個孩子自顧不暇；一個寡媳先是給人當傭人，後在街道做臨時工；一個半大的孫子在飯店挑水，七十多歲的兩位老人靠著教中學的長孫女（殷永秀）每月寄回十元錢生活，這風燭殘年好不淒涼！

家父在得知子平公的這些情況後，好不難過！1962年秋，家父命我專程到上巴河去看望子平公。那時我太年輕，體會不到老人的難處，一聽說去上巴河，心裏很高興，因為那段時間我讀詞興趣正濃，早就知道子平公精通音律，琴簫

臻於化境，正好向他老人家討教詞的唱法。記得1956年孟春家父帶我偕子平公同遊漢陽龜山，那天他老人家興致很高，路上一直牽著我的手，談笑風生，唱了許多詞給我聽，此情此景，恍如昨日。

家父叮囑，如子平公身體尚可，就接來我們家裏住些時間。我在上巴河子平公家裏住了五六天，對子平公的生活狀況有了進一步的瞭解。子平公一家住在原福音堂後的兩小間學屋內，屋前有一個小院子，種了兩小塊菜地；室內簡陋而整潔，牆上掛著一個相框，約兩尺見方，放滿了照片，印象最深的有兩張；一張是子平公與其長兄子衡公的全身合影，他們都穿著棉袍，白髯拂胸，慈祥而軒昂；一張是海光先生夫婦的合影，可能是結婚時照的。

夜裏靜下來，一燈如豆，我與子平公抵膝而坐。子平公給我詳細講解詞的唱法、他的師承，並拿出宋、明、清等幾種版本的詞譜講給我聽。子平公還把他的詩詞集拿給我看，我記得是兩本小學生用的作文抄本，直行寫得滿滿的，約二百餘首詩詞。子平公告訴我，這是從幾十年寫的詩詞稿中選出來的。我說：「三爹，就用這出版一本《綠野農詩集》吧！」子平公捋著鬍鬚微笑著說：「如果能夠出，可叫《綠野農詩稿》或《綠野農詩鈔》，謙遜一些。」子平公這句平平淡淡的話使我肅然，至今未忘。可惜的是，這兩本詩詞手稿在「文革」初期的抄家暴行中被焚毀。

子平公晚年的生活既拮据又淒涼。他親口告訴我，新加坡的張清和先生和上海的熊十力先生經常接濟他，或錢，

或營養品。我在子平公處就看到好多封張清和女士的來信和熊十力先生寄來的明信片。熊十力先生在一張明信片上提到張清和先生專函勸他皈依基督，熊先生告知子平公，說自己獻身儒學，不宜再入基督教，並已將此意函告張先生。此前不久，熊先生的《體用論》影印了二百本，他送給子平公一本，子平公轉贈與我並保存至今。

艱難困苦的生活並沒有壓倒子平公昂揚的精神追求，他的辛酸，他的憤懣，他的鞭笞，他燃燒的感情，都在他的筆下傾瀉：

> 一輪紅日又平西，唱晚漁舟泛碧溪。
> 天際高飛橫塞雁，巷頭群集入籠雞。
> 蒼茫雲外千山合，搖曳門前五柳低。
> 何處簫聲連野哭，幽人默默聽悲啼。

在一首〈拾薪〉的詩裏，我們看到子平公雖在困苦生活中艱難掙扎，但我們依然能感受到昂藏於詩中的節操和寄託——

> 拾薪因為度殘生，山徑崎嶇恨不平。
> 每日必遭愚婦侮，多時怕聽病兒聲。
> 粗茶淡飯何曾飽，敝屨鶉衣久未更。
> 深夜開窗天際望，一輪孤月點疏星。

在〈秋興〉這首七言絕句裏，我們不是看到子平公對「美」的熱愛、對「真」的追求和對「善」的希望嗎？

一年容易又秋風，扁豆花開屋角紅。
探得自然天趣足，性靈常與太和通。

離開上巴河的那天上午，子平公送我到車站，路上，他吟誦了一首七言絕句送給我：

白髮何堪遠別情，送君腸斷向西行。
沿途霜葉紅於杏，面列松山疊疊青。

四十多年來，這首詩時常於不經意間從我嘴裏蹦出來，「面列松山疊疊青」，子平公送給我一個多麼深邃淡雅、超塵拔俗的意境啊！

子平公答允來年春天到我家裏來住些時，他在給家父的信中有這樣的詩句：「故人有約遊江漢，可待花開富貴春。」第二年初春花朝日，子平公特意寫了一首〈浪淘沙〉詞送給我：

吟詠宋詩鈔，忽動思潮。衷心耿耿憶知交。時勢可趁休草草，造就文豪。　別恨待全消，其樂滔滔。恢宏德慧尚情操。人意天機無限好，鼓暢花朝。

老人的鼓勵和期望讓我至今都感到慚愧！不久，我們寄去路費，並做好接待子平公的準備。誰知暮春的一個下午突然接到子平公去世的噩耗，嗚呼！悲哉斯人！稍能讓我們得到安慰的是，子平公是驟然去世的，沒有受到疾病的折磨，這也是他老人家修來的福。那天上午，家裏來了一位客人，子平公還上街買來菜肴，午飯時，子平公和客人邊吃邊談，很高興的，突然，他身子一歪，家人趕忙扶住，抬到床上，已不能說話，請來一位中醫，說是痰中，不一會，老人就停止了呼吸，與世長辭！

寧死也不向威權屈服的殷浩生

殷浩生先生原名晚生，浩生是他二十歲後改的名字，他是海光先生的三弟，亦即子平公的三兒子，1922年11月出生。1927年大別山鬧紅軍，我們家跑反到上巴河，在子平公家住了一年。1938年秋，子平公為避日寇，攜全家逃難住在黃岡縣三里畈我們家裏（當時三里畈是敵後，黃岡行署及部分省政府機關遷駐於此，國民革命軍鄂東總指揮部亦駐此），兩家人親密無間一起生活了好多年。老有老朋友，少有少朋友，很自然的，年輕人聚在了一起，浩生先生和我大哥雷雯成了很要好的朋友。浩生先生僅長雷雯五歲，他戲呼雷雯為「俊先生」（雷雯原名李文俊），而我們兄弟則稱浩生先生為「晚爺」（黃岡方言，稱祖父輩為爹，稱叔叔、姑姑為爺）。每天，不是瀟灑倜儻的晚爺來找俊先生，就是眉清目秀的俊先生去找晚爺。滿腹詩書的晚爺將五四的自由民

主思想帶進閉塞的山區，給俊先生展現出了一個嶄新的精神和思想世界。晚爺還告誡俊先生：「讀書要具橫空眼，莫落人間第二流。」在晚爺的影響下，俊先生走進了新文學領地。聰明絕頂而又孤傲不群的浩生先生在抗戰後期參加抗日部隊，他能詩善畫還寫得一手好文章，為抗日宣傳做了許多極受歡迎的工作。

1957年，浩生先生對土改和農業合作化提出了尖銳的反對意見。當時他在黃岡縣總路咀中學教書，面對廣大農民失去土地失去自由飢寒交迫的惡劣狀況，浩生先生在黃岡地區教育界辯論大會上激烈地喊出：「反手焉能撐大廈！」意「毛」字筆劃為「反手」，直指民不聊生的社會狀況是最高領袖一手造成的，被打成歷史反革命和極右派。同年底，在黃州召開的全縣教育系統鬥爭大會上，命被五花大綁的浩生先生等極右派跪在臺上接受群眾鬥爭，別的極右派都跪下了，祇有浩生先生在臺上大聲喊：「不跪！」昂然挺立！這時，家庭被劃為地主、急於圖表現向共產黨表示忠心的上巴河小學女教員胡某某衝上臺，大罵浩生先生：「你這個反動透頂的東西！」邊罵邊幾耳光朝浩生先生臉上使勁抽去，頓時，浩生先生的鼻子嘴角流出了鮮血。又有幾個打手衝上臺，將浩生先生一陣亂打，打得浩生先生在臺上亂滾，直到暈死過去。

1958年初，浩生先生被當局重判十年徒刑，械往湖北省沙洋強制勞動改造。由於性格剛直、峻切，時常受到非人的折磨，並兩次延長刑期。一次全身被緊緊捆綁後，橫放在糞

坑中央搭跳板的小塊土臺上長達五十多個小時，時值盛夏，別的不說，就連耳朵裏都爬滿了蛆。

「文革」中期的1970年冬，浩生先生刑滿釋放回到上巴河，但仍戴著「四類份子」的帽子，受監督管制。睹物思人，浩生先生寫下了一首淒涼憤懣的〈浪淘沙〉詞：

> 千里獨歸來，百事堪哀！玉樓畫閣沒蒿萊。山殘水盡悲浩劫，對景難排。　白骨已沉埋，淚滴塵埃。數行野菊為誰開？翦翦西風催雁翅，魂斷南台。

嚴酷的政治鬥爭纏住了浩生先生大半生。為了不拖累別人，浩生先生終生獨身。在上巴河，他獨自一人住在一間破屋子裏，他留下的這首〈索居〉的七言律詩，是他生命最後幾年的淒涼寫照：

> 破屋一角寄行藏，四壁蕭條歲月長。
> 獨坐深宵聽雨漏，喜逢故友話滄桑。
> 青山豈管人間事，綠水依然映夕陽。
> 索居莫怨淒涼味，聊賦新詩奈自傷。

浩生先生住處屬於上巴河人民公社上巴河大隊四小隊，比社員群眾更辛苦的是，浩生先生戴著「四類份子」的帽子，一切重活髒活首先就派他去做，即使累斷了筋骨，他也咬緊牙關默默忍受著。1974年秋，公社黨委書記胡某某到四

小隊蹲點，雖然一呼二叫拍桌子瞎指揮是他駕輕就熟的事，但卻時常為編造上報政績發愁，因為胡某某等一幫幹部都沒有什麼文化。但上報政績卻是有關前程的大事，胡某某早就想利用浩生先生這支筆了。於是，他把浩生先生叫到跟前說：「你要在社員群眾的監督下，老老實實勞動，改造你的反動思想。你去勞動改造了十幾年，現在回來了，家鄉有這麼巨大的變化，一派大好形勢，你好好寫出來交給我。」浩生先生當即回答：「什麼變化？我看到的是貧下中農日夜做卻祇能喝稀粥的變化！你說哪一家有餐飽飯吃？你說的變化我沒有看到，我也寫不了！」胡某某惡聲道：「寫不了也要寫！我還叫你不動？還反了不成！」過了幾天，胡某某問浩生先生家鄉巨變寫出來沒有？浩生先生斷然拒絕！胡某某氣極敗壞，當即佈置鬥爭浩生先生的大會。

在那個充滿大話假話的年代，浩生先生卻寧死也不說違心的話，不寫違心的文字，不作人格上的退讓。在要開他鬥爭大會的前夕，面對淫威，浩生先生威武不屈，用生命維護一個真正知識份子人格氣節的底線，維護做人的尊嚴，在一個黑沉沉的深夜自縊身亡！

不向邪惡低頭是殷氏家族的傳統，正直善良是殷氏家族做人的準則，自由民主平等博愛是殷氏家族執著的追求。子平公和浩生先生父子兩代可以說是寧折不彎的現代中國知識份子的光輝典範！他們矢志不移地追求真理，面對威權，即使命運坎坷，即使付出生命！子平公在一首〈言志〉的詩中寫道：

江城風雨夜，哀雁破天寒。

自覺前程遠，高飛過浦南。

　　子平公和浩生先生所處的時代正是最黑暗最殘酷的專制年代，知識份子的人格受到了最嚴酷的考驗，很多人在那個年代退縮了，扭曲了，志節蕩然，人心頹喪。但應大書特書的，是如子平公和浩生先生一樣風骨峻嶒視信仰為生命的真正知識份子，他們為了追求民主自由反抗專制邪惡而慷慨獻身！爝火不熄，他們才是中國文化的脊梁！儘管罪惡的專制洶濤淹沒了許許多多正直善良的生命，儘管民主自由一再被邪惡蹂躪踐踏，但在歷史的長河中，永遠矗立著這些知識份子的豐碑。

海光先生的年齡少了三歲

　　在有關殷海光先生的著作中，都說他是1919年出生的。實際上，海光先生是1916年出生的。海光先生的親侄女殷永秀女士多次和我談到，她祖母、也就是海光先生的母親，經常向她談起生養孩子的具體時間。女孩子在這方面是記得很清楚的。特別是永秀姐姐的父親、海光先生同父同母的嫡親大弟弟殷順生先生，是1917年出生的。

　　海光先生的母親共生了八個孩子（加上小產共十三個），不幸的是夭折了四個，活下來的四個分別是：長女殷啟慧，民國元年正月初二（1912年2月19日）出生；長子

前排兩位老人是殷海光先生的父母，後排左
一是殷海光的三弟殷浩生，左二是二弟殷順
生，左三是二弟媳張玉輝，右一沒照出來的
是殷海光的姐姐殷啟慧。1935年農曆十月初
六合影，時為殷順生張玉輝結婚日。

殷福生（即殷海光），民國五年十月十五日（1916年11月10日）午時出生；次子殷順生，民國六年十一月十六日（1917年12月29日）出生；三子殷晚生（即殷浩生），民國十一年十月（1922年11月）出生。

　　海光先生的年齡為什麼少了三歲呢？我和永秀姐姐討論過這個問題，也沒有一個肯定的答案。但可不可以從這幾個方面去猜測：一是他考大學時瞞了年齡。海光先生先是考取武漢大學，1935年在北京又考取清華大學，報捷的從黃州一

路敲鑼打鼓到上巴河，轟動一時。再一個可能是，據臺灣胡學古先生說，當時從大陸去臺灣的人，有的要先填一個表，年紀輕的馬上走，年紀大的往後排。海光先生是否填了這個表？如果填了，是不是想早點離開，就瞞了三歲？當然，這都是猜測。1998年6月我在武昌見到福嬸（海光先生夫人殷夏君璐女士）和他們的獨生女兒文麗妹妹時，說起這事，我這人性急口快，沒遮攔地說：「福嬸，是不是當年福爺追求你時瞞了三歲？」慈祥的福嬸微微一笑，輕聲說道：「我們當時根本沒有談到年齡的事。對你福爺，不是能用年齡認識的。」一直七哥前七哥後對我很親切的文麗妹妹朝我友善的一笑，我當時感覺自己太淺薄了，好難為情！現在寫出這件事也是排除法吧！還有最後一個可能，就是中國俗文化中有流年不利的說法，俗稱過坎子。有人每到這樣的年份，就給自己加上一歲或是減去一歲，表示不會碰到流年不利的事，這方面的典型例子是大畫家齊白石，他前後給自己加了三歲，所以，他晚年畫上落款的年齡不是實際的。但我想海光先生不會相信這些名堂。

福 跢

「福跢」是海光先生在上巴河的外號，「跢」，黃岡方言腳有點不方便的意思，但還沒有到「跛」的程度。福跢，解釋成普通話就是：「福生的腳有點不方便」，或倒過來說：「腳有點不方便的福生」，說的祇是一個生理特點、現象，沒有什麼褒貶意。

海光先生的腳是怎麼不方便的呢？原來是他九歲時在四方塘游泳，把腳崴了，很厲害，怕大人責怪，回家後不敢說，等到父母發現時，踝骨嚴重變形並發炎，送到漢口協和醫院動手術，傷是診好了，終究是延誤了治療，留了點殘疾。海光先生在1967年6月14日寫給殷樂義、林毓生等親友的信中說：「我兒時為治腳痛，在醫院住了一年多」，指的就是這件事（見《殷海光林毓生書信錄》）。說起來還有個巧事，海光先生出生後，算命的說，這孩子命中有三個五——民國五年一個五、十五日一個五、午時（諧音）一個五——不吉利，須帶殘疾才能養大。殷家是虔誠的基督徒，未在意算命的話，哪知終究是帶了點殘疾。

少年羅素迷

少年時代的海光先生就迷上了羅素的著作，並嘗試著從英文譯成中文，到了廢寢忘食的地步，被人稱為小羅素迷。他十六歲的那年冬天，子平公讓他到距上巴河約四十里路的老家殷家樓去辦事，他的二伯父子林公一家人還住在那裏。那時候沒有公路，出門完全靠兩隻腳走，有時還得挑擔子。

到他二伯父家辦完事後，天色已晚，他點起油燈，旁若無人地看起隨身帶的一本羅素的著作，直到雞叫兩遍才沉沉睡去。

第二天矇矇亮，他心裏記著家裏的事，翻身起來就往回走。到底是少年人，下午回到家後，才發現書不在身上，頓時著急起來。回想半天，最後斷定是昨晚臨睡時塞在枕頭底

下了，他說了聲到殷家樓去拿書，扭頭就走。他母親和姐姐把他一把扯住，說天色已晚，又要下雪了，以後再說。他不聽，非走不可。家人拗不過他，祇得一再叮囑注意安全。

哪知雪越下越大，幾個小時就白茫茫一片，四野空無一人，少年海光迷了路！這時天已完全黑了，急得他在曠野裏大喊：我是殷家樓的殷福生，有沒有殷家樓的人，出來幫我引個路啊！邊走邊喊，也不知道走得對不對。正在他焦急之時，一個老人牽著牛從雪地那邊走過來，聽他大喊，問明原因，把他送到了殷家樓。

海光先生離開故鄉後，家裏人特別是父母非常思念他，每當談起他，都要提到這件事。

表姐弟的婚姻

前文說到，海光先生的父母是嫡親的姑舅表姐弟，這種婚姻在中國過去是一種很普遍的傳統，不僅在小說戲曲裏多有表現，就是現在年齡稍長的人群中也不少見。

但過去人們認識不到這種婚姻帶來的負面問題，就拿殷家來說，海光先生兄弟們的智商雖是超群的，但身體都不好，共同的問題就是胃的毛病，而且遺傳到了第四代。另外就是海光先生兄弟中沒有高壽的人，海光先生去世時祇五十三歲，他的二弟去世時還不到四十四歲，三弟是自殺的，他的姐姐也祇活了六十二歲。海光先生的父親子平公是1963年5月去世的，享年七十九歲，他母親是1965年去世的，享年八十一歲。

浩生先生的最後一點牽掛

　　1970年，家父因是「四類份子」（以莫須有的罪名戴著歷史反革命帽子），被武漢市公安局花樓街派出所和紅衛兵強行遣送到湖北省羅田縣三里畈公社朱元洞大隊（原屬黃岡縣）。朱元洞地處大別山區，老百姓雖然貧困，但淳樸厚道，古風猶存。家父懂一點醫道，為遠近百姓免費看病施藥，加之1949年以前家父三十餘年澤被桑梓，所以，不僅社員群眾很尊敬照顧家父，就是朱元洞大隊小隊的幹部甚至三里畈公社書記張奎生對家父也一直很客氣，沒有讓年邁的家父出一天工，當地百姓評價家父道：「祇有千里路的人情，沒有千里路的威風。」真是公道自在人心！我們每月將三哥寄回的生活費轉寄去，家父說，他到了世外桃源。這在當時也算是一個例外吧。1974年深秋的一個上午，家父正在房裏看書，突然走進來一個人，斜掛著一頂草帽，朝著家父大聲說：「二哥，還認不認得我？」家父抬頭一看，驚詫地脫口說道：「是晚生呀！」浩生先生大笑道：「二哥，我們今天談一天詩，好不好？」家父笑道：「好！」趁著家父起身沏茶的工夫，浩生先生邊摘草帽邊說：「剛才我從那邊山坳走過來，沿途深暗幽遠，真有雲深不知處的感覺。忽然聽到幾聲雞叫，就信口做了這樣四句：『行到深山不見人，但聞風送午雞聲。果然谷口通幽處，一派丹楓紅葉村。』你看行麼？」家父拊掌道：「好！有意境。」兩個二十多年未見面的老友，乍一見面，什麼家常話都沒有說，徑直談起了詩詞。

午飯後，兩人也沒有休息，繼續談詩詞。古代的，現代的，朋友的，談不完。其間浩生先生說道：「二哥，你做的『冒雨排棉漬，迎風播豆苗』該是多麼自然貼切！」家父吃了一驚，道：「你怎麼還記得？這是幾十年前的事了？」浩生先生微微一笑，沒有做聲。家父歎了口氣，說：「我到這裏來三年了，也寫了幾首詩，其中有兩句是這樣寫的：『七十餘年起落多，每逢失意讀詩歌。』」浩生先生聽後默然良久。

　　第二天早飯後，浩生先生飄然離去。不幾天就傳來了他自殺的噩耗。

　　想起這些往事，心裏慘然！浩生先生的剛直瀟灑，他爽朗的笑聲，彷彿就在眼前。二十多年未見面的老友，該有多少推心置腹的話要說，該有多少辛酸的往事要傾訴！然而，他是那樣瀟脫！他沒有讓任何人分擔一點他的痛苦和不幸！他無家無室，「赤條條來去無牽掛」。當他決意離開這個世界時，唯一想做的，就是到百里之外視若兄長的朋友那裏談一天詩——那畢竟是幾千年的罪惡專制歷史中僅存的一點美好的東西——他滿足了，也就毫無牽掛地離開了這個讓他受盡屈辱和折磨的世界！

　　大哥雷雯生前曾寫過一首悼念浩生先生的詩——〈船過赤壁悼晚爺〉，錄在這裏，也算是我對飽受磨難去世的父親、浩生先生和大哥的悼念：

　　　憶昔髫年山路遙，梅花瘦馬過霜橋。
　　　雲深月黑驚風吼，帶血冤魂化怒濤。

獻身基督

海光先生的父親子平公是基督教的牧師，他獻身基督是受他大哥的影響，他大哥殷子衡（亦稱殷子恆）老先生是基督教武昌聖公會聖三一堂的牧師。但他們兄弟信仰基督正式受洗是民國初年的事，說起來這事還跟反清革命連在一起。

清末，在舅父吳貢三的影響下，子衡公和貢三公以及熊子貞（十力）等加入以著名革命領袖劉靜庵為主、陸費逵等為副的反清革命團體日知會，並成為日知會主要成員，為反抗專制統治做了大量革命宣傳工作。1907年1月，因叛徒出賣，包括劉靜庵、吳貢三、殷子衡在內的九名日知會骨幹被捕，史稱「丙午之獄」，亦稱「日知會案」。在獄中殘酷的刑罰面前，九名日知會員個個都是視死如歸的錚錚鐵漢，子衡公被打得「背肉橫飛，血流濕褲」，血肉都飛濺到旁邊被綁的日知會員臉上，在各種酷刑下幾次死去活來，仍堅貞不屈！清吏威脅殺頭，日知會員朱子龍引頸大叫：「殺！殺！殺！革命黨遍天下，殺之難，殺盡尤難！不殺不多，殺！

左｜劉靜庵先生從戎留影
右｜劉靜庵手書條幅。原掛日知會室內。「大塊意氣嗟勞苦，帝天無言遂生成。」

左　日知會舊址
右上　日知會舊址門匾
右下　日知會舊址大門及劉靜庵等
　　　照片

法國人歐幾羅1906年在武昌日知會演講，中執羽扇端坐者為劉靜庵

殺！殺！」浩氣沖天！眾多日知會員亦放聲大罵大笑，置生死於度外，嚇得主審的張之洞幕僚梁鼎芬當堂拉了一褲子。當局本擬砍頭，九人亦做好了犧牲的準備，但在武昌的基督教聖公會美國籍主教吳德施（Logan Herbert Roots）的極力營救下，美國駐北京公使出面干預，這九位英雄才未被殺害。（見《武昌革命真史》）

殷子衡（左）與舅父吳貢三在獄中留影，注意尚戴腳鐐。

右用乃敝子衡在獄中如鐐手鎊之像武
昌起義後檢出以寄其兒女作紀念者
革命以救漢族受盡酷刑可傷感也
國大革命時入獄或見到枷而發憤
國人豈獨無心耶

殷子衡先生腳鐐手銬在獄中

殷子衡在獄中

朱子龍從戎留影

子平公時至武昌獄中探視，子衡公《獄中日記》載；「三胞弟子平來，是夜同予宿，未解衣帶，時嗚嗚哭，終夜不已，以為予必不能久於人世。」時獄中大疫，日日死人，子衡公受酷刑後復受傳染，血痢不止。子平公憂心如焚，冒著過膝的大雪回鄉為子衡公求醫，手足情深，哀感於茲！（見《武昌革命真史》）

黃吉亭與殷子衡

黃吉亭先生像

殷子衡晚年

1935年的兄弟倆，時殷樂義5歲，殷樂
信3歲。隨長輩到上巴河鎮參加堂叔殷
順生的婚禮。

殷子衡與長孫殷樂義（現居美國）

在劉靜庵的影響和導引下，子衡公在獄中皈依基督教。武昌首義成功後，子衡公方始出獄。他買舟東下，但沿途所見皆與平生為之奮鬥的理想出入太大，心緣物感，情隨事遷，於政治甚為灰心，遂於民國元年在胡蘭亭的主持下，與子平公同在武昌聖三一堂正式受洗，獻身基督，頤養天年。

子平公受乃兄的影響，終生篤信基督，形成他博愛、平等、寬厚、謙和、與人為善的性格特色；另一方面，傳統的儒家教育又將他塑造成傳統文化的「士」，講究仁義道德，修身養性。所以，子平公身上融匯著中西文化中最美的思想核心——仁愛、善良和慈悲。從子平公身上，我們看到不同的文化、不同的宗教的最根本之處都是相通的、同源的，那就是——悲憫的情懷和深沉的愛。

子平公所處的社會，是動盪的社會；所處的時代，是變革的時代。但不論怎樣艱難，他身上博愛的基督獻身精神和仁德的儒家人格力量受到人們的極大尊重。儘管影響子平公的思想淵源是複雜的，多方面的，儘管他過著窮困的生活，但他不因人事滄桑和生活重壓而氣餒，而頹喪，他堅定著他的信仰，他擁抱著上帝的愛，他給予的是上帝通過他的手帶到人間的一片溫暖。

‖ 註 ‖

此文發表在臺灣中研院第15期《思想》雜誌。

關於殷海光及其故家一些往事的補正

近來我陸續接到一些陌生的來信和電話，都是向我詢問與殷海光先生有關的問題。我排列了一下，大致分這樣幾個方面，現臚列如下一並作答。

一、殷海光先生的父親是怎樣皈依基督教的，他之所以回鄉傳教是否有私人感情原因

這是兩個問題，雖然有些關聯。前一個問題，海光先生的獨生女兒文麗妹妹1998年6月在武昌湖北大學參加「殷海光國際學術研討會」時，就曾詢問過我，我當時應允寫出來的。海光先生的父親子平公皈依基督教，有一個從認識到瞭解再到皈依的較長過程，且因緣要從子平公的長兄子衡公皈依基督說起。

滿清末期的1907年，子衡（亦作子恆）公因「日知會案」被捕，押於武昌候審所，受盡酷刑，堅貞不屈！後轉押江夏縣獄，再後轉武昌模範監獄，與日知會領袖劉靜庵同囚一室。子衡公曾目睹劉靜庵累受酷刑（有一次竟被赤身毒打1400鞭，肉盡骨現，幾次昏死過去），並知道他雖全身血肉模糊，氣息奄奄，卻面含微笑，不發一聲，且於每日

入夜時，必雙膝跪下作禱告，即使重刑後，也要在難友的攙扶下掙扎著完成禱告，不虛一日。現與劉靜庵朝夕相處，就面詢不解，問道：大凡人之肉體痛楚之時，發聲呼喊，情在理中。先生酷刑之餘，不僅不呼不叫，還面露笑容，這是何故？再者，先生每日禱告也罷，但重刑後氣若游絲命懸一線，也要作禱告，難道空一日不行嗎？劉靜庵微笑著答道：重刑之後，渾身火燎火燒，疼痛至極，但一閉眼，感覺到聖母瑪麗亞正撫摸著我的額頭和傷口，她慈祥的面容滿是悲憫凝望著我，我心中頓感一陣清涼，也就不覺疼痛了。聖母這樣眷顧我，我心中充滿溫暖與感激，故而微笑。我是為四萬萬同胞推翻滿清專制而入牢獄，不能做具體的事了，祇有日日禱告上帝，讓我同胞覺醒起來，救我同胞於水火，不能一日有廢。劉靜庵的獻身精神和對信仰的執著追求，使子衡公深受感動。（註1）在劉靜庵的導引下，子衡公閱讀了一些基督教書籍，並在獄中皈依基督教，由劉靜庵為其取教名勤道。

子衡公兄弟三人中，他與三弟子平公最為聲氣相投。子衡公被捕後，子平公時至獄中探視，目睹兄長皈依基督過程，深受震動！子衡公也將基督教

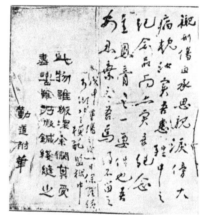

劉靜庵與殷子衡的手書，寫在劉靜庵襯背傷的汗巾上，依稀可見斑斑血跡。保羅為劉教名，勤道為殷教名。

義向子平公介紹。時基督教美國聖公會在武昌聖三一堂的美籍女傳教士白小姐，時至獄中向蒙難教友提供幫助，子平公得以結識。在子衡公的影響和白小姐的宣講下，子平公對基督教有了基本的瞭解，決心皈依。辛亥武昌首義後的民國元年（1912年），在胡蘭亭主持下，子平公與子衡公同在武昌聖三一堂正式受洗，皈依基督。1915年，經白小姐推薦，子平公入荊州神學院學習，1918年畢業，分配至黃岡縣黃州福音堂。時上巴河鎮福音堂落成，尚無傳教士，黃州福音堂遂徵求子平公的意見，子平公慨然應諾。當時子平公家室尚在老家黃岡縣殷家樓，已有三個孩子，即女兒啟慧和兩個兒子——福生（殷海光）和順生。時順生未滿週歲，福生也不到兩歲，子平公和夫人帶著女兒，再用一擔籮筐挑著福生和順生，全家遂遷到了上巴河鎮福音堂，直至在上巴河終老。在上巴河幾十年中，子平公和夫人與人談起往事，總要說到：民國七年，用一擔籮筐挑著福生和順生到的上巴河。1950年土改時，福音堂被當地政府沒收，子平公曾對家人說，他在寫給當地政府的材料中，開頭就是這樣寫的。所以，當地老一輩的人都知道這個情況。

至於將子平公在荊州神學院與某個女教友同學，編造什麼私人感情出來，那是言情小說和現代電視劇看多了的臆想。傳教士不管在哪裏，都是將上帝的福音傳播到世間。所以，我可以肯定的說：海光先生的父親子平公回鄉傳教是正常分配，沒有私人感情原因。且不說一百年前的社會該有多少道德規範約束著人的行為，僅就子平公個人來說，獻身基

督，嚴謹正派，是道德文章之楷模，在上巴河有口皆碑，聲望甚高，且使君有婦，哪裏有這些花邊新聞！把些現代的三角戀編造在他身上，不僅無聊，也是褻瀆神明的。

二、殷海光先生故居應在上巴河鎮

　　黃岡殷家樓是海光先生的出生地，但他不到兩歲就隨全家遷居上巴河鎮福音堂。他在上巴河長大、讀書，在四方塘游泳，在這裏他還寫出了邏輯學的文章，翻譯了羅素的作品，決定了終生為之奮鬥的道路。而且，他在上巴河讀書寫文章的兩間學屋還在（2011年始拆毀）。所以，海光先生的故居是在殷家樓還是在上巴河，不是一目了然嗎？

黃岡上巴河鎮四方塘，殷海光小時候游泳玩樂的地方

三、殷海光先生是否考取武漢大學

我曾在〈殷海光故家的幾件往事〉一文中說：「海光先生先是考取武漢大學，1935年他在北京又考取清華大學，報捷的從黃州一路敲鑼打鼓到上巴河，轟動一時。」確實，海光先生是上過武漢大學和清華大學，而且他還是西南聯大畢業的。但是這兩所學校，海光先生都不是考取的。

這事說來話長。1962年秋，我在上巴河鎮子平公家住了五六天，每天晚上，我與子平公抵膝而坐，談起許多家事，多是老人說我聽，其中有兩次專門說到海光先生的讀書求學經歷，頗為傳奇。

海光先生幼時在上巴河鎮上過私塾，稍長，進上巴河一所學校讀書。這學校說是私塾吧，又有國文算術，但其他的新式課目又沒有；說是新式學校吧，又講點四書，私塾不像私塾，新式學校不像新式學校，少年海光就在這學校讀了幾年。後子衡公將少年海光帶到武昌讀書（祇知道海光先生在武昌讀過書，是哪個階段就不清楚，但肯定不是高中），由於嚴重偏科，海光先生未能進入高中讀書（註2）。當時，家裏生活清苦，他是長子，俗話說：窮莫做長子，富莫做么兒。長子理應早點分擔家庭困難。於是，子平公寫信給子衡公，請他為少年海光謀個差事做做，這個時間應在1932年前後，海光先生16歲左右的事。

子衡公不知道此時的海光已是胸懷大志的羅素迷，沉迷邏輯學，並利用寒暑假，翻譯羅素的著作。他以為少年

海光讀書不中用，不如學個手藝還實際些。考慮到少年海光的腳有點不方便，於是，託人介紹，由他作保人，將少年海光送進武昌冠生園食品廠當糕點學徒，晚上則住宿在子衡公家裏。

少年海光豈是做糕點的材料！他鬱鬱寡歡，心思在邏輯學上，師傅講的糕點製作方法，他完全心不在焉。師傅把這情況向經理反映，經理找到子衡公，子衡公批評少年海光不好好學手藝，少年海光更是反感。一天，經理批評海光，少年海光反駁了幾句，經理惱了，順手推了海光一掌，海光先生本就有一隻腳不方便，又正在樓梯口，沒站穩，就一下子從樓梯上滾下去了。經理慌了，忙扶起來，一看，幸好沒受傷。經理說：算了算了，你不學做糕點了，你去賣麵包吧！讓少年海光挎個籃子，裝滿麵包，到學校門口、戲園門口和碼頭上去賣。提籃小賣靠的是吆喝，少年海光不像別人吆喝，所以每天麵包也賣不了幾個，這樣又過了幾天。這天，少先海光挎著籃子在碼頭上賣麵包，不吆喝，也就沒有人來買，他凝視著滔滔的江水出神。突然，輪船一聲汽笛把他驚醒過來，他略一凝神，「呼」地一下，把麵包籃子往江裏一甩，一腳跳上正要啟航的渡輪，到了漢口，扒上北去的火車，到了北平，投奔父親和伯父的至交好友熊十力先生。

熊十力先生也是黃岡上巴河的人，滿清末年加入「日知會」，與子衡公兄弟交往甚厚。十力先生接待了這位小同鄉，安排少年海光做做修剪花木打掃院子等雜事。其間經常

有博學鴻儒來十力先生家論學，發表宏論，互相詰難，少年海光常在一旁默聽。時日一長，少年海光對十力先生說：我看有些人講得不怎麼樣！十力先生喝道：後生小子，懂得什麼！少年海光說：懂得什麼？要我講不比他們差！祇是別人講你用點心招待，我講你祇須泡一杯清茶。十力先生道：那你講個什麼我聽聽？少年海光張口就講起了邏輯學，有板有眼。十力先生大驚！忙寫信子衡公，介紹少年海光的情況，稱「孺子可教」，並安排少年海光回到武昌。

　　子衡公接十力先生信後，方知海光先生有過人的天賦和志向，同時，也認識到強要海光去當學徒也是不對的。於是，子衡公利用他的影響和關係，把未讀高中的殷海光送進武漢大學讀書。這就是海光先生進武漢大學讀書的由來。至於他在武漢大學是正式生，還是旁聽生，讀的什麼系，我就不清楚了。但從後來發展的情況來看，多半不是正式生。那時，考國立正規大學是高中的課程全都要考，所以，海光先生要通過正規考試進入國立大學是不可能的。

　　在武漢大學，子衡公拜託的關係人發現海光先生很少到課堂上聽課，心裏疑惑，就把這情況告訴了子衡公。周日，海光先生回到子衡公家，子衡公問他為什麼不去上課，到哪裏去了？海光先生說：那些課沒什麼意思！我從圖書館裏借些書在樹林裏看去了。子衡公知道他的偏好和志向，也就沒有說什麼。

　　一學期後，海光先生離開了武漢大學，直奔北平。

四、殷海光先生是否考取清華大學

海光先生沒有參加過正式考試，所以，也就談不上考取清華大學了。但他確實是清華大學的正式生，而且是西南聯大畢業的。

沒有參加正式考試，卻又是正式生，這是怎麼回事呢？因為有兩個與海光先生很親近的人對我說過這樣兩件事：一是子平公親口對我說的一件事；再是子衡公的女婿歐陽煊先生多次對我說的一件事。

還是1962年秋子平公對我說的：當年海光先生到北平，將一篇邏輯學長文呈請某教授指正（子平公確實沒有說這教授的名字）。某教授愛不釋手，對海光先生說：你把這篇文章賣給我好嗎？當時海光先生正缺錢用，家裏大弟弟結婚也需要錢，遂接受了某教授主動給的二百塊銀元（這在上世紀三十年代是很大的一筆錢）。1947年10月海光先生回到上巴河，談起自己的經歷，提到這件事，子平公說不該賣的。海光先生笑道：那時生活無著急需錢用呀！再說，那教授也沒有虧待我，而我後來的文章也比那寫得好多了！1978年我在武昌歐陽煊先生家，說起這件事，歐陽先生連聲說：有，有這件事！

歐陽煊夫婦與子衡公住在一起，照料子衡公起居生活三十餘年，所以，海光先生當年在子衡公家的情況，他都在場，當然清楚。從輩份上說，我稱他陽姑爺。陽姑爺告訴我，海光先生嚴重偏科，考不取國立正規大學的。但他在邏輯學上的水平很高，比很多教授都強，不僅發表了多篇很有

深度地的文章，還有譯著出版。於是，經清華大學幾位教授聯名推薦，校方核實，破格錄取。報捷的從黃州一路敲鑼打鼓到上巴河，轟動一時。這應該是1935年的事。

這就是海光先生進入清華大學的過程。現在我一個人說這話，祇能是孤證（海光先生的侄女殷永秀女士知道這件事），姑妄言之姑妄聽之吧！但研究者可否查查清華大學的有關檔案，說不定能查到什麼。

還有幾個小問題，我綜合寫一下：

（一）1927年「黃麻起義」所發地是在當時黃安縣（今紅安縣）和麻城縣的大別山區，上巴河地處平原，距黃、麻有數百里之遙，沒有受到衝擊。倒是有個叫林實文的總路咀穆耕田人，是個讀過幾年書的農民，在黃麻起義那段時間的某一天，糾集了一幫人，借福音堂開了一次會。當時林不知從哪裏弄來一根寬皮帶，紮在腰上，揚腳舞手在會上大講了一通，但散會後各人走各人的，沒有任何行動，也再無下文，不了了之。林後來亦回家，終生務農。

（二）我在《殷海光故家的幾件往事》中說到，海光先生在上巴河的外號叫「福跥」、「福跥子」，是因為他的腳有點不方便，但還沒有到跛的程度。海光先生的腳是怎麼不方便的呢？原來是他9歲時在四方塘游泳，把腳崴了，很厲害，怕大人責怪，回家後不敢說，等到父母發現時，踝骨嚴重變形並發炎，送到漢口協和

醫院動手術，傷是診好了，終究是延誤了治療，留了點殘疾。海光先生在1967年6月14日寫給殷樂義、林毓生等親友的信中說：「我兒時為治腳痛，在醫院住了一年多」，指的就是這件事（見《殷海光林毓生書信錄》）。

現在有文章說海光先生的腳傷是他二伯子林公讓他上山砍柴受的傷。這說法是不對的，完全是子虛烏有。子林公全家務農，仍住殷家樓，與上巴河相距約20公里，在當時沒有交通工具、出門全靠兩隻腳的情況下，兩家走動不多，所以，海光先生到殷家樓去得很少，偶爾因事去了，子林公是決不會讓輕易不來的侄兒去砍柴的，因為那太不合情理了。再者，海光先生在上述信中說：「我兒時為治腳痛，在醫院住了一年多」，這句話有這樣幾個值得注意的地方——「兒時」、「腳痛」、「在醫院住了一年多」。「兒時」是多大？一個伯父讓還是「兒時」的侄兒去砍柴，於情於理都說不過去。況且，子林公家裏年輕力壯的人還不少，還用不著尚在「兒時」的侄兒去幫忙砍柴。還有，海光先生說的是「腳痛」，不是說的「腳傷」，如果是為砍柴所傷，那他會說是「腳傷」。另外，皮肉外傷需要住一年多的醫院嗎？就是把腳砍了一刀，也住不了一年多的醫院呀！

（三）海光先生與家庭關係甚好，大弟弟1935年結婚的費

用，是海光先生賣文稿寄回的。1946年10月，海光先生乘船從重慶去南京。10日，船到漢口，因故障修理需停泊三天，海光先生找到武昌他大伯父子衡公家，子衡公一見，二話不說，叫他快寫封信回家，因為家裏很長時間沒有得到他的消息，甚為懸念。其間，海光先生笑著對子衡公說：大伯，我不到冠生園去學做糕點是對的吧？子衡公連聲說：對對對！並多次讚賞海光先生，說他走了一條正確的道路。第二年秋天，海光先生回到上巴河看望父母姐弟，一家人團聚一堂其樂融融。從抗戰勝利後直到去臺灣前，海光先生一直從經濟上照顧家庭。他不僅贍養父母，連侄女殷永秀在武昌讀書的學費生活費，都是他負擔。永秀姐姐十歲時，他還寄來金髮卡、四套連衣裙和三雙皮鞋，還有一隻手鐲。至於他後來在臺灣與人信中說到家庭方面的一些負面現象，語焉不詳，讀者多誤會是指其父母。實際上是海光先生少年離家，直到去清華大學讀書，他長期生活在武昌，對親戚中的某些個性較特別的現象，流露出的不滿而已。

（四）前已說到，民國元年，子衡公與子平公兄弟二人同時在基督教聖公會武昌聖三一堂受洗，由胡蘭亭主持。抗戰前後子衡公是武昌聖三一堂的牧師，並一度擔任武昌基督教聖公會會長。抗戰前，子衡公全家住武昌糧道街鶯坊巷。抗日戰爭期間，子衡公遷居鄂西恩施女婿歐陽煊家，歐陽煊特地修建一座房子奉養，子衡

公命名為「薑園」。抗戰勝利後子衡公返回武昌，住彭劉楊路125號，直到1957年去世。

‖註1‖

在惡劣的牢獄生活條件下，劉靜庵始終堅持讀書學習。從其遺留下來的讀書筆記內容看，他所學習的有經學、史學、音韻訓詁、宋明義理等。其讀書筆記一絲不苟，書法遒勁，令人仰慕。至於他的律己功夫，更是常人所難能。子衡公說劉靜庵坐如銅鐘，行如滿載船，雖病甚，不晝寢；雖緊急，仍從容；暴烈之容，不見於面，叱吒之聲，不出於口；人喜亦喜，人憂亦憂。他的理想是天下一家，無洲界，無國界，無種族界，無富貴，無貧賤，無強弱，無尊亦無卑，人人各盡天職。他曾對人說：「予持耶穌之名，求救中國之苦，身在縲絏，心在天堂。」獄中五年，他是在堅持不懈地學習和對革命勝利充滿信心的期待中度過的。劉靜庵先是被押在省城武昌的湖北臬司獄，後轉武昌模範監獄。他在獄中仍然利用機會，聯絡舊友以中華鐵血軍的名義開展活動，指導革命同志努力奮鬥。儘管他自己多次受酷刑、患重病，獄中生活極端痛苦，但仍盡可能把難友包括獄卒團結到自己周圍，他在〈移新監〉一詩中寫道：

向前已是慘淒極，那信慘淒更有深。
六月雪霜河海凍，半天雲霧日星昏。
中原有士兆民病，上帝無言百鬼獰。
敢是達才須磨練，故教洪爐泣精金。

1935年梁鍾漢、向巖、殷子衡、吳昆、劉公開、張難先（從左至右）諸辛亥老人在劉靜庵墓前。

　　但終因環境惡劣，傷病摧殘，劉靜庵竟於辛亥武昌起義前夕的6月12日在獄中賫志而歿，終年37歲。從難友以至獄卒，皆撫屍痛哭，基督教中西牧師同至獄中收殮。他的母親趕至獄中，看到他骨瘦如柴、鬚髮盡白的遺體，竟不能相信這就是自己的兒子！

　　劉靜庵被難友們讚譽為「鐵漢」，被同志們讚譽為「革命完人」，被教友們讚譽為「活著的耶穌」。（以上摘自辛亥革命史專家劉謙定〈日知會是武昌首義之源泉〉一文）

張難先撰並書的劉靜庵碑文

　　子衡公終生視劉靜庵為楷模，抗戰期間，子衡公避難鄂西恩施，婿歐陽煊築「薑園」奉居。1938年7月子衡公請大

1948年6月10日，殷子衡（前排右四）張難先（前排右五）黃吉亭（前排右六）殷子衡之子殷愛生（後排右二）等在武昌日知會紀念碑揭幕式上合影。

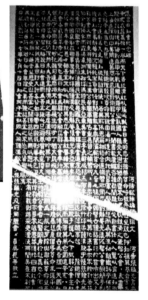

左｜武昌日知會紀念碑局部
右｜武昌日知會紀念碑，現存湖北省博物館。

畫家張善子繪製劉靜庵畫像，
1944年8月24日由薑園送往重
慶題跋，子衡公在畫像上題
詞曰：

　　昔者與我同居牢獄

　　今日惟公獨往陪都

　　千山萬水珍重前途

　　恨未能送公伴坐車舟

　　公別我去誰與我為儔

　　昂首西天含淚和愁

　　乞公之靈保佑黃帝胄

　　忙把失地收

　　永遠得自由

　　綿延漢族

　　光大神州

　　包括于右任孫科居正在內
的許多著名人士在劉靜庵畫像
上留下了墨跡。這張畫像今
藏於武昌辛亥革命紀念館，
為鎮館之寶。

革命先烈劉靜庵先生畫像，1938
年張善子繪，孫科等題跋。現存
武昌辛亥革命紀念館。

對於殷海光先生未上高中一事，儘管有不同說法，但我仍堅持。幾十年間，未見一位海光先生的中學同窗寫下片紙隻字，倒是他大學同窗寫下許多懷念他的文章。再說，海光先生是否上過高中甚至是否上過中學，又有什麼關係？他的學歷，他的年齡，都不是重要的事。他的著作在那兒放著，他的思想指引著人們追求進步的道路，這才是最重要的。

‖ 附錄1 ‖

關於武昌首義革命黨人的旗幟「九角十八星旗」之來龍去脈，辛亥革命史專家劉謙定先生有文章介紹。今徵得劉先生同意，附錄於下。

辛亥武昌首義的旗幟──九角十八星旗
劉謙定

在英雄之城武昌的「鄂軍都督府」舊址紀念館大門上，每天按時張掛的兩面「九角十八星旗」，往往會使到此觀瞻的人對辛亥革命武昌起義的歷史肅然起敬。九角十八星旗通常被人簡稱為「十八星旗」或「首義之旗」，該旗不僅莊嚴美觀，而且寓意深刻，寄託了當年革命黨人的理想追求：即喚醒國人團結起來，拿起武器用鮮血與生命去推翻滿清王朝的專制統治。

武昌首義鄂軍都督府及九角十八星旗

　　1911年5月的一天，著名的反清革命團體共進會的第三任會長劉公先生，在武昌正衛街自己剛購買的公館裏（舊址今在武昌曇華林32號），召見了湖北中等工業學堂（遺址今在曇華林的武漢市第14中學內）的三位學生，他們就是該學堂電機系的趙師梅、趙學詩堂兄弟倆和機械系的陳磊（字樹三，後在孫中山先生領導的南京臨時國民政府陸軍部工作時殉職），這三位都是共進會學生會員中的骨幹，比較熟悉繪圖並自備有繪圖儀器，劉公先生向他們鄭重佈置了祕密放大繪製「首義之旗」的光榮任務。隨後，劉公先生拿出共進會幾位領導人在日本東京研究確定的「九角十八星旗」小圖樣，並闡明該旗圖案的意義與尺寸要求：即旗面的紅色象徵

鮮血，黑色象徵武器，寓意革命必須使用武力，以鐵血精神「驅除韃虜，恢復中華」，九個尖角代表赤縣九州，十八顆黃色圓星代表關內18個行省，黃色代表炎黃子孫，寓意這是全民族的大革命。同時，劉公先生還要求他們三位必須趕在暑假前後完成20面旗幟的製作全過程。

三位學生懷著無比激動的心情，首先將樣旗小圖樣按要求做成紙型，在送呈劉公先生認可後，再在紅、黃、黑色的布片上依樣放大裁剪。當時製旗所用的祇有白布料，於是，劉公先生便派人到武勝門正街（今曇華林歷史街區的得勝橋北段）劉天保藥房，購買了籐黃等顏料回到公館內祕密染色。三位學生在每天下午上完課後，就馬上趕到劉公家吃晚飯，飯後便開始埋頭苦幹，直到夜深才回土司營（今曇華林歷史街區的棋盤街北段）的租賃房中就寢。在不到一個月的時間裏，他們即完成了繪製、放樣與剪裁的任務。然後由共進會骨幹鄧玉麟先生在武勝門正街找妥了一家裁縫店，而且每次都是在該店鋪打烊後，才偷偷地夾送兩面旗料去縫製加工，直到武昌起義前夕，總共縫製完工了十八面九角十八星旗。這18面準備參加起義的旗幟，先後分送到了武昌小朝街85號的著名反清革命團體文學社機關和漢口寶善里14號的共進會機關存放。最後送到裁縫店的兩面旗料因旗桿套未做好，則留在了裁縫店繼續縫製。就在祕密製旗期間的1911年9月24日，文學社與共進會兩大革命團體在武昌胭脂巷11號，召開了起義前的聯合大會，會上正式確定了以九角十八星旗作為起義時各革命團體統一使用的軍旗。

1911年10月9日這一天，原武昌日知會會員、時任共進會主要領導人之一的孫武先生，在漢口俄租界寶善里14號的共進會機關樓上檢試炸彈，因有同志在旁吸煙從而引起爆炸事故，致使孫武先生身受重傷。同在事發現場的共進會骨幹、孫武先生的結拜兄弟、曾經是基督教博學書院（今武漢市第四中學）足球隊的鐵腿球王李次生先生當機立斷，順手拿了一面九角十八星旗為孫武先生包紮，然後揹負孫武先生緊急轉移。他首先揹到德租界一碼頭的同仁醫院進行簡單治療後，接著又揹到漢口共和里11號的李春萱家密藏醫治。在爆炸事故發生後，俄租界巡捕聞聲而來大肆搜查，並火速將此事通報了滿清當局。就在這天晚上，武昌小朝街85號的文學社機關受此牽連被清吏查抄，因此，在共進會和文學社兩大革命團體機關所存放的九角十八星旗等準備起義用的物品都落入了敵手。這時，文學社主要領導人、已被預推為起義軍總指揮的蔣翊武先生不得不遠避湖南，從而引起革命同志人人自危。

　　10月10日早晨，彭、劉、楊三烈士犧牲的消息傳來後，在漢口法租界長清里99號養病的劉公先生，馬上趕到孫武先生在共和里的藏身處，他們一起祕密約見了部分骨幹同志，緊急商量後決議當晚起事，同時還命令李次生、鄧玉麟二人前往武昌傳令，聯絡各標營同志迅速舉義。膽大心細的李次生趕緊取出為孫武先生裹傷的那面九角十八星旗密纏腰際，並攜帶好手槍和匕首，立即與鄧玉麟一道順利渡江完成了聯絡傳令任務，隨後便潛伏到大東門外的基督教博文書院（今

武漢市第15中學）。武昌起義的槍砲聲打響後，他倆迅速加入到29標2營的起義隊伍，李次生手舉染滿孫武鮮血的那面九角十八星旗進大東門由千家街向楚望台進發，鄧炳三、李春萱見後提議李次生遴選精壯同志，將九角十八星旗插上蛇山。李次生遂火速挑選了幾位同志一道跑步到達蛇山之巔，因蛇山土質堅硬，旗桿插不進去，情急之下他們祇好奔向閱馬場，將這面滿是鮮血的九角十八星旗插上了湖北省諮議局（今鄂軍都督府舊址紀念館）門首，這就是傾覆中國封建專制王朝的第一面革命大旗。

第二天中午，新成立的鄂軍都督府第一次會議上，確定了把九角十八星旗作為正式開國後的國旗。這時開會的首腦們便派鄧玉麟等人，立刻趕到武勝門正街裁縫店取回了最後縫製完工的兩面九角十八星旗，並於當天，一面樹在了武昌江邊的漢陽門城樓上，另一面樹在了武昌司門口的蛇山鼓樓上。在九角十八星旗的導引下，全國各地先後相繼光復與反正，從而一舉改寫了中國乃至亞洲反帝反封建的歷史。辛亥之秋，武昌的這面首義之旗功成名就，因此，九角十八星旗理所當然成為了辛亥革命最重要的標識之一。

1912年元旦，南京臨時國民政府成立時，由於有政治勢力角逐等因素，遂宣佈了九角十八星旗停止使用，中華民國國旗定為了表示有「五族共和」之意的五色旗。

1912年6月，經臨時國民參議院議決，將九角十八星旗中間加綴一星改為九角十九星，正式定為陸軍軍旗。但到了護法戰爭後，這面陸軍軍旗便未再使用了。

但可以這樣說，追根溯源，九角十八星旗是今天民國的兩面重要旗幟的母本。

向虎雛在兩本書中的一個錯誤
殷樂信

向虎雛先生在兩本書中三處提到我家，所述之事卻完全是錯誤的。

這兩本書一是《百年回望——辛亥革命志士後裔憶先輩》，武漢出版社2011年9月第1版（以下簡稱《百》）；一是《向巖紀念集》，向虎雛著，湖北人民出版社2011年9月出版（以下簡稱《向》）。在《百》著419頁，向虎雛寫道：「小時候，在祖父帶引下，我曾有幸見到此案（按，指清末武昌日知會丙午之獄一案）中解放後健在的三位老人——張難先、殷子恆、梁鍾漢。特別是家住曇華林馬道門的殷老，記得有段時間祖母天天去他家探望，原來他在一紗廠做工的女兒失蹤，老人急瘋了登報滿世界尋人。」

這段文字是在此書收錄的向虎雛先生寫的〈辛亥百年張良廟前憶祖父向巖〉一文中。同樣這篇文章這段文字，見於《向》著187頁。《向》著269頁中還寫道：「小時候，我陪祖母多次造訪殷子恆老先生家，殷老家在武昌曇華林馬道門，毗鄰曇華林小學，是一處坐東朝西帶簡易甬道都市裏的柴門農舍。」

先界定一下向虎雛先生所說的「小時候」。向先生是國內著名的武漢大學衛星導航定位技術研究中心教授，網上查到他出生於1946年12月。那末，他「在祖父帶引下」和「陪祖母多次造訪」的「小時候」，應該在1950年至1957年之間、即向先生4至11歲的時候，因為我的祖父殷子衡（亦名子恆）是1957年秋季去世的。

一個人對自己4至11歲時候的事情，難免有記憶不確之處。即如向虎雛先生所說的「小時候」即他4至11歲這段時間，我祖父卻不住在武昌曇華林。抗戰勝利後的1945年秋冬之際，祖父從鄂西恩施返回武昌，直到去世，一直居住在武昌彭劉楊路125號。彭劉楊路在武昌城內靠西，而曇華林靠東，兩處相隔甚遠。這是向文中的第一個錯誤。

再說開一點，祖父從未在馬道門住過，即使是在抗戰前，祖父也是居住在鷺坊巷，那時向教授還未出生，應該在他的「小時候」之外吧。

第二個問題是：「他（按，指我祖父）在一紗廠做工的女兒失蹤」。

但我家長幼幾代人，都沒有這個「在一紗廠做工的女兒」，也就談不上什麼「失蹤」、「急瘋了登報滿世界尋人」的事了。

我祖父有兩女一子，順序是長女昭素，子愛生，次女靜慧。愛生是我父親（1897年10月出生），昭素是我姑母，靜慧是我姑姑，我家依黃岡故鄉習俗，我稱呼昭素姑母為伯伯，稱呼靜慧姑姑為二爺。昭素伯伯和靜慧二爺都上過教會

學校，通曉英語。昭素伯伯一輩子從事教會工作；靜慧二爺則一直在學校教書，她們二位一生都沒有與任何紗廠接觸過，也一生都沒有任何失蹤之事。何況在向教授的「小時候」，她們二位都年過六旬，怎麼做工？

順便說一句，辛亥革命後，我祖父即遠離政治，獻身宗教，曾擔任基督教武昌聖公會會長，彭劉楊路附近的聖三一堂，就是我家宗教活動之處。

通觀向虎雛先生文章中寫到我祖父的幾處文字，還是滿懷敬仰之情的。所以，我寧願相信向虎雛先生的錯誤是記憶有誤，是無心之失。但令人費解的是，在這兩本書出版之前，世交至友李文熹先生就聽他的朋友、民俗專家劉謙定先生轉述過向虎雛先生這個說法，李文熹先生當即指出這個說法是錯誤的，亦如我上面所說的我家的實際情況，李先生清清楚楚告訴了劉謙定先生，並請劉謙定先生把這些都轉告向虎雛先生，免得以訛傳訛。據劉謙定先生說，他是如實轉告給了向虎雛先生。那末，為什麼事過近一年之後出版的這兩本書中，向虎雛先生仍然堅持寫上他的錯誤說法呢？

我是1932年出生的，比向虎雛先生虛長14歲，我家的事，我應該比「小時候」的向虎雛先生知道得多些、記得也清楚點吧？不想以訛傳訛，還是以訛傳訛，真讓人遺憾！子虛烏有之事，還請向虎雛先生給予必要的糾正。

（向虎雛先生已在2012年2月24日《武漢大學報》上撰文作了更正。）

又記。在拙著付梓之際，秀威資訊科技總編蔡登山先生發來電郵，照錄如下：

> 有關殷海光的學籍資料，我請臺灣文學史料家秦賢次兄查得：
>
> 1938年9月入西南聯大，1942年6月畢業。是西南聯大第一屆畢業生。
> 1942年9月入清華大學研究院文科哲學門。有無畢業不知。
> 當時清華大學研究院亦在西南聯大中，但研究院有分清華大學，大學部分則統稱西南聯大，在昆明。
> 提供給您參考，謝謝。

我在文中說殷海光先生大約在1935年進入清華大學，報喜的從黃州敲鑼打鼓到上巴河，轟動一時。但按秦先生查得的資料，我的說法似不確。但報喜之事卻是實有，是進入清華大學的預科班嗎？說不清楚。不知道海光先生那幾年在北平是怎麼生活的。1938年9月，子平公為避日寇，攜全家逃難住在黃岡縣三里畈我們家裏，直到抗戰勝利才返回上巴河，這段時間他們與海光先生也失去了聯繫。

面列松山疊疊青
——殷海光先生衣冠塚籌建始末

　　殷海光先生是湖北省黃岡縣人，1969年在臺灣去世，因兩岸政治對立，不能歸葬故土。而中國傳統文化講究的是落葉歸根，魂歸故里，所以，海光先生的姪女殷永秀外甥馬梅村一直為此事耿耿於懷。1998年6月，在武昌湖北大學召開了殷海光國際學術研討會，海光先生的夫人殷夏君璐蒞會，殷永秀對她提及過在故鄉修一座海光先生衣冠塚的設想。

　　一晃十一年過去了，大家都為生活奔忙，偶有書信，也是家常瑣事。這期間，海光先生父母的墳墓逐年坍塌。2009年春末，殷永秀在湖北宜昌工作且已退休的大弟弟殷樂英提

殷海光在黃岡故家的書櫃1

殷海光在黃岡故家的書櫃2

出為祖父母、父親重修墳墓，得到殷永秀的贊同，並在電話中將此事告知於我。我立即提出應趁此機會，完成修建海光先生衣冠塚的夙願，永秀姐姐十分同意，並請我將衣冠塚的設計具體化，我慨然應諾。

　　我也祇聽說過衣冠塚，卻從未接觸過這類事，顧名思義，衣冠塚內埋葬的應是逝者的衣冠遺物。但海光先生是1969年在臺灣去世的，而他最後一次回故鄉看望父母的時間更是早在1947年秋天，所以，在故鄉是不可能找到他的可供埋葬的衣物（祇留下他的一個書櫥在永秀姐姐家）。現在我突然接受具體設計，一時茫無頭緒。思考中我想到至友劉謙定先生，他是國內著名的民俗專家，享譽日隆。劉謙定告訴我，衣冠塚內不一定埋葬衣物，且衣物易朽，沒有保存價值。他說：最傳統最規範的辦法是刻一塊石質「地券」，古代稱之為「買地券」，把衣冠塚的緣起都刻在地券上，用磚砌一個墓室，把地券放進墓室內，向土地神稟告清楚，以獲得准許。我不信土地神，但仔細一想，這個辦法好！既可從民族傳統中找到依據，又解決了衣冠塚內空無一物的問題。於是，我查閱借鑑歷史資料，設計地券為厚約13公分、邊長52公分的正方形青石，上面刻出一個邊長42公分的正方形內框，框內刻出邊長3公分的正方形方格196個（14行，每行14格）。畢竟時代不同了，所以，我草擬的一篇券文，祇談事情緣起，沒有迷信色彩。券文雖短，但大家還是表示了自己的意見，最後定下來僅180字（刻在地券上是正體字，直行，沒有標點符號），全文如下：

后土容稟：先伯父殷海光（福生）先生生於公元一九一六年十一月十日，一九六九年九月十六日在臺灣去世，享年五十三。因兩岸政治對立，海光伯父遺骸厝於孤島而不能歸葬故土。承世交李文熹君擘畫，今於公元二零零九年十月二十六日（夏曆己丑年九月初九日）吉時，侄女殷永秀，侄子殷樂英、殷樂雄，外甥馬梅村，外甥女馬小茹，於本籍湖北黃岡上巴河鎮先祖父母墓側，立海光伯父衣冠塚，既固既安，永保清吉，以利其嗣人。

　　券奉后土之神收執准此。

　　我按1：1的比例將券文列印好，寄給永秀姐姐。具體操作，就落在海光先生的外甥、也就是永秀姐姐的表弟馬梅村身上。因為目前在海光先生故鄉──黃岡上巴河鎮居住的殷氏親屬，僅馬梅村一人。

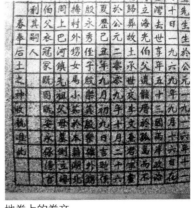

地券上的券文

　　殷海光先生的父親殷子平先生（1885-1963）一輩是兄弟三人，殷子恆先生居長，次為殷子林先生，殷子平先生排行第三。所以，上巴河的人習慣稱殷子平先生為殷三爹（黃岡方言稱祖父輩為爹，稱叔叔姑姑為爺）。

長房子恆公有兩女一子。長女殷昭素，次女殷靜慧，子殷愛生（1897-1991）。殷愛生先生有兩子，長子殷樂義今年80歲，全家居美國；次子殷樂信也已78歲，全家居北京。

二房子林公後人在原籍黃岡殷家樓居住。

三房子平公有一女三子。長女殷啟慧（1912-1974），嫁本鎮馬自如，有一女一子，女名馬小茹（小名肯來），子名馬梅村（小名茅地）。馬小茹今年64歲，嫁上巴河鎮附近農村孫氏，有兩子一女。馬梅村今年61歲，現居上巴河鎮，獨身。

子平公的三個兒子分別是：長子殷海光（福生，1916-1969）、次子殷順生（1917-1961）、三子殷浩生（晚生，1922-1974）。

殷海光先生的獨生女殷文麗今年五十四歲，現居美國，丈夫李逸，夫婦二人均從事教會工作，有二女一子。

殷順生先生有一女二子。長女殷永秀，今年已七十四歲，原在湖北省黃石市下陸中學教書，退休後與丈夫童耐冰在距離上巴河鎮二十公里遠的總路咀鎮崗上灣林場倚山築一小樓居住，平日裏養花種菜，林泉自娛，有兩女一子，均已在黃石市成家。順生先生的長子殷樂英，今年七十歲，前面說到他因工作安家在湖北宜昌市，有兩子。順生先生的次子殷樂雄，幼時過繼舅家，所以，他讀書工作均以張開明的名字行世，今年六十六歲，有兩子，均在黃州城居住。

殷浩生先生原名晚生，終生未娶，原在黃岡總路咀中學教書，1957年被打成極右派，判徒刑十年，「文革」中自殺

身亡。

　　所以，現在海光先生在湖北黃岡上巴河鎮的殷氏親屬，祇剩下他的親外甥馬梅村一人。

　　這次重修的墳墓共六座，即海光先生的衣冠塚和他父母、姐姐、兩個弟弟的墳墓。全虧了馬梅村張羅一切，費神費力，在2009年夏曆九月初九，即重陽節那天，

馬梅村在大舅父殷海光衣冠塚前，其長像極似殷海光

六座墳墓修葺一新。海光先生衣冠塚的墓碑上正中刻著「故伯考殷公海光大人之墓」十一個金色楷體字，和他母親、三弟浩生的墓連在一起；海光先生的父親、姐姐、二弟順生的墓連在一起。與衣冠塚連在一起的那三座墓，兩邊刻有一副對聯：「無學問必非豪傑，有肝膽方是聖賢」。刻這副對聯是我與姜弘兄商量定下來的。當時選擇刻什麼對聯，頗費思量。我和姜弘兄談起，他說海光先生去世前一再告誡，既要做學問，又要關心現實，不要做書呆子。我從這個思路上去想，彷彿感受到海光先生的風骨。海光先生的思想，在臺灣有非常大的影響，啟發了好幾代臺灣青年在自由民主這條滿

殷海光先生衣冠冢　　　　殷老夫人（中）殷海光（右）殷浩生（左）之墓

是荊棘的道路上艱難前進！在國民黨政府對臺灣實行戒嚴法令期間，海光先生對此提出嚴厲批評！在當局對海光先生實行軟禁和監視居住時，海光先生公開表示：他們禁錮得了我的身體，卻禁錮不了我所傳播的思想！在那個專制獨裁的時代說出這樣的話，是需要很大勇氣的。由此，我想到前人寫的「無學問必非豪傑，有肝膽方是聖賢」這副對聯，好像很合海光先生的性格風貌。跟姜弘兄一說，他很讚賞。後來就由馬梅村具體操作，刻在墳墓上。

在海光先生的父親、姐姐和二弟那三座墓的兩邊，刻著我從海光先生的父親子平公留下的詩作中選出來的一副對仗：「蒼茫雲外千山合，搖曳門前五柳低」。子平公是虔誠的基督徒，我曾在〈殷海光故家的幾件往事〉一文中，對子平公的道德文章作過簡述。這兩句詩正是對子平公不屈服於威權之下的氣節和操行，作的最貼切的詮釋。

就在這六座墓修成後不久，2009年12月上旬，又有一撥

人熱熱鬧鬧到上巴河鎮來參觀殷海光先生的故居，內有數人是從臺灣來的。

海光先生的父親子平公是上巴河鎮福音堂的牧師，是1918年由基督教聖公會委派到此，全家都住在福音堂。上世紀五十年代初福音堂被當地政府改用作郵局，子平公全家祇得擠住在福音堂後面的兩間學屋裏。現在原福音堂房屋已被拆毀，原址上已建成民居，唯剩兩間學屋，破爛不堪，住著一家以養蜂為業的樸實農民。所以，要說殷海光先生的故居，就這兩間破房子是貨真價實。再不就是在原址上把福音堂按原貌重建起來？能做到嗎？

其實，所謂故居，並不在於房子好壞，而是在於住過這房子的人，在於這個人對社會對人類所作出的貢獻，從這個角度去界定故居的價值才是實在的、有意義的。

李文熹在殷海光衣冠冢前

我在海光先生衣冠塚前摘下一片霜葉，想到1962年深秋我到上巴河去看望子平公，臨行時子平公送我到車站，路上，老人口誦一首詩送給我：「白髮何堪遠別情，送君腸斷向西行。沿途霜葉紅於杏，面列松山疊疊青。」而今我也滿頭白髮，拄杖遠望，蒼蒼茫茫，許多往事湧上心頭，盡是淒涼！

其實，衣冠塚也罷，故居也罷，祇不過是一種紀念形式，都不重要。重要的是怎樣傳承殷海光先生的思想和責任感。我希望中國的知識分子，能夠學習殷海光先生不降志，不辱身，不媚時，不曲學阿世，不追趕時髦，也不迴避危險的風骨和氣節；從殷海光先生留下的著作中找到進步、積極和共同的認識，

殷海光父親的詩作，翁月卿書

認識到我們所處的環境是怎樣的，我們所面臨的文化的發展有哪些嚴重問題，以及我們急需要做的有哪些事情。我們的尊嚴在於我們所擁有的價值理想——「無論什麼黑暗來防範思想，什麼悲慘來襲擊社會，什麼罪惡來褻瀆人道，人類渴仰完全的潛力，總是踏了這些鐵蒺藜向前進！」

2010年2月於湖北漢口八古墩

如可贖兮　人百其身
──懷念王元化先生

一

2008年5月9日22時39分，王元化先生撒手人寰、永遠離開了我們！王先生年近九旬，重病纏身，在他生命的最後一段日子裏，一再囑咐家人和醫務人員，到了病情危急而他又陷入昏迷之際，一定不要作創傷性搶救，讓他平靜地離開這個世界。王先生的這個囑咐無疑是非常明智的，但熟知他的人聽到這個消息，心裏還是湧起一陣悲哀！那段時間我常常凝望著窗外白雲飄飛的藍天，祈求上帝能不能創造一個奇蹟，讓王先生能夠康復起來──因為他對思想文化的反思還未最後完成；他對極左思潮的批判還待進一步尋根溯源；對現實的焦慮和對未來的期望還在他心中翻滾。我是多麼想去探望病中的王先生，天上的白雲向東飛，而我卻因被聘在一家報社負責一個版面，身不由己，終於未能成行。

對被重病折磨的王先生個人來說，死亡不啻是一種解脫。但對我們這些如王先生所說「向著更有人性的目標走去」的人來說，卻是深深的悲慟！這種悲慟的感情完全出於自然。不僅是對王先生，凡是對人類充滿悲憫的情懷，以及對人類的民主進步事業作出過卓越貢獻的人，我們希望他們

都能長壽。他們就是多活一年，對人類進步的貢獻也是不可以道里計的。比如王先生，他殫精竭慮進行的是回首百年重新啟蒙這一承前啟後的宏偉工程——以超越的立場，冷靜而客觀的態度，重新審視戊戌以來的中國思想文化。也可以說，反思啟蒙是為了更好的啟蒙。他鄙夷一切阻礙民主進步的愚蠢行為和落後文化，他鞭笞導致文化大革命使國家和人民陷入深重災難的極左思潮。他有大海一樣深沉的愛和悲憫的情懷，而在他心中鼓蕩的，更是憂慮、痛苦、憎惡和希望。

當初我在電話裏把我們這些感悟告訴王先生時，電話裏傳來王先生欣喜的聲音，連連說：「你們看出來了？你們看出來了？」是的，我們看出來了。不僅看出來了，在後來閱讀王先生的著作以及其他思想類的著作時，就常常從這個角度去思考。

回首百年，重新啟蒙。反思「五四」，超越「五四」。這一浩大工程在王先生這裏，像涓涓細流匯成的大海。比如王先生對重新啟蒙的切口很小，那就是他把「五四」精神歸結為「獨立人格和自由思想」，其核心就是「個人自由」。王先生認為，「五四」時期提出的個性解放是非常重要的，因為中國傳統文化中最大的問題就是壓抑個性，對人、對人權的踐踏和蹂躪。這是傳統文化中最醜陋的一部分——專制制度的野蠻殘酷與反理性；人民遭受的苦難與蒙昧；社會發展的停滯與落後，都與這有關。王先生說：「自由、民主、人權等等名詞由西方傳入中國以來，人們都會說，可是卻很

少有深入的鑽研，結果在人們頭腦中祇剩下一個朦朧的概念或幾個口號。就以民主作為一種政治學說來說，它的起源和發展流變，它在英美經驗主義和大陸理性主義的不同思潮中形成怎樣不同的學說和流派，以及當它傳入中國以後，我國思想家對它作過怎樣的詮釋與發揮……這些問題都是建立現代民主社會、民主體制所必須弄清楚的。」

王先生說：早在1919年杜亞泉就提出遊民與遊民文化問題，指出這就是中國專制制度的根源。所謂遊民，是指過剩的勞動階級，即沒有勞動地位，或僅作不正規的勞動，其成份包括兵、地痞、流氓、盜賊、乞丐等。遊民與知識階級中游離出來的一部分相結合，就產生了遊民文化。遊民文化的破壞性非常大，一旦成為社會的主流文化，「以此性質治產必至於失敗」。遊民和遊民文化是中國歷史上的特殊現象，很少被人涉及。而王先生從杜亞泉的論著中生發開來，道人所未道，給人以啟迪。

當我在電話裏和王先生探討這個問題時，王先生說：「五四」時期參加東西方文化論戰的諸家，特別把自己的注意力集中在傳統倫理道德觀念問題上。現在看來，所謂新舊之爭，其實就是文明與野蠻之爭。百年反思，我們應從保守派那裏清理合理的部分；從激進派那裏清理不足的部分。比如柏拉圖贊成奴隸制，我們不能因此而全盤否定他。杜亞泉作為一位自由主義思想家，帶有濃厚的民主色彩。他雖然服膺理學，但決不墨守。1918年，杜亞泉撰〈勞動主義〉一文，稱許行之言深合孔子之旨，與子路迥別，是勞動

主義者。孟子則是分業（分工）主義者。在這個問題上他所贊同的，不是孔孟，而是托爾斯泰在《我的懺悔》中所倡導的體腦結合「四分法」。這不是理學家所做得到的。王先生在電話裏特別強調：我們在談到傳統倫理道德時，必須注意將其根本精神或理念，與其由政治經濟及社會制度所形成的派生條件嚴格地區別開來。不作這樣的區分，任何道德繼承都變成不必要的了。每一種道德倫理的根本精神，都是和當時由政治經濟及社會制度所形成的派生條件混在一起。我們應該認識到，傳統倫理道德在歷史過程中所表現的呆板僵硬和帶給人們的黑暗冤抑。對此，我們不能無動於衷，漠然視之，要有一顆深入幽微的同情心。但是，一個民族的精神不是凝固不變的，而是發展的，與時俱新、不斷運動著的。所以，對傳統文化的冷靜思考，是我們今天需要認真對待的問題。

在這裏，王先生提到泰州學派。他說：梁漱溟最服膺泰州學派，認為「晚明心齋先生、東涯先生最合我意」。當年王艮二十歲了還不識字，在海邊煮鹽，衣衫襤褸，食不果腹。但在窮困的生活中他並未潦倒下去，而是發憤求學，師從王陽明，但又不墨守陽明之學，謹承「良知」之說，主張愛己愛人，認為「能愛人則人必愛我」，提出「聖人之道，無異於百姓日用。凡有異者，皆謂之異端。」最後父子二人從陽明門下發展成泰州學派，直到晚明李贄都是這種思想的延續。但起自泰州學派的反禮教反傳統思潮，後期卻「蕩佚禮法，蔑視倫常」，發展到近代，愈益極端，成為小傳統中

最壞的一部份，給社會帶來很大的破壞性。

除了「五四」啟蒙精神、杜亞泉等提出的遊民文化和傳統倫理道德之外，王先生幾次囑我注意的還有盧梭的《社會契約論》。

這可不是個簡單問題。王先生在上世紀九十年代的反思中，對自己過去所信仰、所崇奉、所迷戀的某些人物某些思想觀點，作了再認識再評價，其中包括精讀《社會契約論》所引起的思考。我在電話中說到盧梭是個「啟蒙思想家」時，王先生說：話是可以這樣說，盧梭對人權、對國家學說有其完整的理論，特別是公意說是盧梭理論的核心。但是，盧梭把確認什麼是公意什麼不是公意的能力賦予一個立法者，說他像一個牧羊人對他的羊群那樣具有予奪性，猶如神明，這確是一種危險的理論。盧梭的這些話當然不是鼓吹個人崇拜和個人迷信，他祇是用浪漫的語言，對那些具有最高智慧卻又超然物外的異邦立法人，情不自禁地發出讚美罷了。可是他沒想到，他那立法者如果像神明一樣掌握公意的理論，祇要略加改動，那後果將是難以想像的。盧梭身後的歷史證明上述恐懼並非杞憂，因為後來果然出現了一些以牧羊人自命的領袖，他們的倒行逆施也都不一定是出於為惡的目的，但因為他們被權力沖昏了頭腦，自以為掌握了人類的命運，所以才悍然不顧地幹出了令千萬人戰慄的蠢事。

回首百年，重新啟蒙；對中國傳統道德文化的再認識；以及盧梭的公意說，這三點都通向中國現實的重大問題，也就是說，王先生高屋建瓴地把幾十年的問題歸結到這三點上

來。王先生以一個知識分子的責任感，對過去的信念加以反省，以尋求真知。我問王先生：是不是可以把反思說成是一種憂患意識呢？王先生說：是的，可以這樣說。正是因為我們思想上受到了震動和衝擊，才引起了痛定思痛的要求吧。我說：重新啟蒙是一個浩大工程，如您所說，多一些有學術的思想與有思想的學術，需要很多人特別是思想家的參與，效果才能逐步顯現出來。王先生說：我一輩子不搞幫派，我讚賞「和而不同」與「群而不黨」的古訓，對拉幫結派黨同伐異的行為很反感。我說：不是拉幫結派，而是為著重新啟蒙這個稍有良知的知識分子的共同事業，為著我們一步步奔向的那個理性社會，您的許多思想論點需要有人正確闡述。現在就有令人擔心的情況發生——從您那裏各取所需。比如有人苛求「五四」先驅，大罵魯迅、胡適；有的大講繼承傳統，誇讚「國粹」，從一個片面到另一個片面。電話那頭王先生沉默良久。我說：姜弘兄是搞文藝理論的，非常關心重新啟蒙這項事業，請他就您的思想論點進行闡述吧。稍停，王先生說：你先跟他談談吧，看他是個什麼意見。這就是姜弘兄以信的形式寫出的兩篇力作——〈關於百年啟蒙問題致王元化先生〉和〈關於五四精神及遊民文化問題致王元化先生〉——的由來。

王先生對姜弘兄的這兩篇文章給予了高度評價。王先生說：「理論的生命在於勇敢和真誠。」如果我們每一個人能夠通過自己踏踏實實的努力來改變事情的一小部分，那末，這些努力的全部將譜寫我們當代的歷史。讀書人應該有使命

感。這個使命感，今天就是精神啟蒙。精神啟蒙也就是道德救贖、良知救贖和精神救贖。而這個啟蒙過程，祇能由一代一代讀書人，不屈服於權勢，不媚時阿世，在艱難困苦的環境下，經過不懈地努力才能完成。

二

我和王先生在探討這些學術思想的時候，也說些閒話、趣話和家常話。王先生長我二十四歲，我以長輩視之。但王先生不同意，他說：你大哥與我同為二十年代生人，又同罹胡風之難，所以，我們應以同輩相視。王先生的客氣使我不安，在與王先生的聯繫中，我一直尊敬地稱他為王先生。而王先生則在我的名字後加上「弟」的稱呼，且從未直呼過我的姓名。巧的是，姜弘兄長我十二歲，我們三個人之間都隔著整整一輪，都屬猴，我在電話裏笑著對王先生說：「您是老猴子，姜弘是大猴子，我是小猴子。」王先生也笑了，但他糾正道：「我是大猴子，姜弘是中猴子，你是小猴子。」

因為我們家與殷海光先生家四代世交的關係，自然熟悉殷家世交熊十力先生。當我跟王先生談到熊十力先生因參加反清革命組織「日知會」（當時十力先生叫熊子貞），受到滿清當局的通緝追捕而被迫流亡時，王先生驚詫地說：「是嗎？熊先生還有這樣的事？今天我還是第一次聽說！我在熊先生跟前問學多年，相知如此，老人卻從沒有對我談起過。」感嘆之餘，王先生語重心長地對我說：「此刻我想起熊先生說的『做人做學問，都要昂首天外』這句話，讓我們

細細品味共勉吧！」而今王先生已逝，但他的告誡，讓我終生難忘。

　　就在王先生和我探討這些思想認識的時候，2006年夏天，姜弘兄纏上了一個無聊的官司——某已故著名作家的兒子說姜弘兄在一篇談他父親的文章中有不實之詞，給他父親的名譽造成不好的影響，於是上法院告了姜弘兄和兩家雜誌。我聽到這個消息後很氣憤，當年這著名作家在上海做下不光彩的事，本是鐵板釘釘，現在他兒子卻要否認，這不是丟人現眼嗎？姜弘兄收到法院的傳票後當然要應訴，他想到王先生當年是中共上海地下文委的負責人，可能知道事情的原委，就從我這裏要去王先生的電話號碼，想請王先生作證。當我在電話裏把這件事告訴王先生時，王先生很生氣地說：「這作家的兒子怎麼這樣無理取鬧？這是當年中共上海市委文化系統都知道的事。雖然我沒有親自參與處理，但事情的經過、結論及處理，我是清楚的。」在姜弘兄就此事與王先生通電話後，王先生慨然寫出書面證詞，供姜弘兄應訴之用。但法院罔顧事實，竟判公理在手的姜弘兄敗訴，王先生得知後，驚詫地說：「法院怎能這樣不顧事實！八十年代中期我在廬山參加一個學術會議，親眼見到那著名作家在飯堂裏訓斥上菜稍慢了的服務員，人家一再道歉，他還不依不饒，激起眾人反感，可見品質之差。現在他兒子到底要搞個什麼名堂？請你轉告姜弘先生，不要把這類別有用心的事放在心上。」

讓我感到不安又很感動的是，2006年盛夏及其後一年多時間，王先生以衰病之身和滿懷悲憤的感情，對我故去的長兄雷雯的遺著《雷雯詩文集》的推介。先兄雷雯與王先生同罹胡風之難，在他去世後，我整理編輯他的遺作，自費出版了六十五萬字的《雷雯詩文集》，前後寄了幾十本給王先生。王先生對《雷雯詩文集》的出版給予了充分肯定和高度評價，說我做了一件極有意義且影響深遠的事。他不僅在朋友故舊及學生中介紹這本書，甚至銷售這類具體事務，也都親自聯繫。一位上海朋友在電話中對我說：「今天我在火車站旁邊的書店裏看到《雷雯詩文集》，心想你好大的本事，把《雷雯詩文集》都賣到上海來了。」我有什麼本事啊，這都是王先生聯繫安排的。王先生說：「猶如《雷雯詩文集》的『後記』中所說的，昂藏於這本詩文集之中的，是不屈的堅強意志，是不息的執著追求，是悲憫的情懷，是熱情的關注，是深摯的愛，是沸騰的希望。讀這本詩文集，我們盡可以將一些細枝末節撇開不談，看看集中所要表現的思想究竟是什麼，否定的又是什麼，有些什麼是有價值的。從這個意義上來說，我認為是有很大啟示的，也是無須刻意迴避的。」

　　讓我難以忘懷的是，有一段時間我心情抑鬱，對自己所處的工作環境心存抵牾，頗為煩惱。當王先生感覺到我心緒不寧時，忙關切地詢問是什麼原因。在王先生面前，我是毫無顧忌的。當王先生知道原因後，安慰道：「這有什麼！我還做過上海市委宣傳部長哩！重要的是你自己的思想，自

己思想的歷程，以及你做了些什麼。孤獨有什麼關係！在你工作的環境中，你可能是孤獨的。但在社會上，你有朋友，大家都在注視著你。」不久，我收到了王先生寄來的一張橫幅，他將龔自珍寫的〈縱難送曹生〉一文中的一段話，書贈與我，以期共勉。王先生摘錄龔自珍的這段話是：「天下范金、摶埴、削楮、揉革、造木几，必有伍。至於士也，求三代之語言文章而欲知其法，適野無黨，入城無相，津無導，朝無詔。弗為之，其無督責也矣。為之，且左右顧視，踆踆而獨往，其愀然悲也夫？其頹然退飛也夫？……其志力之橫以孤也，有以異於曩之縱以孤者手？」後來王先生在電話裏談到，他之所以把這段文字抄錄給我，是因為我所談到的心情，使他聯想到歷史上那種異乎時流的新態度、新眼光、新思想總是不容易被人接受，因而是孤獨的。龔自珍一生揹負著這種孤獨，他把這種孤獨心情宣洩在〈縱難送曹生〉一文中，悲壯的文字使人的心靈感到震撼。

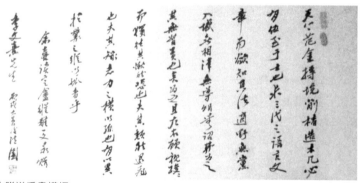

王元化贈送手書橫幅

圍繞著龔自珍，我們談到了他的另一篇寓意深遠的文章——〈京師樂籍說〉。這篇文章犀利地揭露了滿清專制統治者鉗塞天下士民之術：不顧日益嚴重的社會危機，甚至哀鴻遍野，依然鶯歌燕舞，盛獎勾欄，裝點門面，四海昇平，做出一副天朝盛世海晏河清的模樣，使人民耗力耗財於遊戲之中，而不知中外古今及民之權利，以期達到禁錮思想維護專制的愚民目的。這種約束羈縻的陰鷙之術能不能收到效果呢？龔自珍的回答是：不可能！統治者騙得了一時，但不可能騙得了永久；統治者騙得了一部份人，但不可能騙得了所有的人。豈無豪傑論國是！掣肘國是，而自取戮者乎？這是一篇聲討滿清專制統治者的檄文，寫得慷慨激昂，展卷方誦，血脈已張，一隅三反，發人深省。

　　王先生最後一次住院之前，他的《讀黑格爾》一書出版了。拿到樣書後，王先生馬上給我寄來一本。這本書中「感性—知性—理性」一節，勾起了我許多回憶。上世紀五十年代後期我在讀中學時，一本權威著作裏談到哲學上的「感性—理性」問題，我的語文老師在私下裏對我說：感性到理性之間還有個悟性，是理性認識的一個環節。我把這事告訴王先生時，王先生感慨地說：你的語文老師真不錯，特別是在那個時代能夠堅持正確的認識，並把這正確的認識教給學生，是冒著風險的。這就是楚人的耿直倔強之風，也是中國傳統的「士」的精神。順便說一句，悟性就是知性，是德文「Verstand」的不同譯法。我國四十年代以前大抵都譯作悟

性，現在通行譯作知性，當然，也還有譯作悟性的，黑格爾《美學》中譯本有時譯作理解力。

三

2006年8月6日，王先生的夫人張可先生去世，王先生非常傷感，我兩次去電話請王先生節哀順變。追思會後，我又打電話對王先生說：張可先生去世犯五七，按民間說法，請王先生注意保重身體。王先生仔細詢問所謂犯七，我詳加解答，並說：這都是民間說說而已的事，不必掛懷，但保重身體總是不錯的。王先生表示贊同。

在此之前，王先生多次深情地談到對故鄉的懷念。王先生祖籍湖北省江陵縣，但他出生在武昌陶家巷，一歲時隨父母遷居北京清華園，直到抗戰爆發，才回武昌小住了一段時間。我驚問王先生，您基本上沒在武漢生活過，為何還能說一口標準的武漢話？王先生說：我父母祇會說武漢話，所以，我們從小就習慣一進家門就說武漢話。我說：我們家也是這樣，一進家門就說黃岡話。王先生告訴我，他會說武漢話、北京話和上海話三種方言。在我和王先生的交往聯繫中，我們都是說的武漢話，其中不乏現在很少人會說的方言詞語。

在與王先生的交往中，我感覺他身上充滿著基督精神——悲憫的情懷和無私的愛。這種基督獻身精神在王先生的父系、特別是母系桂氏家族中，有許多感人的事例。王先生的表弟、在武漢大學醫學院工作的傳染病專家桂希恩教授，

就是一位充滿獻身精神的傳奇性人物。上溯至十九世紀末，王先生的外祖父桂美鵬先生是基督教聖公會鄂西片區（湖北沙市至宜昌一帶）的第一位華人牧師（對內稱會長），平生樂善好施，悲天憫人，清光緒十一年（1885年），由他資助在湖北江陵沙市開辦的學堂，是江漢平原上第一所採用西方分班制教學的新式學校，被命名為「美鵬學堂」。一百多年過去了，美鵬學堂的校舍至今還在（今沙市新沙路小學）。說起來，由桂美鵬先生發現、資助王元化先生的父親王芳荃完成學業並成家立業一事，是一個很感人的傳奇性故事。

清光緒六年（1880年），王芳荃出生在湖北省江陵縣沙市一個貧寒家庭。稍長，王芳荃每天提一個小藤籃子，裝上一些瓜子、米花糖等零食，到美鵬學堂門口去賣，一天下來，賺得上十個銅錢交給母親貼補家用。學堂上課時，王芳荃就站在教室外窗邊聚精會神聽老師講課，時間一長，擔任校長的桂美鵬先生發現了這個不尋常的情況，就和顏悅色地找他一談，發現這小孩學到的知識比教室內的學生還強，且聰慧異常，心中暗自稱奇。再一瞭解，這小孩因家貧無力讀書，遂到王芳荃家中一看，王芳荃的父親是個幼時因藥物而致聾啞但略識字的碼頭工人，王芳荃的母親也是幼時患眼疾，被江湖郎中胡亂給張膏藥貼瞎了一隻眼睛，兩個殘障人組成一個家庭，生活艱難，家徒四壁。桂美鵬先生見狀，決定免費讓王芳荃進校讀書，並安排王芳荃的母親在教堂內做清潔衛生等雜事，每月支付五塊銀元的薪金以維持家庭生活。王芳荃和父母非常感激桂美鵬先生的救助，加之較

穩定的生活，王芳荃發憤努力，學習成績十分優秀。數年後的清光緒十八年（1892年），桂美鵬先生親自送年方十二歲的王芳荃去宜昌，進入由美國牧師柯霖時（H.C. Collins）主持的英文學堂念書。五年後，王芳荃作為基督教聖公會宜昌教區的尖子學生，被選送到上海聖・約翰學院就讀。為讓王芳荃在上海能安心學習，桂美鵬先生將聖公會教堂後面一間小屋清理出來，將王芳荃年過半百的父母接來居住。王芳荃學習十分刻苦，於1903年以優異的成績完成學業，成為該校首屆畢業生。畢業後最初幾年，學有所成的王芳荃先後在江蘇如皋、湖北宜昌等地教書。1906年，王芳荃回到故鄉湖北江陵沙市，桂美鵬先生將長女桂月華許配與他。婚後，王芳荃攜妻遠赴東瀛任教，四年後回國，任教於武昌文華大學。1911年辛亥革命武昌起義，王芳荃冒著槍林彈雨，一連十數日在戰場上搶救傷員，後受到黎元洪親筆簽署的國民政府的嘉獎，並獲一枚勛章。王元化先生的外祖父、以及母親和姨母，都參加過反清革命團體「日知會」（「日知會」是辛亥革命武昌起義的源泉）。

1912年，王芳荃受聘於清華大學，1913年留學美國，獲美國芝加哥大學教育學院碩士學位。1915年回國，繼續在清華大學任教，在幾十年戰火頻仍的生活中，他輾轉遷徙於北京、東北、武漢、四川等地任教，桃李滿天下，晚年退休後回上海與家人團聚，1975年2月去世，享年九十五歲。王芳荃先生得助於基督教聖公會的求學經歷，以及家族中的基督情懷，給了王元化先生以極大的影響和教育，推己及人，王元

化先生數十年提攜青年幫助他人與人為善的基督精神是有其家庭淵源的。

更讓王先生深切懷念的是給他取名字的曾爺爺。曾爺爺諱蘭友，是王先生外祖父的連襟，武昌文華大學校董、基督教聖公會武昌聖三一堂的首任堂牧、一代名醫曾憲五、曾憲九的父親。王先生的祖父祖母和父母都是虔誠的基督徒，他們居住的武昌陶家巷就在聖三一堂旁邊，王先生一家人做禮拜及各種宗教活動都在聖三一堂，王先生受洗就是由曾爺爺在聖三一堂主持的，當時王先生還未滿週歲。王先生前面是幾位姐姐，王先生的誕生，在中國傳統意識中是很高興的事，大家都認為要取一個好名字。時王先生的外祖父桂美鵬先生已過世，所以，王先生的父親很莊重地請道德文章堪稱楷模的曾爺爺給王先生取名字。曾爺爺經過仔細推敲，很慎重地取好名字，他對這名字的解釋是：「從《周易》中取出『元化』二字，每字四畫，加上姓氏共十二畫，寓意以耶穌基督十二門徒為學習榜樣。另一方面，《周易》上說：『日月得天而能久照，四時變化而能久成，聖人久於其道而天下化成，觀其所恆，而天地萬物之情可見矣。』願這孩子持恆久之道，代聖人立言。」現在看來，曾爺爺真是先知先覺。王先生很珍惜這名字，用了一生，沒有改過。王先生對我說：「你是第一個知道我名字來歷的人，我從未對別人提起過。」為替王先生尋找曾爺爺的蹤跡，我跟武昌一個通曉宗教的朋友劉謙定君談起，後來劉謙定君到上海去拜訪王先生，談及他所查閱到的聖三一堂及曾爺爺的資料，並送去聖

三一堂的照片。當王先生得知聖三一堂原建築還在，祇是已改作他用時，久久凝視著聖三一堂的照片，那是他父母祖輩靈魂之所在啊！

　　而今，王先生回到了他父母身邊，他和夫人張可先生也團聚了，在那個世界。他們可知道我們失去王先生的悲傷？《詩》云：「如可贖兮，人百其身」。世上有幾個人當得起這樣的懷念？我唯有把深深的悲傷，凝成踏踏實實的努力，來做一點點事情，以無愧於王先生所說的讀書人的使命感。我們的生命都會像葉子一樣漸漸乾枯，但總會有新的葉子長出來。當高貴、美麗、智慧、獨立、正義的人格，終於能成為自由生命的起點，使生命變得有意義、有價值，真實的人性又回到人們身上時，那不就是對王先生為之艱難奮鬥的最好的告慰嗎？

2008年6月13日於漢口八古墩

「行到荒崖終有路」
——懷念何滿子先生

一

2009年5月8日，何滿子先生永遠離開了我們！整整一年前的5月9日，王元化先生撒手人寰，離開了這個世界！

滿子先生和元化先生的去世，是我國思想文化界無可彌補的損失！特別是元化先生的離世，對我打擊很大，很長時間我都陷於深深的痛苦之中！在他去世前的兩年中，我們幾乎天天通電話，不是他打過來，就是我打過去。有時僅僅是個問候，但更多的，是我們都敞開心扉，把我們讀書中的思索坦然相告。茫茫塵世中，王先生支撐著我的精神嚮往，支撐著我的思想追求，支撐著作為讀書人的良知，與王先生談話成了我生活中不可或缺的一部份。

可一下子，王先生走了，我茫然若失！悲慟中寫下懷念他的文章，還想到要振作起來，以王先生為垂範勉勵自己，踏踏實實寫一點東西，以無愧於王先生所說的讀書人的使命感。

日出日落，年去年來，陰沉的生活中，滿子先生走了！噩耗傳來時，我正靠在床上看離他去世前僅一個月的4月9日寄給我的《狗一年豬一季》，題簽還是那樣揮灑飄逸，不禁悲從中來！

二

滿子先生學貫中西，天文地理，諸子百家，古今興廢，都在他筆下流淌。讀滿子先生的著述，是極大的藝術享受。同時，也給人以啟迪和思索。滿子先生在著述中，闡述現代文明的四塊基石：一是希臘哲學；一是希伯來宗教；一是羅馬法典；一是英美憲政。同時不無遺憾地揭示：歷史沒有賦予中國推動世界進步的使命，世界也就在中國沒有成功之筆。

這是遺憾麼？這是讓人心頭一痛的民族悲哀！眼睛停留在字裏行間，一絲羞愧卻在心中蔓延開來。

滿子先生引經據典地談到：古希臘學者在所有的問題上都爭論，唯有在一個問題上不爭論：那就是所有政體中最壞的是專制政體。在此認識前提下，他們之間才願意展開爭論。而中國古代學者卻在相反的方向上達成默契：兩千六百多年的政治哲學歷史，從不觸及君主專制政體，遑論展開爭論。也從不涉及任何最起碼的政體研究，卻一代接一代無休無止地談論什麼典與禮、道與行、仁與義、修身與養性。

中國從未有過政治。

中國幾千年都是吏治。

滿子先生清晰地指出：西方文化注重對自然分析；中國文化注重三綱五常。西方文化注重說明事物本身的特徵和它的本質；中國文化祇說明事物與人的關係。

因此，滿子先生痛心疾首地談到中國所缺少的是社會批判和批判環境。他說，社會批判不是政治參與，而是政治監

督。善，則推動之；惡，則反抗之；弱，則激勵之；強，則抗衡之。祇有充分的社會批判，社會才能進步。

由此，睿智的滿子先生談到源自歐洲的兩大哲學思潮：一是英美科學主義思潮；一是歐陸人本主義（人文主義）思潮。科學主義思潮代表了現代化精神、理性精神、物質技術精神。人文思潮代表了後現代精神——人權、民主、平等、自由，也就是人類普世價值。

從哲學兩大思潮談到終極關懷。滿子先生說：終極關懷就是關懷宇宙本源的終極價值，這一終極不在此岸經驗世界，而在彼岸超驗世界。滿子先生指出：沒有彼岸意識的民族，固然不會出現神權意識，另一方面，則喪失了對此岸世界的俯瞰高度，也喪失了對此岸世界最高點——政體的批判意識。

滿子先生感嘆道：宗教能夠維繫人心的道德功能。他明確指出：種族、民族、文化、宗教、經濟是不可能劃分世界的。他截然說道：劃分世界的標準就是民主與專制。

三

滿子先生的去世使我十分悲慟，也觸發了我許多思索，以及我對滿子先生觀點的認同和在現實生活中的清醒積累。滿子先生與先兄雷雯同罹胡風之難，當他收到先兄遺著《雷雯詩文集》後，在給我的覆信中悲憤地說道：「令兄因偶與牛漢交往，竟亦罹胡風案災難，可悲亦復可笑！」不久，我收到滿子先生寄來的一張條幅，他將一首無題舊作書贈與

我。詩曰：「生涯背道不離徑，水複山重花未明。行到荒崖終有路，朔風掃地已凝冰。」在這張條幅上，滿子先生鈐有兩枚閒章，我仔細一看，其中一枚是「老而不死是為賊」這七個字，感覺到老人有一種無奈的自嘲情結。

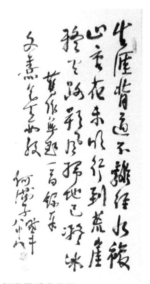

何滿子手書條幅

人老了，自應有所樂之處，古人所謂「含飴弄孫」，就是說老年人閒適的生活樂趣。閒，可指退休了，有時間了；適，當然指適意、舒服。閒適，就是清閒安逸。可滿子老人沒有感覺到這種閒適，他用一種讀書人的自嘲，將孔子這句話治成閒章，所流露出的，是一個知識份子強烈的責任感！滿子先生著作等身，涉獵之廣，文筆之美，思想之精深，隱然已是一代宗師，老來卻感嘆自己做的事太少了！

細想一下，滿子先生的喟嘆不無道理。兩千多年來，特別是近一百多年來，我們這個古老而又災難深重的民族，依然在民主的大門之外徘徊！看看滿子先生指出並在我心中翻滾的這些問題，我們可以做多少？我們能夠做多少？我們又做了多少？

　　通往民主的道路雖然艱難，但還是那句話，憑著讀書人的良知，踏踏實實做一點點事情，以無愧於一個讀書人的責任感！我們的生命都會像葉子一樣漸漸乾枯，但我們活著，就忘不了專制威權下那無盡的苦難和億萬的冤魂！我們的信念和追求就在於我們即使踏著鐵蒺藜，也會義無返顧地向著更有人性的目標走去！「造物無言卻有情，每於寒盡覺春生。千紅萬紫安排著，祇待新雷第一聲。」清人張維屏的這首〈新雷〉詩，不就是激勵我們代復一代永不放棄所堅持的信念和所追求的進步嗎？

那時，我還是個孩子

一

1957年4月7日上午，我父親被武漢市公安局花樓街派出所以歷史反革命的罪名逮捕，從家裏五花大綁押走了。

那天是星期天，我不記得怎麼有一張《鐵道游擊隊》的早場電影票，看完電影回到家時大約中午11點鐘，樓下的鄰居為妙二姐在門口攔住我說：「七，伯伯剛才被派出所捉走了，你回去放乖一些，莫惹你媽媽生氣，聽話啊！」我驚恐地點點頭，躡手躡腳上了樓，祇見一貧如洗的家裏被翻得亂七八糟，五哥和六哥默不作聲地在清理，母親則正安慰著坐在床上抽泣、從鄉下來我們家作客的堂姑媽，見我回來，對我說：「你的伯被派出所叫去了。」轉頭對堂姑媽說：「總要有個說話的地方吧！」堂姑媽則哭著對我說：「這是麼樣的事呢？都叫我碰上了！」母親嘆道：「他要辦你，遲一天早一天總是要辦！」我愣愣地望著她們，說不出一句話來。

第二天上學，那時我讀小學六年級，班上的同學都知道我父親被公安局抓走了。有一個表現慾很強的男生在上課的預備鈴聲響過、老師還未進教室之前，跑到講臺旁的窗邊，把兩隻手腕貼在一起，像戴著手銬的樣子，在全班同學面前

表演我父親被逮捕的啞劇。沒有人發出笑聲，也沒有人附和，他自知沒趣，趁著上課鈴聲響起、老師走進教室門時，趕緊彎著腰灰溜溜跑回到座位上。

但是我，心靈受到了深深的刺傷！

我不知道父親為什麼被公安局抓走。課間休息時，上學和放學的路上，同學們三三兩兩蹦蹦跳跳有說有笑的，我則總是一個人低垂著頭快步走著，生怕同學問我什麼。其實，也沒有一個同學問我什麼，投給我的，都是木然和冷漠的目光，沒有一絲安慰和溫暖。過去幾個經常在一起的同學也有意避開我，看到我走過來，趕緊朝另一個方向跑去。

我跑不起來，也笑不起來，心都是緊縮的，一種恐懼的感覺，整天緊閉著嘴，都忘記了說話。抑鬱中，我的語文成績退步了，受到班主任老師的責難。

現在想來，我的班主任老師雖然課講得好，也寫得一筆好字，但處事不周。當時我一個孩子，處在那樣大的壓力下，作業完成得不好應該是可以理解並值得同情的。平時，我的語文成績是全班最好的，每兩週一次的作文經常被作為範文在班上朗讀。現在因家庭變故成績下降了，也不至差到哪裏去，她卻在班上點我的名字，說我退步了，使我難堪。加上隔壁班上一個長得非常壯實的男生到處說我父親被捉走了，把一些從電影中看來的情節編造到我父親身上，我知道後非常氣憤，明知非他敵手，但還是找到他在操場上打了一架，被同學告到班主任那裏，班主任讓我放學後留校，叫班上五六個女生幫助我。那幾個女生是班主任的基本力量，雖

都祇十二三歲，卻心智早熟，已經知道怎樣取悅老師了。她們令我靠牆立正站好，問一句，要我回答一句，交待得好，寫下保證書，才放我回家。我那時已非常反感動不動就要學生承認錯誤、寫檢討、寫保證書之類傷害人格和自尊的教育方法，所以，不管幾個女生怎麼問怎麼威脅，我一言不發，死活不開口，以為她們「幫助」我一陣就算了。其中有兩個住在我家斜對門和隔壁的女生，我還鼓起眼睛瞪著她們，她們有點膽怯，口氣軟下來，說不回答也可以，但要寫下保證書。我不寫，也不回答，緊緊閉著嘴，軟硬不吃。僵持中女生們無計可施，這時天漸漸黑下來，她們也餓了，也想快點回家，於是，她們一商量，派出一個女生去把班主任請來。班主任就住在學校附近，一會就聽到上樓的腳步聲，祇聽班主任邊上樓邊大聲說：「還邪了，不寫保證書，把他家長請來！」我頓時緊張起來，好害怕。

　　班主任一進教室，就板著臉對我高聲說：「怎麼，同學們幫助了你這半天，你一點認識都沒有？」我仍是一言不發，但很害怕。班主任不再理我，她讓一個女生拿出紙和筆，邊寫邊說：「送他家裏去，叫他家長來。」我一聽著急起來，忽地一下衝出女生的包圍，去班主任手上搶那張紙條。班主任忙把紙條給一個女生，我又去搶，那女生又交給另一個女生，我哭起來了，衝向那個女生，就這樣，女生們傳遞著那張紙條，滿教室跑，我又急又怕，跟在後面邊哭邊追，又朝著班主任哭著喊：「我寫保證書！我寫保證書！」班主任招招手，拿條子的女生跑向她，我也停下來。班主任

對我厲聲說道：「你把保證書寫好就回去，今天就不請家長了，明天再找你談問題！」又囑咐了女生們幾句就走了。

我邊擦眼淚邊將筆和紙放在課桌上，女生們圍住我，七嘴八舌的訓斥著，我把她們的訓斥變成我的話寫下來，就成了保證書，交給一個女生，一言不發的回家了。

我最害怕請家長了，因為我不願意惹母親傷心。平時，如果母親是因為我而傷心嘔氣，那是我最難受的事了！從我記事時起，我可憐的母親就在恐懼、抑鬱、不幸和窮困中度日。而此時父親剛剛被捉走，母親本就心緒不佳，我還能再讓她為我煩惱嗎？而父親又是因為一些什麼事被逮捕呢？多年後，我才知道父親是莫大的冤屈！

二

說來話長。我父親本姓曹，名觀佑，譜名子昌，1903年出生於湖北省黃岡縣河西曹家大灣。父親三歲時，我祖父被瘋狗咬傷致死，孤兒寡母，生活艱難，祖母乃攜子女改適黃岡縣三河鄉三里畈鎮李祥順家族第三房起繁公，父親遂改姓李氏。

父親幼年喪父，零丁孤苦，寄人籬下，備嘗炎涼。但在艱難困苦之中，卓然自立。父親僅讀私塾三年，但一生好學，刻苦自礪，無論寒暑，燈下讀書總至雞鳴。由是博覽文史，學識稱富，且耽於吟詠，年輕時寫有「冒雨排棉漬，迎風播豆苗」的詩句，清新天然。與同縣殷子平（號綠野農，哲學家殷海光之父）、王良知二人相友好，人稱「黃岡三

三里畈望雞籠尖

三里畈街頭七甲

三里畈鎮前緩緩流過的巴河

三里畈鎮街頭

三里畈鎮週邊多有古樹大樹，1958年砍伐殆盡

友」。他們同遊黃州赤壁，作詩云：「不盡東坡興，前遊繼後遊。煙霞纏赤壁，風雨繞黃州。」其晚年〈山居四時即景〉詩之一云：「雪壓枝條頭不低，銀妝大地最稀奇。寒風不阻遊人興，我上高峰賞玉衣。」「七十餘年起落多，每逢失意讀詩歌。」其灑脫的心境、理想的追求與曠達胸懷，令人起不盡之思。

　　父親很會做生意，十二歲即入商賈，三十年間在生意場上縱橫捭闔，開店鋪、買田地，興土木，饒有餘財，成為本地富庶人家。但父親是一個心有大愛的人，悲天憫人的人格特質，植根於他生命本體，有諸內而形諸外，聽從心靈的呼聲，忠於自己的良知，成就了他慈悲為懷的人格。父親開有藥鋪，並請先生坐堂，但凡窮人看病抓藥，分文不取。上世紀二、三十年代，河南、安徽災害頻仍，常有大批災民逃荒至三里畈，父親出糧施粥，救濟了無數災民，並在路口搭蓋簡易棚舍，供災民歇息。對生病災民，則由父親出資請先生免費看病施藥。災民中有位安徽省金寨縣吳店鄉北坳鎮的嚴二孀，全家逃荒到三里畈鎮時，其夫病死，無力下葬，遺下婦孺，缺衣少食，奄奄待斃，非常可憐。父親見此，心中不忍，出資幫助嚴二孀葬夫，並將孤兒寡母延請至家，悉心照顧。嚴二孀感葬夫活命之恩，拜我祖母為乾娘、我父母為兄嫂，她攜子返鄉後，與我家數十年間往來不斷，像至親一樣走動。1948年冬，有夏氏母女乞討到三里畈鎮，夏母患病，其女癡呆。父親見狀不忍，安排夏氏母女在我家披屋居住，供其衣食，並延醫看病煎藥。夏母有一子，外出從軍，父親

代為寫信聯繫，內有「趕不盡的蚊蟲，捉不盡的蝨子」的句子，述說其母乞討之苦。後夏母病故，父親又為安排棺木，將我母親祇穿過一次的大紅緞面棉襖為夏母穿上，料理喪事，並繼續照顧夏女衣食生活。而夏母之子接信後，得知生身母親竟落到乞討地步，心中慘然，持信向長官請假。長官閱信後甚為同情，雖是戰爭緊張時期，仍特批夏母之子回鄉妥為安頓母親生活。不久，夏母之子尋母至三里畈鎮，得悉其母已去世，開棺拜母，見乞討之母竟穿著紅緞棉襖，甚為感動，悲慟之餘，心下稍安。行前，攜妹至我家堂屋長跪不起，淚出如綆，感激莫名！

　　父親三十餘年中修橋鋪路、惜老憐貧、周窮濟困等仁惠愛人之事例，不勝枚舉。如父親在抗戰前至1944年十餘年中，每年都要砍伐自家樹木做二三十口棺材，施捨給無力料理喪葬的窮人家，至今還在三里畈一帶傳為美談。1938年秋，父親和叔叔投身抗日救亡，出資在黃岡縣項家河鎮（今屬羅田縣）開辦軍用被服廠，為國軍172師等鄂東抗日部隊提供了後勤保障。軍用被服廠安排了一些從江、浙、安徽逃難至此的難民，為抗日戰爭做出了一定貢獻（事見拙文〈我的叔叔李鴻福〉）。父親鄙棄沽名釣譽之行，施恩從不望回報，飲譽鄉里，有口皆碑。後在中南民族學院中文系任教的王良知先生曾讚我父親為「當世之聖人。」1970年，父親因莫須有的歷史反革命帽子，被漢口花樓街派出所和紅衛兵強行遣送回原籍三里畈公社朱元洞大隊，至1982年按有關政策返回武漢，十二年中，老百姓和大隊小隊幹部念及我父親數

十年澤被桑梓，沒有讓我父親出過一天工，也沒有因我父親是四類分子而分派過任何無償勞動。從普通村民到小隊、大隊以至公社幹部，對我父親都十分客氣和照顧。我們每月將生活費寄給父親，父親來信說，他到了桃花源。在那個階級鬥爭天天講的年代，我父親的情況可能是極個別的。三里畈公社黨委書記張奎生早年在三里畈鎮做搬運工，對我父親的為人非常瞭解，他來朱元洞大隊檢查工作時，特地去看望我父親，噓寒問暖，並動情地對我父親說：「我母親吃你家的藥用籮筐裝，我終生不忘！」我父親哪裏記得清呢！當地老百姓評價我父親道：「祇有千里路的人情，沒有千里路的威風。」真是公道自在人心！

三

我父親是個品行端方且幾近古板的人，他為職業奔走，時至燈紅酒綠的繁華都市，但他潔身自愛，操持甚嚴。父親喜茶而不抽煙，善飲而從未醉過，嚴禁各種賭具進家門，以身作則，嚴以義方，禁止子女參與任何賭博打牌遊戲，也拒絕任何人在我家裏打牌賭博。父親七八歲時，三里畈鎮上幾位老人半遊戲半認真地把鎮上差不多大的十個孩子聚在一起結拜，我父親排行第十，所以，鎮上很多人喊我父親十爺。每當我父親從街上走過，一些在街邊擲骰子鬥牌九的人遠遠看到我父親走過來，相互間慌忙招呼：「十爺來了，十爺來了！」四散躲開。我們兄弟幼時，父親諄諄教誨道：「你們長大後為人處事，能對人說的事，方可以做；不能對人說的

事，萬萬不可為。」寓至理於淺近語言，成為我們兄弟一生為人處事之圭臬。

我母親生長農家，忠厚善良，聰慧過人，相夫教子，鄉里稱賢。父親每有善舉，母親均極力支持，從無吝色。1944年春，李祥順家族分家析產，父親以外姓子弟，不願沾李家利益，毅然棄所成之業於不顧，分文不取，以磨豆腐之微利維持全家生活。抗日戰爭勝利後，城鄉交易活躍，1946年春，父親帶著一家人到漢口，借高利貸做行商生意。不久即還清借貸，還略有盈餘，經人說合，胸無城府待人坦誠的父親與並不相知的麻城縣宋埠鎮人胡某某合夥在漢口開了一個山貨商號。由於父親以做行商為主，商號即由胡某某主持。誰知胡某某趁我父親遠赴廣州進貨之際，竟將商號內所有貨物款項席捲一空，逃之夭夭。

1947年春夏之際，父親在漢口洪益巷「大吉昌」商行聽人說胡某某在老家宋埠開了一個商店，就打算到宋埠去找胡某某了結款項債務。時商行內住著幾位三里畈一帶的紳士，他們因避內戰而租住在此，聽說我父親要到宋埠去，就找到我父親說：「國軍張淦部駐紮在宋埠，麻煩你幫忙打聽一下怎麼向他們購買槍枝彈藥及價格。」我父親生性不喜與政治事沾邊，他不懂政治，也討厭政治事，更因熟讀中國歷史並能跳出書本之外，故從不相信政治家們那些信誓旦旦、說得天花亂墜的誓言。他對國共雙方的內戰也沒有什麼好感，時時在朋友們面前流露出對傳統王朝輪迴的厭惡。他常說諸葛亮六出祁山，建「不世功業」，遭殃的卻是百姓，「每至興

師萬戶號，小民從古厭兵刀。」歷朝歷代的統治者和各路「英雄」，為什麼不能真正地為百姓著想、從百姓的角度來處理和解決國家事呢？所以，他對紳士們回答說：「我是個生意人，從不過問政治，也不懂政治，對不起了，你們的事我辦不了。」對方也沒有勉強，不過說說而已。

父親在宋埠找到胡某某，胡某某叫窮叫苦，百般哀求，可憐兮兮。父親無法，住了一夜，第二天兩手空空返回漢口。但就在那夜兩人閒談時，父親無意中說到三里畈的幾位紳士要他打聽槍價一事，父親說道：「誰去管他們那些閒事！」當時也不過說說而已。父親為生活緊張奔忙，來去匆匆，沒有精力也沒有時間去管這些既與自己毫不相干又是十分討厭的政治事。

四

我們家在漢口住房淺窄，祖母住不習慣，天天吵著要回三里畈去。這樣，到1948年春，我們一家人又回到三里畈鎮同我叔叔一家住在一起，旋即「解放」。到1950年土改時，由三里畈鎮周邊農村的一些遊民組成農會，家裏來二三十個農會的人吃大鍋飯，不幾天就把我們家吃光了。這時，農會判定我的繼祖父、就是父親的繼父償還六百萬元剝削帳（舊幣。1953年3月1日全國統一實行新幣，舊幣一萬元折新幣一元；舊幣一千元折新幣一角；舊幣一百元折新幣一分。為行文方便，下面敘述以新幣為單位），不在規定時間內還清就要抓人。時祖母剛去世，繼祖父作為地主，已被沒收一空，

叔叔又遠在外地，農會就要我父親代為償還。父親自分家後為一家人的生活艱難掙扎，哪有能力還這筆錢！農會的人不容解釋，父親百口莫辯，就跑出去躲藏起來，心想躲過鋒頭上這一陣再說。父親一走，農會的人天天來家裏逼錢要人，話說得越來越兇。在此危難之際，母親作出了一個既明智又大膽的決定，躲開農會的人，帶著姐姐四哥五哥六哥和我，步行三百多里山路後再坐輪船到達漢口，與父親團聚。在親戚朋友的幫助下，幾經搬遷，我們家最後在漢口生成南里21號樓上安頓下來。到了1951年元月，父親在漢口馬路上碰見三里畈區政府幹部熊某某，主動打招呼，談到我們家的實際情況，並問到剝削帳的事如何了結？熊某某說：剝削帳是一定要還的，還了就沒事了。那時父親已無法做生意了，一家人衣食無著，這大一筆剝削帳從何還起？而當時父親聽信了這區幹部的話，把這區幹部的話當成當地政府的決定，為求得安寧，遂狠下心來到處求人告貸，親戚朋友都借盡了，以湊夠剝削帳金額。如王良知叔叔，把戴在手上的金戒指取下，他夫人王嬸娘把金耳環摘下，借給我父親去抵債。我的細舅是農民，一生種田，這時把正當力的黃牛也給我父親抵債。還有堂舅的一對子母牛。問題是這些東西的作價，全憑區政府隨意決定，不聽也不准我父親開口。一副金耳環，作價五塊錢，兩頭牛作價十五元，所以，口頭上說的六百塊，實際上被逼走兩千塊不止，哪裏去講道理！我記得區裏的人到家裏來拿被褥衣服抵帳時，時值寒冬，被子沒有了，棉衣沒有了，六歲的我穿著單衣冷得瑟瑟發抖，緊緊依偎在母親

1951年夏李文熹與四哥五哥六哥合影　　　1952年李文熹八歲時留影

懷裏，八歲的六哥則蜷縮在床角。一個區裏的人見狀，動了
惻隱之心，把我和六哥穿的大衣丟還給我們，還說了一句：
「小孩別凍倒了。」也沒有人反對。十歲的五哥和十三歲的
四哥就沒有我和六哥幸運了。

　　1951年到1953年，那三年家裏的生活才叫困難！俗話
說，家無宿糧，已是困難至極，而我們家是吃了上頓不知下
頓在哪裏，還扯下兩千多元的巨大債務！為還清這筆巨大債
務，全家人節衣縮食二十多年，才全部還清。那時父親既不
能做生意，加之年齡偏大，也找不到適合他做的工作，他和
朋友們談及生活困難事，朋友們說：你做過茶葉生意，懂茶
葉，新茶出來時，就幫我們買幾斤綠茶吧。父親想想也沒有
別的辦法，就在那幾年的春季，新茶剛上市時，父親通過朋
友批來新茶，在家裏分好等級，一斤一斤包裝好，以比市面
上略低的零售價，請朋友們幫忙代賣。我記得中南民族學院
的王良知先生和武漢大學的黃焯先生幫忙代賣得最多。武漢

大學中文系歷史系的先生們聽黃焯先生介紹我父親的情況後，這個訂三斤那個訂五斤，總要買七八十斤，王良知先生和黃焯先生將預訂數寫信過來，父親帶上四哥，按數送到中南民族學院和武漢大學。這每年一次的茶葉生意大約做了五年，雖獲利甚薄，總也解決點問題。上世紀八十年代，我大哥到南京，程千帆先生很關切地詢問我父親的情況，談起這事，程先生一疊連聲的說：好茶葉好茶葉，又便宜又好。

我二十歲的姐姐（李掌珠）放棄了學習，在漢口勝利街一家縫紉合作社上班，那裏是計件工資，為了多掙幾分錢，我們給她送去午飯時，她不下縫紉機三口兩口吃完，我們收拾飯盒還未離開，她就已經在踩縫紉機了，不幾個月，她就得了胃病，且越來越嚴重，也無錢醫治。為了一家人的生活，姐姐咬牙堅持上班，直到1953年她考進裕華

1953年姐姐李掌珠進入裕華紗廠工作

紗廠織布車間做擋車工，在醫務室治療後，病情才緩解。就是在裕華紗廠三班倒的情況下，姐姐為了家裏的生活，剛進廠那半年，上夜班時白天祇吃一餐飯，一個月伙食費僅用三元錢，致使健康受到嚴重損害。

為貼補生活，那幾年夏天我們還賣過茶。天晴時，母親燒出開水泡好茶，我和五哥六哥分頭提著茶壺沿街叫賣：「喝茶囉，一分錢兩碗！」有次我走到交通路，醫藥公司

正在修整房子，一個在室內腳手架上的泥瓦匠朝我喊道：「小孩，喝茶！」有人買茶喝，我心裏很高興，小孩子也不知道危險，就從一些建築材料的縫隙中鑽過去，繞到腳手架下，放下茶壺，趕忙倒出一碗茶，雙手遞給在腳手架上的泥瓦匠。那泥瓦匠彎下腰伸手接過一口喝了，手拿茶碗問道：「麼樣賣？」我說：「一分錢兩碗。」「一分錢三碗賣不賣？」那泥瓦匠問道。我說：「別人賣茶是一分錢一碗，我賣的茶是一分錢兩碗。」「一分錢三碗賣不賣？」那泥瓦匠繼續問道。「不賣！」我朝著那泥瓦匠回答。「一分錢三碗不賣我就不喝了，我喝了你一碗茶，半分錢，我把你一分錢，你找我半分錢。」我說：「我哪有半分錢找給你呢？」那泥瓦匠調笑著說：「沒有找的就把不成！」說完他順手把茶碗放在跳板上，轉身走到別的跳板上去了。那跳板我一個孩子的手夠不著，拿不到茶碗，周圍又沒有墊腳的東西，我急得要哭了，連連哭喊道：「你把我茶碗還給我吧，你把我茶碗還給我吧！」那泥瓦匠像沒聽見一樣，還是另一個泥瓦匠走過來把茶碗遞給我。

那些年，母親已夠操勞了。我們幾兄弟正是長身體的時候，身上穿的衣服腳上穿的鞋子大多是母親一針一線做出來的。家裏用不起一盞電燈，申請把電線剪斷，點一盞青油燈。那時候燈草便宜，三分錢一把的燈草可以用半年。我們做作業時，點兩根燈草，到我們睡下，母親撥熄一根，點一根燈草給我們做鞋縫補衣服到大半夜。看著母親在燈下疲憊的面容，我總不忍心把在外面受到的委屈告訴她。每天賣茶

的幾分錢，我總是喜孜孜地放到母親手上，這時，母親總是疼愛地撫摸著我的頭。

每天晚飯後，我們兄弟四個在一張借來的大方桌上做作業，一人占一方。母親做完家務就湊近桌子就著燈光做針線活，父親則在一邊看些「閒」書，看到有所感觸的地方，經常是不知不覺中就吟誦起來。現在想來，父親的讀書態度，是一種無目的，非功利，不以心為形役，純粹依個人興趣隨意閱讀的審美態度，這與他淡泊的人生態度是一致的。父親從不過問我們的作業，有時母親忙不過來，他就幫我母親做些針線活，縫補衣服做布鞋補膠鞋他樣樣都在行，有一次他還用舊衣服給我做出一件棉襖來。我們都說父親有一雙巧手，他能用簡單的工具做出一張很漂亮的小圓桌，給燒壞了的開水壺和蒸飯的鋁鍋換底，我們家以及街坊鄰舍的爐子都是父親砌的，家裏錘錘打打的事都是父親做，他做什麼像什麼，起早睡晚，手上總有做不完的事。父親做事有個特點，就是邊做事邊吟誦詩詞，手上做事的動作與口裏的吟誦合著節拍，蠻有意思。父親把詩詞吟誦得非常好聽，抑揚頓挫，聲音裊繞，這一點，他有我祖母的遺傳，我祖母也是將詩詞吟誦得非常好聽。

每天總是我最先把作業做完，四哥讀中學，他作業多，總是最後做完。等到我們都洗漱罷，臨睡前，都圍著父親，聽他「挖古」，這是我母親說的玩笑話。實際上，父親是以時為經，以事為緯，用故事的形式將中國古代史講給我們聽，我們都聽得津津有味。我至今還記得我為韓信被殺於長

樂宮鐘室、岳飛血灑風波亭而流下了眼淚。我問父親：「什麼叫『莫須有』？」父親解釋道：「莫須有原來的本意是可能有、也可能沒有的意思，因秦檜構陷岳飛用了這三個字，後來就專指誣陷別人為莫須有。」稍停，父親提高了聲音說：「孟子說：『無是非之心，非人也！』」接著父親就大聲吟誦道：「名山大川，還千古英靈之氣；皇天后土，明一生忠義之心！」不知不覺中，我們對於氣節、操守、風骨和德行這些詞語的含義，有了形象而難忘的認識。到了星期天，父親則給我們講述古文詩詞和聲律對韻，他要求我們背誦，但並不嚴格規定。父親說：「你們長大後，生活閱歷多了，就知道要做到寵辱不驚、名利兩忘是很不容易的。人生的千山萬水，盡是掙扎。但生命要高貴，要自尊，不以物喜不以己悲，不論何種情況下，都不要放棄精神上的美好追求，都不要喪失普愛眾人之心。歐陽修說：『視其所好，可知其人焉。』人生可以殘缺，但精神生活不能簡陋，最低的要求，就是用詩詞來豐富它，因為詩詞不僅可以陶冶性情、超然物外，還足以養人正氣、銷人邪心。」父親的這些話，我當時理解不到，是在許多年之後，在無可奈何的艱難歲月中，我才領悟到，父親所說的是人格獨立精神，是人類的普世價值，是人類生存的支柱——仁愛、慈悲和不朽的文學藝術。

我喜歡背誦古文，那時年齡小，記憶力好，寒暑假時一天背誦一篇《古文觀止》上的文章，父親很高興，說古文基礎打好了，就給我們講「四書」。父親很喜歡三哥（李文輝），他常對我們講三哥九歲時對對聯的故事。那是1943年

冬天，在三里畈鎮，一家人圍著火盆烘火，三哥則邊烘火邊拿著一本書在看。父親突然想起夏天時看到三哥在看《笠翁對韻》，就問三哥看不看得懂？三哥不好意思地一笑，說看得懂。此時，父親指著窗外的天空對三哥說：「你看，天上有一隻鷹在飛旋。它為什麼盤旋呢？是因為它在找食物。我出的上聯是『天際鷹旋鷹覓食』，你能不能對呀？」父親又逐字講解了一下，特別是兩個相同的字。在說這上聯之前，父親說的三五個字的，三哥都不假思索的一口氣對上了。這有兩個相同字的七字對聯，三哥沒有馬上對出，他起身到院子裏走動了一會，大約一刻鐘之後，三哥進來靦腆地一笑，說：「我對得不好。」父親哈哈笑道：「你九歲的孩子，能對就不錯了。說吧，對得不好沒有關係。」三哥說：「我想到狗在進窩睡覺之前，要圍著窩打幾個轉才進去。所以，我對的下聯是『地中犬轉犬尋眠』。」父親高興得哈哈大笑起來。

每次父親講到最後，也都哈哈大笑起來。我們也跟著亂對一氣，父親就慢慢講解詩詞格律對仗，鼓勵我們學著對對聯和學寫舊體詩。父親說武漢話平仄不調，他要求我們用黃岡話背誦詩詞，他說：寫詩寫文章沒有什麼捷徑竅門可言，就是多讀多背多寫，自然會寫好。「詩從胡說起」、「文從亂中來」，讀多了背誦多了，詩詞平仄也就自然掌握住了，文章也會通暢起來。我們饒有興趣，問這問那的，父親總是耐心解釋，一家人其樂融融，總是在我們亂七八糟的吟詩賦詞中睡去。

我們原來住在漢口廣益橋的時候，有個街坊，他們家過

去是開茶葉鋪的，日本飛機丟炸彈把他們家鋪子炸了，一家人就在斷壁殘垣上搭了個低矮的木板房棲身，在門前擺個茶葉攤子糊口。父親和那老闆相熟，我稱呼那老闆為伯伯，那老闆娘為伯娘。後來我們家搬到生成南里，兩家還保持著來往。一天，那伯娘到我家來，介紹我母親做一雙布鞋底，說是一個碼頭工人的，說好的價錢是兩角錢。母親說：「他伯娘，一雙鞋底我得三四個晚上才做得出來，又得好材料好線索鞋底才結實，兩角錢是不是太少了？」伯娘說：「先做一雙試試，價錢不能高了。價錢高了以後沒人找。」母親聽伯娘這樣說，祇好答應下來。

幾天後的一個晚上，母親牽著我送鞋底到伯娘家去。伯娘讓我們坐一會，她把鞋底送到碼頭工家去。不一會伯娘就回來了，手裏拿著一角錢，對我母親說：「那碼頭工祇願出一角錢。」母親詫異地說：「兩角錢我都是貼著布料的，還不談工錢！這人這樣不講道理，這一角錢我不要了，麻煩你去把鞋底拿回來。」伯娘不願意去拿回鞋底，反對我母親左勸右勸，母親沒辦法，祇好拿上一角錢牽著我回家了。

我們家斜對門是一家私人開的「義和飯館」，老闆就是廚師，老闆娘招呼顧客，不做早點和晚餐，就賣中午一餐飯。1952年春上，飯館同屋的袁奶奶見老闆夫妻把剩菜剩飯都倒掉，想到我們家的困難，就每天中午給我們送來一大瓷盆剩菜剩飯，那個香那個味道，我覺得真好吃。後來，母親看到一些病人經常在那裏吃飯，害怕我們受到傳染，就婉言謝絕了袁奶奶的好意。

家裏經常是買不起米，我們就天天到菜場去撿菜葉，蔬菜旺季時，我一撿一滿籃子，興沖沖提回家交給母親，母親洗乾淨後炒一鍋沒有油的老菜葉子，一家人填飽肚子。但接連吃了兩餐菜葉後口裏就冒清水，再吃就難以下嚥。吃不完的菜葉父親就醃起來，一年四季我家的桌子上總有一碗醃菜。

再就是買一些副食和莖塊蔬菜充當主食。吃得最多的是蘿蔔、荸薺和紅薯。武漢方言叫紅薯為紅苕，或就叫苕，菜場裏賣三分錢一斤，而在河邊碼頭上祇賣一分半一斤，寒冬臘月，雨雪紛紛，總是父親和四哥走好遠的路到泥灣的河邊去買，一人扛一袋子，一袋子三十多斤，但我家人口多，也就吃不了幾天。紅苕是蒸著吃，蘿蔔和荸薺則煮著吃，這些東西也不能連著吃兩餐，母親就調換著弄給我們吃。

那幾年家裏的經濟來源主要靠姐姐做縫紉，也就是說，我們下面四個兄弟包括父母在內六口人的生活主要靠姐姐，大哥（原名李文俊，後改名雷雯）和三哥是1950年參軍遠在東北軍區，當時是供給制，開始時他倆每個月祇共有六元錢津貼，後來陸續增加了一些，但他們也節餘大半寄回家，對家裏是很大的補貼。1957年姐姐出嫁後，有自己的負擔，但每月仍寄回家十五元至二十五元不等，逢年過節和父母生日時還多寄十元，一直到1983年她病已沉重之時。1958年元月，大哥因胡風分子問題被勞動教養，無力照顧家庭，於是，我們這個又大又複雜家庭的經濟重擔主要落在三哥肩上。

1955年8月李文熹在生成南里21號坪台上與五哥六哥合影

1956年9月1日三哥回武漢探親時合影。前排左起：李文熹，母親雷仲坤，姐姐李掌珠；後排左起：六哥李文瀾，四哥李文極，三哥李文輝，五哥李文鑑。

1953年部隊實行薪金制後，直到1995年母親去世為止（父親於1993年去世），三哥四十二年如一日地每月按時給家裏寄回生活費，多少呢？——他一大半工資。1953年至1956年三哥每月工資也就六七十元，1956年至1958年他工資八十八元，1958年秋他轉業到雲南，工資套級祇有七十八元。而1953年至1955年三哥是每月寄回四十元；1956年至1958年是每月寄回五十元。1959年至1962年是每月寄回四十五元。1962年後我另兩個哥哥工作了，父親叫他少寄點，他減了一點，每月寄回三十五或四十元。工資改革後，他更是一百二百地寄了，包括父母去世後的喪葬費也主要是他出的。我還清楚地記得這樣一件事：1956年4月，家裏沒有按時收到三哥的匯款，等著買米下鍋的一家人真是望斷了脖子。一天一天過去了，看看到了月底，三哥的匯款還是沒有寄來，父母猜測，是不是三哥對照顧家裏生活有什麼想法了？於是，父親給三哥寫了一封詢問的信。到了5月份，收到三哥寄來的兩個月的生活費和給父親的一封信，原來是三哥出差了。三哥出差前請一位同事到時代領一下工資並代為將家裏的生活費寄回，誰知那位同事後來也出差了，他不瞭解三哥的匯款對我們家庭的重要，沒有轉託別人，致使我們家那個月像過了劫難一樣。我還記得三哥在信中把事情解釋清楚之後，有這樣一句話：「贍養家庭，這是兒責無旁貸的義務。」這是四十二年中唯一的一次沒有按時收到三哥的匯款，而且後來還補上了。五十多年來，這件事一直在我的生命深處不時浮現，三哥高尚的品德給少年的我該是多麼大的

震撼！我又是多麼幸運，在我荊棘塞途的艱難人生中，能有這樣的哥哥姐姐扶持我長大成人，此生何求！

三哥是家裏的經濟支柱，而大哥在部隊以及轉業到地方後，直到1958年元月去勞動教養，也是月月按時寄錢照顧家裏的生活。大哥1962年回漢後到1979年平反前的十六年間，他在學校代課也好，幹繁重的體力勞動也好，節衣縮食，每月從微薄的工資中還擠出五元錢給父母。平反後，他工資待遇有了改善，不僅每月按時寄回給父母的生活費，還額外給父母添置了許多生活用品，直到父母去世。可以這樣說，三哥、姐姐和大哥除了贍養父母，我們幾個小一點的弟弟也是他們養大的。後來我們幾個兄弟成家立業，有的還學有所成，追本窮源，全都出自姐姐、大哥特別是三哥的恩澤。父母去世後，我們兄弟如有生病或別的什麼事，三哥都是不遺餘力地在經濟上接濟我們，包括2002年大哥回武漢，他還寄錢來為大哥修整房屋和添置生活用品，為此大哥還寫下了一首很動感情的舊體詩：「孤燈長夜冬難盡，惜老哀貧又是君。為我寒巢添春草，朔風狂嘯也溫存。」

現在回想起這些往事，溫暖中又使人感到後怕。幾十年間，我們家多麼像一隻在風雨中飄搖的破船，如果不是姐姐大哥特別是三哥對這隻破船的極力支撐，早沉沒了。

五

上世紀五十年代初，麻城縣宋埠鎮的胡某某參加當地合作社工作，幾年後因為貪污公款被逮捕。在牢裏，胡某某為

了立功贖罪，竟誣陷我父親到宋埠購買槍枝彈藥，向公安局檢舉。公安局當然當個事來辦，這就是1957年我父親被逮捕的原因。當時三里畈鎮已劃歸羅田縣管轄，所以，我父親這個案子由羅田縣公安局辦理。

問題是公安局不分青紅皂白，一口咬定我父親買過槍枝彈藥，還不僅是有沒有打聽過槍價的事。他們無中生有地列出我父親買槍的清單，逼我父親承認，我父親如實交待，他們根本不聽。我父親說：「我是個生意人，不懂政治，也不過問政治，一生沒有參加過任何黨派，也沒有跟任何黨派任何政治組織有過往來，更不存在買什麼槍枝彈藥的事。我在三里畈長大，三里畈的人都瞭解我，你們到三里畈去調查一下，看我是一個什麼樣的人。要買槍的那幾位紳士都在1950年和1951年的土改、鎮反中被槍斃了，我要是跟他們一夥的，為他們辦過事，參與過他們的活動，當時怎麼沒有牽連到我呢？再說，這還沒有幾年的事，那些案卷總還在吧。你們查查那些案卷，看看裏面有沒有我的問題，我說假話沒有。共產黨說不冤枉一個好人，你們不能要我承認不存在的事吧！」辦案的人完全不顧事實，不允許我父親分辯，不聽我父親所說的實際情況，說我父親頑抗政府，動用逼供信，無中生有，羅織罪名，逼我父親按照他們憑空編造的一套作為口供交待，我父親斷然拒絕。

父親被捕後幾個月了，杳無音訊。四哥多方打聽，得知父親被關押在羅田縣公安局看守所，七月份時，四哥去羅田縣看守所探監，沒有見到我父親。母親決定帶我去探監，送

去父親的換洗衣服。

那是炎熱的八月天氣。我和母親半夜坐船，凌晨三點到達黃岡縣團風鎮大埠街。天亮後再從團風乘坐途經三里畈的客運卡車（當時祇有卡車載客，每天一趟），二百里崎嶇土公路，顛簸得把人的腸子都要顛出來了。母親是一雙小腳，到三里畈時已疲憊不堪，在堂姑媽家倒頭就睡。

三里畈是個小鎮，我們母子回到三里畈的消息不脛而走，不一會全鎮人人皆知。那幾天，川流不息的人來看望我母親，許多老人見到我母親就眼淚直流。三里畈鎮黨委書記張奎生的母親用手巾包了六個雞蛋來看望我母親。特別是到了晚上，堂屋裏坐滿了人，大家都聽我母親述說分別這六七年來的情況，說到傷心處，許多人陪著流淚。大家說到土改時農會的那些人，政府怎麼培養都不是那塊料，現在依然是周邊農村的遊民，見人就說吃大鍋飯時真快活。不少人叮囑我母親，羅田縣看守所的所長姓熊，矮個子，非常兇惡，千萬當心。

我雖然是在三里畈鎮出生的，但一歲多就離開了這裏。雖然四歲時又回來住了兩年，也祇有零星的模糊印象。這次回到故鄉，才知道三里畈鎮是個山清水秀的美麗地方。像許多江南小鎮一樣，白牆青瓦，高低錯落的飛簷斗拱，一條彎彎曲曲的由青石麻石相間鋪成的正街，屋後臨水，許多房屋的後半部份就支撐在池塘上，叫做吊樓，荷塘月色，景致很美。而三里畈鎮又有一般江南小鎮所沒有的自然景色，那就是群山環抱，層巒聳翠，雲霧繚繞，翠羽丹霞，尤其是那玉

帶一般繞鎮而過的巴河清澈可人，難怪大哥在懷念故鄉的詩中寫道：「巴河／像天鵝的羽毛／從天邊雲縫裏／飄過來」。

從三里畈到羅田縣城的班車就是從團風開過來的那個卡車，一天就那麼一趟，大筐小擔，擁擠不堪，在這中途我和母親是絕對擠不上去的。母親決定，我們住到二表姐家去，由表姐夫送我們到縣城，橫豎就祇三十里路，淌過巴河走過去。

二表姐家就住在距三里畈鎮三里路遠的巴河邊，那個倚山傍水的小村子就叫「大河邊」。我們在二表姐家住了兩天，正準備動身時，曾經在我們家做過廚師的老熊叔叔找到這裏來看望我母親，他聽說我們要去縣城探監，就主動提出和表姐夫一起送我們去。

北斗星剛剛斜過來的時候，我們一行四人就動身了。表姐提著一包袱饃饃送我們到河邊，老熊叔叔把我扛在肩膀上，表姐夫揹著母親，涉水淌過了巴河。

母親是小腳，走不快，而且走不了幾遠就得休息一下，三十里崎嶇山路，烈日炎炎，走走歇歇，到下午一點多鐘才到縣城。我們在縣城外的山澗邊，喝著清涼的澗水，吃著饃饃，略事休息後，一路問去，找到看守所，表姐夫和老熊叔叔在外面等著，我和母親走了進去。

我填好了會見單，以為馬上就可以見到父親了，心裏不是個滋味。半天，通知我們說不能見。母親問為什麼不能見？答覆道：不知道，問所長去。母親說我怎麼知道所長在

哪裏？一個人帶我們走進所長辦公室，祇見牆上掛著好多腳鐐手銬，很恐怖的感覺。辦公桌邊坐著一個矮矮的人，母親問道：「請問您是所長嗎？」那人很生硬地說：「是的。有什麼事？」我插了一句問道：「請問貴姓？」「姓熊。」熊所長橫了我一眼。母親說明我們探視誰以及親屬關係，不等母親說完，熊所長大聲呵斥道：「不能探視！出去！馬上出去！」母親說：「不能探視，換洗的衣服總可以送給他吧。」熊所長把桌子一拍，惡聲道：「不要衣服！滾出去！」母親不走，還在哀求。熊所長又兇又惡，拍著桌子大聲吼罵。我看到母親受到吼罵，心裏一急，就不顧一切朝著熊所長氣憤地大聲吼道：「你為什麼吼我媽媽？你為什麼吼我媽媽？」熊所長愣住了，兩個在一旁的看守也伸長了脖子愣望著我，我兩眼像噴火一樣瞪著熊所長，屋子裏頓時靜下來。半天，熊所長才緩過神來。不知是他良心發現，還是別的什麼原因觸動了他，熊所長反倒平靜下來。他望了望我，指著椅子說：「你們坐。」語氣異常平和。母親坐下來，我還是站著。熊所長問道：「送的衣服呢？」我把一包衣服放到桌子上，熊所長叫來一個看守，吩咐道：「檢查一下，送進去，打個收條出來。」在等待的時候，熊所長問我多大了，讀幾年級？我一言不發，母親代我一一回答。不一會，看守送來父親打的收條，母親向熊所長和看守表示感謝。

　　返回的路上，聽著母親向表姐夫和老熊叔叔講述在看守所的情況，不知怎麼觸動了我，我號啕大哭起來。他們都安慰我，但我越哭越厲害，邊走邊哭。太陽落山了，天慢慢黑

下來，我很疲倦，走不動了。老熊叔叔把我扛在肩膀上，我雙手抱著他的頭，昏昏睡去。朦朧中，聽到他們借宿農家，老熊叔叔把我輕輕放在床板上。第二天上午，我們才回到表姐家。

六

1957年10月23日，父親被湖北省羅田縣法院以無中生有的「歷史反革命罪」，加上態度頑固、抗拒交待、拒不認罪等莫須有的罪名，從重判處有期徒刑十二年，械往湖北省沙洋勞改農場勞動改造。

1964年父親李觀佑61歲留影

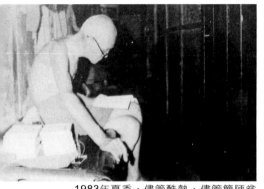

1983年夏季，儘管酷熱，儘管簡陋貧困，父親李觀佑依然讀書不輟，時年八十歲

1992年夏父親李觀佑九十歲留影

1992年夏父親李觀佑母親雷仲坤同慶九十歲時合影

1992年夏母親雷仲坤留影

　　1962年1月9日，父親因年老體衰「保外就醫」回到武漢，戴上「歷史反革命帽子」，在監督管制中艱難生活。

　　是我到沙洋勞改農場接父親回家的。那天上午，我扶著父親走出勞改農場，朝漢江邊碼頭走去時，父親回頭望著勞改農場的大門，邊搖頭邊說道：「共產黨說是不冤枉一個人！」接著就是一聲長嘆：「唉──」

　　父親的這句話和這聲長嘆永遠停留在我心上！

何期淚灑江南雨
——悼念湖南教育家陳簡青先生被害六十週年

一

上世紀初到其後近五十年間，在湖南耒陽有兩個著名的讀書人，其中之一就是教育家陳簡青先生。

陳簡青先生學名斗寅，字簡青，1880年12月11日（清光緒六年夏曆十一月初十）出生於湖南省耒陽縣鴻鶴泰平村（今沖頭村六組）一個崇文尚教的耕讀之家。幼承庭訓，聰慧好學，七歲從祖父彝春公發蒙。因簡青先生三歲時右臂不慎骨折，傷愈後右手稍短於左手，及至發蒙後右臂不能大張，握筆有礙，乃用左手懸筆學大字，右手習小楷，持之以恆，遍臨家藏碑帖，終至書法有成。

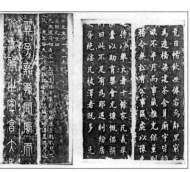

左｜陳簡青先生遺像
右｜陳簡青先生遺墨
（篆字為左手書寫，原件現藏於湖南耒陽蔡倫紀念館）

1896年簡青先生十六歲時，師從資篤生先生求學於泚江書院。兩年後入縣學，補博士弟子。簡青先生自發蒙後，即開始了艱苦、踏實的求學生涯，先後就讀於嶽麓書院、石鼓書院和船山書院，曾師從國學大師王闓運。王闓運先生在批閱學生的作文時，曾批簡青先生作文為「美女繡花」，譽其文采秀麗。眾人咸推簡青先生為湘綺門下之首。經過二十餘年的刻苦學習，簡青先生為日後從事教育工作打下了堅實的基礎，至三十歲時，簡青先生學有所成，曾一度主講耒陽紫雲書院。當時，西風東漸，簡青先生深感應加強新文化方面的修養，遂於民國元年他三十二歲時，再度進入嶽麓湖南高等師範文科深造。時湘中名宿瀏陽劉蔚廬、湘潭孫繼虞、臨湘吳鳳笙、寧鄉成贊均、長沙袁淑輿等，在此多列講席，但他們對簡青先生則以學友視之。同學中有衡陽的劉豢龍、蔡漁春、段嶁生等，對簡青先生則以師視之，遇到爭議的地方，如學生一般向簡青先生請教，在熱烈的討論中含英咀華，求得真知。經過四年融匯貫通的學習，淹貫博洽的簡青先生正式走上了教書育人的教師道路。

　　據湖南師範大學劉巳明教授1986年回憶，他於1919年考入衡陽成章中學，編在九十班，國文教師就是簡青先生。當時耒陽籍同學李漢藩、劉泰、李笑春、谷梅青，以及衡陽同學戴匡平、黃宣等所作進步作文，簡青先生極為贊賞，時作範文在班上朗讀。1922年，成章中學以李漢藩、劉泰為主，成立進步讀書會，每逢星期日，把許多進步書籍陳列在本班教室，供全校同學閱讀，不僅可讀，還可買，劉巳明教授當

時就買了一本《共產黨宣言》。對學生的這些進步活動，簡青先生一貫是支持和鼓勵的。後李漢藩、劉泰在革命鬥爭中光榮犧牲；李笑春武昌高師畢業，任貴州大學中文系教授；戴匡平畢業於北京大學歷史系，亦在湖南師範大學當教授。他們回憶起某次簡青先生在班上問學生：「子曰：學而時習之不亦悅乎，當如何解釋？」有同學回答：「讀書要經常溫習，及有所得，就很高興了。」簡青先生滿面笑容地說：「可不可以這樣解釋：學，既要按時溫習，又應安排時間休息，也就是合理地安排讀書和休息時間，一定的時間讀書，一定的時間休息，及至學有所得，難道不是很高興的事嗎？如果祇講『學』而不安排好休息，樂從何來？」春風化雨，飲水思源，他們都深切感念簡青先生當年的諄諄教誨，給他們打下了堅實的文化基礎。

中國讀書人講究的是先天下之憂而憂、後天下之樂而樂的處世原則。簡青先生師承三湘文化傳統，在國弱民貧的二十世紀初期，他卓有遠見地預感到天下將風雲際會，故把培養青年、給國家輸送人才，視為讀書人的天然職責。簡青先生滿腹經綸學貫中西，除了與稟承書香門風、資性敏悟、接受新文化新思想、鍥而不捨地求學相關聯之外，還深受撫養他長大成人的二嬸母的節操影響。

簡青先生半歲時，他祖母做主，承祧早逝的二叔父一房，由二嬸段氏撫養教育。二嬸溫厚有禮，通大義，深諳教育之法，故對簡青先生課讀極嚴。當時家中田產僅夠自給，二嬸自奉甚儉，但送給塾師的報酬分毫不少。簡青先生稍

長，開始交朋結友，每次有朋友來，二孀都熱情款待，並希望他們交流學習所得。如果來的朋友嬉戲過度，二孀必出面教育，由是給簡青先生以自振的鞭策。簡青先生入縣學後，遠赴衡陽、長沙等地求學，學費及生活所需，皆由二孀典鬻田畝供給，毫無吝容。每次假期，簡青先生回家，二孀都要問其功課。在簡青先生學習中遇到困難時，二孀總是予以寬慰，並幫助找出解決的辦法。簡青先生十一歲時，生母去世，彌留之際，把三個孩子託付給二孀，當時簡青先生的大哥十七歲、大姐十四歲，細妹尚在襁褓。二孀對三個孩子如親生一般疼愛照顧，直到各自成家立業。簡青先生二十一歲時，就讀宜章官廨雷先生，他將二孀的事蹟寫成行述請教雷先生，雷先生閱後嘆為奇節，並為之書有四六句敘其事。寒假時回家，簡青先生向二孀稟告此事，二孀笑道：「我哪禁得起！」1910年二孀病逝，簡青先生痛不欲生！喪事後，他將二孀行述補充完整，於1915年請時在嶽麓書院任教的臨湘吳獬先生批閱。吳獬先生閱後評曰：「讀之肅然，可歌可泣，知生賢有由也。」並因此肯定了簡青先生賢良方正的品行是有其家庭淵源的。

　　吳獬先生一言之譽，的是確評，簡青先生終生未辱此言！他的賢良方正、他的躬行實踐、他的嚴以律己寬以待人，是他一生為人處世的圭臬，也成了他終生的負累。

二

兩千多年來，中國傳統讀書人就是沿著傳道授業解惑這條線延續下來，簡青先生自不例外。但他並不是一個讀死書泥古不化的私塾先生，而是一個在傳統文化的基礎上，接受新文化新思想，勇於開拓並善於籌劃的進步知識分子。簡青先生對湘南特別是耒陽教育的最大貢獻，就是創建廣湘中學。

那是上世紀二十年代初的事。當時湘南二十四縣，祇有衡陽建有公、私立中等學校六所，故每年從湘南各縣來衡陽報考中學的考生大半不能錄取，其中又以耒陽學生為多。簡青先生睹此狀況，憂心如焚，他清楚地知道，掌握了科學文化知識的青年就是國家的未來，多一個青年受教育，實現富民強國的理想就多一份力量，遂奔走呼籲，與當時教育界知名人士蔣克誠、谷巨山、李芷芬、李嘯村、黃銓一、吳仲祁、蔡誠等，於1924年在衡陽創建廣湘中學。

廣湘中學創建之初，成立校董會，簡青先生雖是主要創始人，但他考慮到應把主要精力放在教書育人上，遂力推蔣克誠為首任校長，自己祇列主要校董之一。眾人見為廣湘中學草創擘劃、艱虞獨承的簡青先生主動讓賢，非常感動，遂互相揖讓，精誠團結，很快，廣湘中學成為湘南的名校。

1927年，北京大學傾慕簡青先生的道德文章，派專人來湘，聘請簡青先生赴北京大學任教，這在當時是頗為轟動的事。因校長蔣克誠長期不在學校，校中事務，實際上由簡青

先生主持，他考慮到廣湘創辦不久，根基未固，及大批湘南學子急切求學的困窘，遂拋名利於身外，婉辭北京大學聘約。

　　簡青先生婉辭北京大學聘約的行為，實際上就是儒家思想的精髓——「仁」的光輝體現，也是中國傳統讀書人道之所存師之所存的範例。古人有責己重以周、待人輕以約的優秀傳統，重以周，不致懈怠；輕以約，則樂為善。簡青先生承襲船山、嶽麓遺韻，古風猶存，他離不開湘南一批又一批嗷嗷待哺的學子；他離不開養育他幾十年並讓他學有所成的湘南故土，他要回報故鄉，以悲憫的情懷，把自己的愛一點一滴地灑在故鄉那乾涸的赭紅色土地上。這種愛，這種善，這種仁，正是千百年來積極的、正面的中華文化點滴積累的優秀結果。

　　讀書人是文明的脊骨，知識分子是社會的良心。在烽煙遍野的抗日戰爭時期，簡青先生以讀書人的脊骨和知識分子的良心，殫思極慮，為廣湘中學的生存費盡心力。

　　廣湘中學原設在衡陽市江東岸，創辦不久，簡青先生見各方面漸入正軌，為儘快提高湘南的文化教育水平，他除在本校任教外，還同時兼任衡中、五中和六中的國文課。1938年，由於日機轟炸，廣湘師生每天清早要跑到十華里以外的山區防空，在樹林裏堅持上課，晚上再跑回學校就寢。有一天校舍全被日機炸毀，幸好師生員工早已跑進山林，沒有人員傷亡，但學校所有房屋、教具及師生的行李全被毀盡。在原校舍難以繼續教學的情況下，學校召開校務會議，決定全

校師生立即疏散，學生暫時回家，待學校搬遷後，另行通知復課。不久，擇定衡南新市下街壽佛殿為校址，繼續上課。嗣以董事會內部意見不一，影響教學，簡青先生於危難之際出任校長，書生本色，挽狂瀾於既倒，與在耒陽的董事商議後，力主將廣湘中學從新市遷至耒陽城郊零洲坪，成立籌建校舍委員會，推李嘯村先生主其事，所需經費，由簡青先生變賣部份田產、以及自己的全部薪資積蓄支付。於是租賃到幾十畝土地，用竹木、泥草搭建臨時教室、辦公室及師生寢室共十九棟，於1941年3月開學，入校學生達五百餘人。誰知5月的一個深夜，校舍被壞人放火燒毀，師生衣、食、住頓成問題，李嘯村因負總務責任，急得在地上打滾，許多學生嚎啕大哭。簡青先生在此急難中，安慰全校師生道：「困難當頭，壞人能火毀學校，決不能阻我卓育人材的決心。我們就是粉身碎骨，也不能讓學校倒閉、學生失學。我們祇有同舟共濟，齊心協力，重建學校，渡過難關！」乃帶同李嘯村等，連夜與當地農村聯繫，借用堂屋，日作教室，夜作宿舍，堅持上課。簡青先生在安頓好師生臨時教學生活後，為長久計，他星夜趕至公平雲山寺，與方丈老和尚商借租用寺廟辦學。憑著簡青先生的盛名，以及與老方丈的交情，寺僧慨然應允。三天後，瑯瑯書聲就響徹雲山古寺，春秋四度，直到抗戰勝利。

抗日戰爭勝利後，簡青先生帶領廣湘中學師生告別雲山寺，搬進耒陽城壽佛殿，即今耒陽二中校址。七年之內，廣湘中學四次大轉移，時簡青先生年過六旬，但事無鉅細，件

件躬親，未雨綢繆，辛苦異常。即使繁雜瑣碎的校務工作佔去簡青先生許多時間和精力，但他所兼數班的國文課，卻從未中斷，當時學生以校長來兼本班國文課為榮，真正做到了誨人不倦。簡青先生講授國文數十年，一貫認真備課，能融學生理解深淺於課文分析之中，旁徵博引，妙趣橫生，且用正楷板書和批改作業，一筆不苟，在物資匱乏精神緊張的抗戰時期，雋秀挺拔的書法藝術不僅使學生得到美的享受，更能讓煩躁的心情平靜下來，從心裏升起對生活的信心和希望。

說起簡青先生的書法，那不是一般工夫能達到的。他左手懸肘書大字，右手寫小楷，從現存於耒陽蔡倫紀念館的幾幅真跡來看，造詣斐然，達到了很高的藝術境地。這幅用左手書寫的篆字對聯，架構嚴整，朗潤秀長。兩截楷書，源於歐體又不泥於歐，平實恬靜，勁峻無險，書寫出了自己的胸襟和風骨。書如其人，觀簡青先生之書，已知先生高尚品德矣！

三

在罪惡的專制社會中，無論是人情還是人性，都受到殘酷的擠壓。如果以一種悲憫的情懷來看待命如螻蟻的芸芸眾生，那麼，所看到和聽到的，將是他們的掙扎、恐懼和哀鳴！

悲憫的情懷就是博愛的基督精神，就是佛家的大慈大悲。簡青先生深受二嬸終生茹素拜佛的精神影響，推己及

人，形成他慈悲為懷與人為善的性格特色。早在1908年，簡青先生夫人娘家人丁短折，內侄謝振芳，孤苦流浪，簡青先生憐而收養，為其拜師學藝，後又為其娶妻成家，至今謝氏後人猶念簡青先生之恩。這是家庭內的善事。而在社會上，簡青先生仁德之風遍及桃李鄉鄰，至今猶在耒陽傳頌。

廣湘中學創辦之初，學生中就有譚冠三（原名才儒，1955年授解放軍中將軍銜）、賀壽彭、王經初、譚鎮南等，簡青先生常詡為世之才俊。後賀、王、譚三人為革命犧牲，簡青先生痛悼不已！1936年冬放假時，學校無錢退費，學生無路費回家，滯留學校，人心浮動。簡青先生見狀，慨然出面，從銀行貸款，親自按名冊把錢交到學生手上，使學生能早日回家團聚。

1941年上學期，由省立衡中師範部應屆畢業生李濟農（安仁人）為首，發動大規模學生運動，大批學生因此被當局開除和強行退學，其中耒陽籍學生就達數十人之多。是時，簡青先生主長廣湘中學，看到這麼多優秀青年流落社會，心急如焚，遂排除各方阻力，破例在廣湘開學月餘後，佈告全縣，招收各年級插班生，使這批學生大都能插入原年級學習，而後順利畢業。當年資道成先生就是這批受益學生之一，並因此而使他日後順利升學，以及完成大學學業。1987年他回憶此事時，滿懷深情地感念簡青先生當年對青年學生的愛護和援救。

1944年6月，日寇從耒陽向臨溪村方向進犯，緊急間簡青先生將廣湘暫時停辦，學生回家躲避，他自己攜全家人避

難大嶺、壽州一帶。日寇這次掃蕩,將臨溪村夷為平地,簡青先生世代家藏的古版圖書、歷代碑帖拓本、典籍冊頁,特別是簡青先生幾十年獨於經學上探幽發微、摭實尋根數十萬字的著述手稿,全部化為灰燼。簡青先生聞此不幸消息極為悲憤,但他在重大損失面前毫不氣餒,在避難期間還為大嶺、壽州一帶青年講授古文。

讀書人多通醫道,這也是中國傳統文化的特色。特別是讀書人常懷惻隱之心,遇危難之事很自然地挺身而出,施以援手。簡青先生率家人避難期間,一天上午途經下灣(今白鷺鄉白鷺村八組),見一門戶洞開,堂屋桌上一簸箕內置一約三歲男孩,奄奄一息,其父母在旁哭泣。簡青先生見此慘狀,忙進屋詢問,說是小孩患貓腦症,頭頸僵直不能動,為不治之症。簡青先生聽說後,忙趨前拿脈診斷一番後,果斷地說:「這是頸椎炎,俗稱貓腦症。我送點藥給你們,用酒磨服,應該好得了。」說罷從行李中找出藥來,用酒磨藥灌服少許,下午又灌了一點,到傍晚小孩身子就可動了,再到半夜就能啼哭,第二天早晨頸亦能動,此後一天天好轉。孩子父母感念簡青先生再生之恩,遂將孩子改名為「簡寶」。劉簡寶後初中畢業,當過生產隊長、大隊會計,成家後育有三男二女。提起簡青先生,簡寶一家至今感念不已。

古人云:「博愛之謂仁,行而宜之之謂義」,施仁行義,所表現的思想核心就是儒家文化裏的道德理想主義。儒家的道德理想含有一種生命轉化意識,內化於每個讀書人生命的深處,發揮出來則能夠對生命作質的轉化,從而使生命

有變得至善至美的可能。這種轉化意識，在儒家文化裏就是積極的入世精神，由個人生命延伸到群體生命，也就是說群體生命也將有質的轉化，從而實現至善至美的理想境界。簡青先生足跡所履之處，都留下了他施仁行義的樸實身影。1945年春，小水、梧橋一帶青黃不接，災情蔓延，逃荒饑民日漸增多。時避難壽州的簡青先生聞知災情後憂心如焚，急令學生陳仲虛回鄉瞭解災情。在得知實際災況後，簡青先生坐臥不安，立即令陳仲虛帶信當地鄉紳，請他們設法賑災。鄉紳們礙於簡青先生的面子，集會商議，決定賣育嬰會田產以賑災。簡青先生聞此決議後，嚴肅地指出：育嬰會亦屬慈善事業，所屬田產不能變賣，賑災事應從未遭日寇蹂躪地區的殷實大戶處義捐。鄉紳們一聽說義捐，皆畏縮不前。簡青先生見此局面，知賑災事關乎性命存亡，急於星火，遂獨自一人前往壽州、城背壪、白沙一帶發動義捐。

　　由於簡青先生在湘南頗著名聲，事事總以百姓為先，加之賑災義舉甚得民心，饑民歡呼，鄉紳亦敬服，數日內即獲捐穀三千一百五十石；同時吩咐襄助人員，又在大河灘、上堡一帶獲捐穀一千二百石，共計獲捐穀四千三百五十石，從當年夏曆五月初三開始，分三處煮粥賑饑。一處在小水鋪關帝廟；一處在小圩李家學校；一處在梧橋鋪巖石口村學校，直至夏曆七月初四新穀登場才停止供粥。據當時的煮粥人陳壽晉回憶說：「三處每天共用米三十五石左右。」吃粥的饑民，多數為小水至梧橋鐵路兩旁附近的村民，遠的如四都、竹林灣、界沖等地的人也不少。較遠的村，為不誤農時，開

展生產自救，可派人挑回就食。後來有人大致計算了一下，簡青先生這次賑災壯舉，救活饑民七千餘人。至上世紀末，許多當年吃粥者尚在人世，如廖運蓮、廖近堪、劉顯福、李主胡等。

寫到這裏，心裏肅然。簡青先生是一位心地多麼善良、心胸多麼寬廣的老人啊！讀聖賢書，所學何事？簡青先生真正實踐了中國讀書人先天下之憂而憂、後天下之樂而樂的崇高思想。

四

在學校、在社會上，簡青先生是一位忠厚長者；在家裏，他也是一位慈祥的老人。簡青先生雖然出生在晚清，成長和執教於專制社會，但他能順應時代潮流，思想開明，作風民主，摒棄因循守舊。滿清末年，簡青先生還在船山書院求學時，就命長女放腳，並告誡家人，這是殘害婦女的陋習。這在當時可是了不得的事，突破延續了一千多年的風俗，該是何等的進步思想，又該是何等的勇氣！

簡青先生譽滿湘南，但他從未有高高在上的架子，謙謙君子，為人處世一貫低調，在路上碰到鄉親，他都要主動打招呼，寒喧幾句。遇見挑擔負重之人，他都要趕忙讓路。有一次裁縫師傅廖德模對簡青先生說：「你老人家這麼好的學問，這麼大的名聲，卻是這樣平易近人，沒有一點架子。」簡青先生誠懇地說：「你是成衣匠，我是教書匠，都是靠勞動吃飯，一個樣，有什麼架子可擺！」他不止一次地教育兒

孫：書讀多了，道理也懂多了，人與人之間都是平等的，要懂得尊重人。他是這樣說，也是這樣做的。比如他的頭髮就是由孫子孫女們輪換著來剪，經常是剪得參差不齊，他不僅不責怪，反倒總是笑呵呵地鼓勵孩子們：下次會剪得好一些的。還有一次兒女親家有事接他去，因兩家相距二十餘里地，考慮到他已是六十多歲的老人，就租來一乘轎子。他坐在轎內不到兩里路，便下轎步行。別人問他為什麼有轎不坐？他說：「坐在人家肩膀上怪難受的。況且風和日麗，走路多瀟灑。」他更是一生反對男尊女卑，主張男女平等，所以，簡青先生的女兒和孫女，都像男孩子一樣進學校讀書，有的還受到高等教育，學有所成，成為某方面的專家，為國家科技事業做出了重大貢獻。

簡青先生的夫人謝輔佺，字伯舜，出身耒陽書香世家，鄉人稱為耀景世族。在傳統文化的薰陶下，簡青先生夫人憐貧濟困，事不避難，義不逃責，對簡青先生變賣田產資助教育事業，從無怨言，鄉人尤德之。夫人1943年病逝，簡青先生在悼念她的文章中寫道：「吾之生蓋無所不艱，得妻而使吾不知其艱，今乃知艱之將無極也！」嗚呼，生死茫茫，何處話淒涼！

簡青先生稟承君子之風，「足未嘗至縣廷，謁未嘗投邑宰」，和而不同，群而不黨，一輩子沒有參加任何政治組織，一輩子沒有參與任何政治活動。然而，在社會大變革的上世紀五十年代初，竟遭暴政殺害。寫到這裏，心裏慘然！悲夫！一代碩儒竟死在小人誣陷、威權暴虐之手，天

理何在！

　　事情緣起上世紀二十年代中期，同村同族的陳某因參與不法勾當被縣當局抓走，其家人想到遠近就祇簡青先生德高望重，就哭求簡青先生出面營救。簡青先生一介書生，從未與官府打過交道，也不認識當官為宦的人。但既然人家求到面前，又是事關人命的大事，遂慨然應允，答應去央求當局放人，遂連夜趕往縣城。誰知走到半路，得到陳某已被處決的消息，頹然而返，並特地到陳家表示了慰問和歉疚。毫無道理的是，陳某家人卻因此而遷怒簡青先生，無端指責簡青先生沒有盡力。簡青先生總覺得自己在此事的處理上於心無愧，但人家畢竟是死了人，自己沒有幫上忙，人家埋怨幾句也是可以理解的，所以，他很大度的沒有與陳某家人計較。

　　誰知到了1950年冬大陸土改之際，陳某家人終於找到構陷的機會，遂無中生有、毫無天良地血口噴人，栽贓誣陷。而土改工作隊和農會正要找當地有文化又德高望重的人作為反面典型予以鎮壓，殺人立威！簡青先生首當其衝，陳某誣告，正合土改工作隊之意。時簡青先生年已七十，住在漢口兒子家，土改工作隊派人將簡青先生械回家鄉，於1951年4月，以歷史反革命、惡霸等多種莫須有罪名將簡青先生槍斃。當簡青先生的大孫女跪在地上，用白布包紮簡青先生被槍彈打爛了的頭顱時；當鄉親陳壽祿、劉開普等三人幫助挖出墓穴，將躺著簡青先生冰冷屍體的棺材放進去時；當最後一鍬土沉沉地壓在簡青先生墳上時，正義、良知、公理等等等等，一切美好的理念也就被埋進了墳墓裏。

簡青先生的子女從未放棄為蒙冤受害的父親伸冤。1985年，耒陽縣人民法院受理申訴，用幾個月的時間，調閱了大量案卷，走訪調查了簡青先生的同事、故舊、學生及鄉鄰，認定是錯案。1986年，耒陽縣人民法院作出糾正的判決；1987年，耒陽市人民政府以文件的形式宣告簡青先生無罪。現將這兩個文件抄錄如下：

耒陽縣人民法院刑事判決書

（86）刑二字第888號

原審被告陳簡青，男，時年72歲，小水鎮沖頭村人。1950年在廣湘中學任教。1951年因惡霸案，經耒陽人民法庭呈報，衡陽專員公署公安處批覆，處以死刑。

原審被告人陳簡青之子女陳湜然、陳卓然認為其父屬於錯殺，向本院提出申訴。

現本院依法組成合議庭，經複審查明：

原審被告人陳簡青於1904年由湖南高等師範學校畢業後，一直從事教育工作近五十年，既未參加任何反動黨派，也未充當偽軍政任何職務，更無民憤與血債。至於原判認定被告人解放前曾充任反動挨戶團副主任，殺害我革命同志；解放後又破壞土改，非法變賣禾田以及貪污塘壩米、燒毀房屋等等，經查，均係事實失實，應予否定。據此，原判屬錯判，應予糾正。特判決如下：

一、撤銷耒陽縣人民法庭1951年3月30日庭審字第033號和祕字第280號對陳簡青處死的判決。

二、宣告陳簡青無罪。

耒陽縣人民法院刑事審判二庭審判長　鍾某某

人民陪審員　陳某某　周某某

書記　劉某某

一九八六年九月三日（公章）

耒陽市人民政府文件
耒政人發字（1987）23號
關於陳簡青問題的複查通知

市教委會：

報來陳簡青的複查材料收悉。

陳簡青，湖南省高等師範學校畢業，捕前係廣湘中學（現二中前身）教師。一九五一年因惡霸案判處死刑。

經查：陳於1904年由省高師畢業後，就從事教育工作。未參加任何反動黨派，也未充任偽職務。無民憤及血債。原判認為，陳在解放前充任挨戶團副主任。解放後，又破壞土改、貪污、燒毀房屋等，事實失實。耒陽縣人民法院（86）刑字第888號判決書判決，撤銷原判，宣告陳簡青無罪。

據此，根據衡組發（86）33號文件精神，經研究同意恢復其教籍，按幹部正常死亡辦理，工資定為原中教七級套改，從批准之月起執行。特此通知。

一九八七年四月三日（公章）

發：人事局、財政局、小水鎮政府、小水鎮沖頭村委會、遺
　　屬陳湜然、陳卓然
呈：衡陽市委落實辦、落知辦

　　兩張薄紙，這就是對一個人生命的交待。

　　我不知道這兩張文理不通邏輯混亂矛盾百出的紙能不能
告慰屈死的冤魂。

　　1940年簡青先生六十壽誕時，幾位親戚在為他作的壽敘
中有這樣幾段話：「和，美德也，而同為之病；清，懿行
也，而隘暴其疵；介，修名也，而苛損厥質。此豐而彼絀，
優著而劣彰，魁人傑士，未之能免也。而以觀於先生，其接
物也，貌捐崖岸，中無畛畦，煦若春風，潤均秋雲，然類聚
群分，妍媸莫混，正俗匡謬，黑白務明。其處己也，澡身浴
德，刮垢磨光，朗如圭璧，芬若椒蘭。然心識臧否，而言泯
毀譽，流別涇渭，而量齊海。若其於辭受取與也，一介必
嚴，萬鍾屏貴，比女持身，方泉等絜。然情以恕人，不喜吹
剔；忠以誘善，居然薰良。是為先生之行，有可述者也。」

　　這幾段話，使人驚駭！難道冥冥之中真有什麼天數乎？
當年執筆寫這篇文章的人是在什麼樣的感觸下寫出這段文字
的，今天已無從查考。但有一點可以肯定的是，在一個語言
定義混亂的社會，一個正直善良的人，是必然會遭到卑劣的
中傷和野蠻的擠壓。這樣說未免太世故了，但這就是實實在
在的成為主流文化的遊民文化。然而，一切都不會白白過
去，時間也無法淹滅過去，不論什麼，祇要發生過，都不會

毫無痕跡地湮滅。而且，隨著時間的推移，當終於能夠擺脫長期以來形成的反理性的狂熱和迷亂，出現一個很久以來在人們內心激蕩的理性社會時，就能夠像敬畏自己的生命意志一樣，敬畏所有的生命意志。那個時候，就再也不會有先進與落後的衝突；文明與原始的衝突；理性與野蠻的衝突，以及自由與壓迫、民主與專制之間的衝突。

2008年1月29日暴雪肆虐之夜憤筆

那消失的一方淨土

　　上世紀五、六十年代，漢口新華路是一條從市中心到市郊張公堤的狹窄馬路，過了取水樓就是大片大片的菜地，再往前走就是馬場角，從這裏離開人車混流的馬路，順著路邊菜地，挨著當年的萬國跑馬場看臺斜插過去，就到了香煙繚繞、佛號經聲遠送梵天的一方淨土——大方廣講寺。

　　大方廣講寺的書記妙培法師是家父幾十年的朋友，我們兄弟長大後，經常在休息時到大方廣講寺去玩。寺廟裏的書記是個職務，管理寺廟裏的財務和檔案文書，也算個負責人吧。那時候生活清苦不說，心情都非常惡劣，幸有這麼一方淨土鬆弛緊張的神經，在悠揚的鐘磬聲中，心靈得到了洗滌，靈魂得到了淨化。

　　1958年政府推行宗教改革，大部份僧尼被迫還俗，武漢市三百一十七座寺廟庵堂被撤併成十六處，並指定少數寺廟僧尼同處。無奈之下，被迫僧尼同處的寺廟祇有在自己內部嚴格區分。大方廣講寺是政府規定僧尼同處的叢林，寬袍大袖的僧眾尼眾們步履從容，慈悲的笑容永遠掛在他們臉上，是那樣真誠，又是那樣超凡脫俗。碰到我們去了，總有兩位年輕尼眾為我們準備午齋。她們笑呵呵地支起鐵缸竈，安上鍋，放好多香油炒香菇黃花菜，為我們每人下一

大碗香噴噴的麵條，在那個糧食緊缺的年代，那可真是一種奢侈的享受。

　　大方廣講寺的知客是一位雙目失明的老法師，但心思縝密，記憶力特好。我們去的次數不多，一年就那麼五、六次吧，總見他坐在客堂門前，聽見腳步聲，忙打招呼，一聽說找妙培法師，就問是生成里二哥家的吧，我們忙答應。後來妙培法師告訴我，寺內僧尼六十餘人，個個的腳步聲他都分得清清楚楚。有次天熱過去，恰方丈和尚拖了一三輪車米回來，渾身汗濕，脫了個光膀子搖著蒲扇休息。我見方丈胸前、後背、腰上、手膀上，燙了二十多個大大小小的香洞，大的如酒杯口，小的也有兩三炷香大，嚇得忙小聲問妙培法師：方丈和尚為什麼發這大的狠心，發這大的願？妙培法師還未及回答，祇聽也在一邊乘涼的知客法師大聲回答說：他的愛人搞外交關係！說完縱聲大笑。方丈和尚和妙培法師也都笑起來，反使我感到好尷尬。

　　八師父是個頭陀，也是暑天傍晚在寺內後院裏乘涼時，妙培法師介紹我認識的。我不知道八師父的法名，是妙培法師讓我這樣稱呼他。八師父慈眉善目，無論寒暑，一襲百衲直裰，一口河南方言。他見我喜與宗教人士接觸，就微笑著問我是什麼原因和想法？我那時年輕，見八師父和善可親，就毫無顧忌地說了些哲學上的粗淺認識。八師父一直笑眯眯地認真聽著，沒說一句話。等我說完，八師父問我認識道教的人否？我答不認識。八師父說，你骨骼清奇，應與道家有緣，我有幾個道教好友，有機會介紹你認識他們。我忙稱

謝。但後來好長時間沒到大方廣講寺去，再去時八師父又訪友未歸，再後來「文革」來了，八師父不知所終，我與道家也就失之交臂。

大方廣講寺有位叫笨迷的老法師，聽妙培法師說，笨迷法師一手好書法，二十年代曾是上海某大報的主筆。我驚問為何落髮？妙培法師低頭閉目作入定狀，不著一字，我也就不便再問。後來，我跟一個朋友談起這笨迷法師，朋友是有心人，馬上說請笨迷法師書寫一副對聯，不知行不行。我說不知道，但答應去問問。為這事我專門跑到大方廣講寺，委婉地跟妙培法師說：我朋友仰慕笨迷大法師的書法，想請大法師書寫一副對聯。妙培法師聽我說後，低頭閉目不作一聲，半天才緩緩說道，笨迷出家四十年，未提筆寫一字，你朋友從哪裏仰慕得來？當時我年未二十，聽妙培法師如此說，一下子滿臉緋紅，不敢作聲。稍停，妙培法師說道，字是可以寫的，但無宣紙，你把紙買來，我去請他寫。我趕忙買好宣紙，又到朋友家告知原委，並問寫何內容。朋友大喜過望，忙說：就寫古人的「海到無邊天作岸，山登極處我為峰」。我把這內容抄在紙上，連同宣紙送到大方廣講寺。大約十餘天後，妙培法師特地將寫好的對聯送到我家裏來，第二天我就送到朋友讀書的華師中文系寢室。朋友是懂書法的，他展開略一看，帶著遺憾的口氣說：唉，唉！字是不錯，但墨凍了，落款連個印章都沒有。接著用調侃的口氣說：這題款稱我為同志，大概我這輩子是不會和他成為同志的囉。說完將對聯一捲，隨手往抽屜裏一塞。聽他說的，看

他做的，我當時心裏好不是滋味。一年後，朋友畢業分到鄂城教書，也遇到一些波波折折的事，不知那副對聯保存下來沒有。

沙彌覺常是大方廣講寺年輕一代的僧眾，二十七、八歲，身材壯實，寺裏力氣活的絕對主力。他與妙培法師關係很好，我們也就熟悉起來，有幾次我在寺內歇宿，覺常就把床鋪讓給我。有天晚上我在覺常房裏閒聊，妙培法師對我說：你跟覺常這麼投緣，他俗家排行老七，你就喊他七哥吧。我忙笑著站起，向覺常抱拳道，七哥。覺常也忙站起，低頭對我雙手合十道，不敢當。談得投機時，我問覺常：七哥，你年紀輕輕，為什麼出家呢？覺常說，我舅父為寬大和尚就是這大方廣講寺的創建人。我母親懷著我時，不能沾葷腥，偶爾吃了葷食，即嘔吐異常。我舅父對我母親說：這孩子是武昌洪山寶通禪寺的覺常法師轉世，是我釋門弟子，將來必入我佛門。說來也巧，我小時候對舅父特別親近，舅父帶我去廟裏，我見著菩薩就知道磕頭，住在廟裏不想回家。這樣，我舅父就度我母親帶著我兩個姐姐和我一起剃度出家。妙培法師在一旁說：給你們辦午齋的就是覺常的兩個姐姐。我「啊」了一聲，當即想起那兩位架鐵缸竈下麵條的年輕尼眾，她們那和善的面容和朗朗的笑聲。

我跟覺常要好起來。我請朋友給覺常治了一方名章，是我收藏的一枚雞血石，一寸二分見方，邊款上刻了兩句詩：「禪心已作沾泥絮，不逐東風上下狂」。每次去大方廣講寺，覺常都陪著我，我問些佛門的事，他儘量通俗地給我

解釋，一些時未去，他就牽掛著我。但他做功課時，我在一旁，他像沒看見一樣，望都不望我一眼。特別是寺廟裏做早晚課、放焰口，莊嚴肅穆，在空靈的梵唄聲中，領悟人生的苦難。我大哥蒙冤從東北回來，衣食無著，我跟覺常隨便談起，他低著頭緊鎖雙眉，一言不發。不久，妙培法師送來一套新棉衣棉褲，說是覺常送給我大哥的。那時棉花棉布計劃供應，出家人也不例外，是覺常和他兩位姐姐湊出錢和布票棉花票，由兩位姐姐手工縫製成。

「文革」開始，天翻地覆，一片混亂，我們家也遭到了衝擊。為避免相互連累，導致成為說不清楚的問題，我們斷絕了一切來往，大方廣講寺也沒有了聯繫和消息。夏夜，繁星在天，我望著深邃的夜空，想起大方廣講寺的僧眾尼眾們，就默默地為他們祈禱，願他們能夠平安地度過劫難。

1967年春，派系開始爭鬥，且愈演愈烈。我什麼派都沒有參加，樂得逍遙。於是在一個休息日，起一個大早，趕往大方廣講寺，去看望我時刻掛念的僧眾尼眾們。我思念他們，思念那久違了的佛號經聲。

但等我走到大方廣講寺前，我呆住了——山門沒有了，大殿沒有了，菩薩沒有了，更沒有了那些悲天憫人的僧眾尼眾。滿眼雜草叢生，斷壁殘垣，一片瓦礫。我懷疑是不是在夢中，又懷疑是不是走錯了地方。好久，好久，我才緩過神來。我知道肯定不是在夢中，又肯定沒有走錯地方。

毀了，全都毀了！山門毀了，大殿毀了，菩薩的金身也毀了。那慈悲為懷的僧眾尼眾們呢？在暴力、愚昧和野蠻面

前，我擔心他們遭到了厄運。

我趕忙找到附近一位老菜農，原來也見過幾次面的，聽他說道：一群紅衛兵衝進大方廣講寺，拆毀廟宇，砸碎菩薩金身，用皮帶和棍子把僧眾尼眾們打得頭破血流。同時，紅衛兵們拖來一籃子死豬肉，用刀一頓亂剁，胡亂煮了一下，生不生熟不熟的，逼迫僧眾尼眾們一人吃一碗，不吃就用棍棒朝死裏打。一時間，僧眾尼眾們高誦佛號，拒絕破戒。歇斯底里的紅衛兵們狂吼亂叫，把僧眾尼眾們一陣亂打，突然，有和尚爬上樹，頭朝下栽下來，當即氣絕身亡。

我渾身發冷顫抖，不忍卒聽。那從樹上跳下來的釋門弟子是誰呀？是老和尚還是年輕的和尚？是雙目失明的知客還是滿身香洞的方丈？是慈眉善目的八師父還是心如枯井的笨迷？該不會是覺常七哥吧？我心緒紛亂，久久凝望著那消失了的一方淨土。

‖ 附記 ‖

2009年春，我有緣聯繫到大方廣講寺毀後倖存下來的二位僧尼。他們告訴我，那從樹上跳下的和尚法名弼修，湖北麻城人，時年五十左右。弼修是個正義感極強的和尚，曾寫下大量關心民生疾苦的詩歌，惜已全毀！二僧尼共同回憶起弼修這樣的詩句：「起風身上壓青磚」，描述百姓因饑餓太甚而羸弱體輕，以致起風時為免被風吹倒，需在身上馱幾塊青磚以增加重量才能行走。

天鵝之死
——記武漢市著名特級美術設計師 陸達冤案

一

一隻驕傲而嫻靜的天鵝，在湛藍的天空下，在寧靜的湖面上，剛剛張開翅膀。他要飛翔麼？那寬大有力的翅膀會把他帶到哪裏？是蔥綠的草原？是解凍的河流？還是深邃遙遠的未來？

這不是芭蕾舞劇照，這是一幅注入炙熱情感的包裝裝潢作品，印在餅乾盒上，作者就是武漢市特級美術設計師陸達。

那是上世紀七十年代初、「文革」中期時的事。當時社會混亂，經濟凋敝，為了賺取一點外匯，武漢長江食品廠接到做出口餅乾的任務。誰都知道，境外餅乾品種如過江之鯽，要想爭得一席之地，除了餅乾本身的質量，包裝裝潢是能否打開一片天地的決定因素。當時什麼都講政治第一，省、市有關領導以及與此相關的各系統各部門負責人，將出口餅乾一事當作重大政治任務抓起來。包裝裝潢干係甚大，為此，省領導特批，將從日本進口的馬口鐵撥出一部份做成方形餅乾盒，裝潢設計就點名由當時武漢市的包裝裝潢設

計權威——武漢國營美術設計公司的特級美術設計師陸達完成。

這可是一件棘手的事！完成得好，是領導政治掛帥、廣大革命幹部群眾突出政治的偉大勝利；完成得不好，就是你陸達臭老九的思想沒有改造好，上綱上線，吃不了兜著走！在那個年代，禁忌甚多，稍一不慎，這也是資產階級，那也是封建殘餘，根本就沒有任人自由馳騁的藝術天地。特別是「文革」初期，陸達被武漢極左暴力組織「狂妄師」作為「三名三高」、「反動權威」毒打，現在又接手這個出口裝潢的重大政治任務，心裏可謂如臨深淵如履薄冰。

然而，就在這逼仄的藝術空間，陸達展示了他傑出的包裝裝潢設計才華。餅乾盒四個面，四副令人叫絕的圖案設計。一幅是湛藍的天空與下面留白形成水天相接的遼闊意境，一隻白天鵝振翅欲飛，線條簡潔明快，畫面清新開朗，特別是那隻稍稍把頭低垂的天鵝，像在沉思著什麼，流露出一股憐愛的表情，卻又剛剛張開翅膀，好像在照顧自己的孩子，叮囑著什麼，整個畫面充滿了慈愛。一幅是一隻矯健的天鵝在滿是星星的藍天上展翅飛翔，天空的藍色有深淺變化，是晨曦？還是暮靄？令人無限遐思。還有兩副是幾塊餅乾排列成天鵝翅膀飛翔時的形狀，充分利用了形象思維。再加上含有魏碑書法的「天鵝」兩個漢字，書法美術渾然一體，成為當時包裝裝潢設計的突出代表，就是今天看來，依然是武漢市包裝裝潢設計的一座高峰。1976年，包括「大白兔奶糖」裝潢設計者在內的上海廣告公司設計組一行來武漢

學習交流考察，當他們看到「天鵝餅乾」的裝潢設計，無不驚嘆佩服，贊其為國內食品裝潢設計的第一流作品。

天鵝餅乾在境外一砲打響，給武漢市帶來了榮譽和經濟效益，也為國家爭了光。除了餅乾質量這個因素之外，無可否認的是，許多人就是衝著這個餅乾盒子來的。放在家裏賞心悅目，饋贈親友喜笑顏開。一個餅乾盒連結多少親情友情，甚至化解了許多家庭矛盾。

二

陸達，男，1927年出生於江蘇省蘇州市。三歲喪父，隨母依靠外婆家生活，由舅父撫養成人。舅父是醫生，上世紀四十年代末來武漢發展，到五十年代初期，將陸達全家接來武漢。陸達天資聰穎，在小學讀書時就跳過級。舅父無子，將陸達視同己出，想讓陸達學醫，繼承他的事業。無奈陸達自幼酷愛美術，到了癡迷的程度。陸達高中畢業後，在蘇州照相館工作了很短一段時間，就來到了武漢。年輕的陸達經過長期刻苦自學，此時已有很紮實的美術功底，進入武漢市第三美術社工作後，很快就嶄露才華，挑起了美術社的大樑。

陸達是個責任心很強的人，來武漢二十多年，陸續有了四個孩子，妻子全身心相夫教子，沒有正式工作，還有高堂寡母，一家七口人的生活，全落在陸達一人肩上。雖說陸達工資高，但生活壓力也夠大的，所以，每月工資，他都一分不少地交給妻子。陸達孝敬老母，尊重妻子，疼愛並嚴格教

育子女。在社會上，陸達待人真誠善良，喜愛朋友，樂於助人。有兩件小事很能說明他熱心幫助別人、見義勇為而又不求回報的性格和精神。一件小事是，在那個生活普遍困難的時代，他單位一個同事騎個破舊自行車上下班，連配個鈴鐺的錢都沒有。陸達看在眼裏，心想雖然鈴鐺事小，但關乎人身安全，於是買來一個新鈴鐺悄悄地裝在同事的自行車上。回來要向妻子報帳，家裏人才知道這件事。再一件就是陸達妻子有個朋友的女兒有精神病，有一次走失了，陸達知道了，深更半夜幫忙去找。走到濱江公園，突遇黑暗處有人大喊救命！陸達毫不猶豫地衝上去，見一男子被人打得頭破血流。陸達義正辭嚴喝退歹徒，並立即將受傷之人送往醫院。後來，陸達和這年輕人成了朋友，談起來，這年輕人還是陸達長女學校高班同學的哥哥。

陸達是性情中人，為了收集美術資料，他節衣縮食，購買各類世界著名畫冊。比如1954年11月15日他購買到當時蘇聯最新出版的《列平畫集》（也譯作列賓，俄國畫家），竟花去人民幣42・25元之多，這在當時可是一筆大數目，不知他積攢了多少時候才能買到。陸達是個很慷慨大方的人，他時時想到怎麼把單位的年輕人培養起來，業務帶動起來。上世紀七十年代初，省進出口公司的人為支援陸達的設計工作，有時送一兩個彩色膠卷給他，這在當時可是個寶貝東西，因為社會上根本就沒有這個東西賣。這是送給陸達私人的，陸達拿回家去誰也不會說什麼。可陸達卻把每次送他的彩色膠卷都交到單位，供同事們工作使用，並詳加解釋這種

從東德進口的艾克法彩卷色調較冷，類似歐洲古典畫派的基本色調，以利提高大家的業務水平。說到這裏，不能不提到陸達對技術的鑽研。當時，這彩色膠卷不僅沒有賣的，社會上也沒有沖印之處，拍好的彩色膠卷要送到北京有關部門去沖印，往返時間較長。湖北省幾家進出口公司有彩卷沖印設備，但人家任務重，再說也不是經常啟用。於是，陸達設法弄來沖洗彩卷的材料，按照說明書上的配方，在家裏摸索試驗，終於沖洗成功。

三

陸達時時留意身邊發生的事，注意觀察典型事例，並將其融入他的作品中。「文革」前的六十年代初，武漢市冠生園食品廠出口元寶酥，用塑膠袋包裝，找到陸達設計包裝裝潢。那時社會上還沒有普遍使用塑膠袋，祇在出口食品上少量使用。陸達借鑑地方戲上跳加官的形象，以丑角形式設計出一個捧著金元寶的七品芝麻官形象，令人捧腹。元寶酥在境外銷路很好，很多人提著一袋元寶酥，看到袋子上那個滑稽形象，忍俊不禁。武漢江漢食品廠的出口產品是蛋卷，陸達借鑑卡通和馬戲形式設計的蛋卷盒裝潢，在國外非常受歡迎，給產品打開了銷路，為國家爭得了榮譽。

在武漢國營美術設計公司，陸達作為特級設計師，工資最高（105元，九級），責任最大，付出的心血也最多。很多業務都是人家衝著陸達的名氣慕名而來。特別是湖北省幾家進出口公司，為了在境外宣傳商品，紛紛找陸達設計海

報、商標，以及包裝裝潢。如湖北省土畜產進出口公司出口貂皮大衣的商品海報，就找到陸達設計。陸達很犯難，因為當時認為貂皮大衣一類商品屬於資產階級的消費品，1949年以來就沒有這類資料的積累，連圖書館裏也無資料可查。陸達苦思冥想，借鑑俄國油畫，以自己的妻子為穿著貂皮大衣的模特，拍下照片，做成商品海報，效果很好。到後來，這類設計越來越困難。湖北省紡織品進出口公司找到陸達設計內衣廣告、商標和包裝裝潢，先是提出用穿泳裝的女性作模特，到後來又要求用穿三點式的女性作模特。說句現在可能感到好笑的話，當初陸達第一次聽到三點式這個詞，不懂，就問進出口公司聯繫業務的人，什麼叫三點式呀？人家經常出境，見多識廣，聽陸達如此問，竟哈哈大笑起來。後來，這三點式裝潢終因種種局限和顧慮沒有設計出來。

說起人體模特，現在是習以為常的事，但在當年可是很犯忌。高等院校美術專業的學生，畫人體模特是必修課，但人體模特，特別是女性人體模特很難找。再遠一點，有些書中談到，上世紀四十年代以前，美術學校畫的女性人體模特，多是從青樓中請來，但社會上普遍不理解，不接受。1949年以後，在一些美術教育家的努力下，中央領導特地批示美術專業畫人體模特，但人體模特來源愈發困難，就是美術專業的學生，畫別人可以，要他（她）作人體模特讓人畫，也是不願意的，可見人體模特一事的敏感與困難。到了陸達工作的時代，特別是「文革」中，人體模特作為資本主義毒草，已被禁止，掃地出門。

作為包裝裝潢設計，肯定借助於攝影，特別像陸達這樣有出口商品包裝裝潢任務的設計師，內衣的包裝，女性泳裝的形象，必須借助攝影不可。在最初接到出口紡織品包裝裝潢任務時，陸達通過本單位開出介紹信，聯繫到一些劇團，請來一些演員拍了所需的照片。再到後來，社會亂了，文藝單位都到農村搞「鬥批改」去了，陸達妻子生了幾個孩子，身材變了，年紀也大了，陸達找不到模特，工作任務壓力陡增。這時，陸達有個名叫戴顏明的朋友，為人熱情，見陸達工作有困難，就幫忙從社會上請來比較開放的女性做模特。陸達為工作所急，顧不上瞭解，更沒有想到可能出現與當時的「革命」氛圍極不協調的嚴重後果，總是想到自己是為了工作，自己從事的工作還不是黨的偉大事業的一部份，自己一切都是從工作出發，祇要問心無愧，有什麼問題呢？於是，借單身朋友宋安才一人獨住的居室，拍攝了一些模特照片。有幾次大家高興起來，在雙方同意的情況下，陸達作為資料收集，從美術設計的角度，也拍攝了一些人體模特照片。

　　「文革」後期，精神生活極度貧乏，老百姓對鬥來鬥去的運動也厭倦了，社會上開始自發出現一些以興趣相投的聚會，講講故事，唱唱歌，彈奏幾個樂曲，而且，講的故事是紅色的，唱的歌、彈奏的樂曲是抒情的，甚至是很革命的。宋安才的居室成了理想的聚會場所。陸達多才多藝，會多種樂器，常去宋安才家與朋友們聚聚，合奏幾首樂曲，伴奏幾首歌。那時在這類聚會中流行的是兩種袖珍本的《外國名歌

200首》、《外國名歌200首續編》，都是音樂出版社在五十年代末和六十年代初出版的。唱得最多的是俄國歌曲《伏爾加河船夫曲》、《三套車》，蘇聯歌曲《莫斯科郊外的晚上》、《紅莓花兒開》，以及國產歌曲《走上高高的興安嶺》、《烏蘇里船歌》、《草原之夜》等，大家放鬆一下，獲得精神上的一點滿足。有時，陸達也在家裏接待這些朋友，大家唱唱歌，彈奏幾首樂曲，街坊鄰舍也是聽到過的，就在當時來說，也沒有做什麼出格的事，更沒有唱什麼黃色的、反動的歌曲。然而，這種聚會在當時也是犯忌的，被劃定為「地下音樂會」，是堅決取締打擊的。

沉沉的烏雲悄悄壓向陸達和他的朋友們，他們渾然不知。

四

1975年12月9日，陸達被逮捕關押。

第二天，陸達的朋友宋安才、戴顏明被逮捕關押。

陸達罪名：流氓集團首犯、教唆犯。

陸達罪行：拍攝裸體照片，收集淫穢畫冊，開地下音樂會。

判處陸達死刑。

1977年4月26日執行槍決。

宋安才罪名：流氓集團主犯。

宋安才罪行：提供犯罪場所，開地下音樂會。

判處宋安才無期徒刑。

戴顏明罪名：流氓集團從犯。

戴顏明罪行：召募拍攝對象，開地下音樂會。

判處戴顏明有期徒刑二十年。

五

陸達是流氓麼？拍攝了幾張人體模特照片就是流氓？收集幾本人體畫冊就是流氓？三五朋友在一起唱幾首歌彈奏幾個曲子就是流氓？《現代漢語詞典》對「流氓」一詞的解釋有兩條：「一、原指無業遊民，後來指不務正業、為非作歹的人。二、指放刁、撒賴、施展下流手段等惡劣行為。」縱觀陸達五十年的生命歷程，充滿了高貴、典雅、美麗與哀傷，就像一本公開的書，不管翻到哪一頁，都是濃濃的藝術氣息；不管翻到哪一頁，都跟這「流氓」搭不上一點關係。

陸達在被綁赴刑場途中遊街時大聲喊冤，沒有人理會，蒼天閉上了雙眼，大地也黑了心肝，罪惡的子彈打爛了一個含冤受屈的藝術天才的頭顱！

宋安才在服刑十年、戴顏明在服刑八年之後，突被「量刑過重」的通知釋放回家。原單位已將他們開除，這真是糊塗進去糊塗出來！現在戴顏明拿著街道給的低保銜冤苟活；宋安才連低保都沒有，靠兄弟周濟度命。

沒有人提起這個案子！沒有人理會這個案子！

陸達那撕心裂肺「冤枉啊！冤枉啊！」的呼喊，在我們這個滿是災難的星球上沒有人理會！但那「冤枉啊！冤

枉啊！」的喊聲，以每秒340米的速度向浩渺的太空飛去！三十三年了，算一算，飛過了太陽系麼？飛過了銀河系麼？飛到哪裏了？怎麼沒有一點反應？難道這宇宙也是黑沉沉一片？

然而，陸達那白髮蒼蒼的老母知道兒子的冤屈！至死也閉不上眼睛！

陸達那柔弱的妻子知道丈夫的冤屈！眼淚流了三十三年，不知道還要流到何年何月！

陸達那四個心清如水的孩子知道父親的冤屈！他們揹負著這血海的深冤，走過了淒風苦雨的三十三年苦難人生！不知道心靈的苦海哪裏是岸！

陸達的朋友同事同行們知道他的冤屈！這冤屈就像一塊巨大的石頭，沉沉地壓在他們心上，使他們時常從惡夢中驚起！

武漢的老百姓知道陸達的冤屈！那些年，街頭巷尾談起陸達，人們都搖頭嘆息，膽子大一點的問道：這冤案怎麼就沒有人管？問誰？他們問誰去？

三十三年歲月流轉，多少往事已經黯淡。可是不知為什麼，陸達那撕心裂肺「冤枉啊！冤枉啊！」的呼喊，時時在我耳邊迴旋！尤其是，每當我看到他當年畫在餅乾盒上那高潔的天鵝，心頭就有種被刺痛的感覺！昂首飛翔的天鵝，低頭沉思的天鵝，陸達其實是把自己的情懷畫在了那餅乾盒之上。他就是那隻天鵝，不過是渴望著藍天白雲，不過是嚮往著自由和美好！可是，這隻潔淨的天鵝，最終沒能飛過沉沉

夜色，它帶著一顆子彈離開了這個世界，那滴血的翅膀，那紛飛的羽毛……

　　　　　　2008年歲末寒冬於漢口八古墩

難忘最是難中情
——懷念表姐夫熊昌卜先生

　　熊昌卜是我的表姐夫，1922年正月初九出生，他年長我22歲，我出生時，他已從省師範畢業為人師表了。

表姐夫熊昌卜75歲留影

　　表姐的母親是我嫡親姑母，在表姐八個月大時，姑父姑母生活艱難，就住到我們家來了。表姐十歲前後，姑父姑母相繼去世，我父親護著她，百般遷就，釀成她一副暴躁脾氣天不怕地不怕唯我獨尊的性格。在我家裏，除了我祖母和我父親，她不聽任何人一句話。

表姐二十二歲時出嫁到黃岡縣但店鎮，婚後脾氣還是那樣大，有時候很不通情理。幸得表姐夫是個和風細雨的人，總是耐心給表姐剖析道理，分析人情世故，真是金剛鑽碰上了天鵝絨，兩人過得和和美美，不離不棄，風雨同舟。在表姐晚年，我曾多次笑著對她打趣道：老話說小姐的八字丫頭的命，你卻是丫頭的八字小姐的命。為什麼這樣說呢？你看你那樣小就沒有了父母，是不是八字不好？但你遇上了一個疼愛你的舅父，結婚後又遇到一個呵護你的好丈夫，老來又有一群孝順你的兒孫，你是不是命好？表姐聽了點頭笑起來。

　　1950年春，我家在土改中遭到野蠻無理的抄家沒收，難以生活下去，母親就帶著我們姐弟大小共六口人，步行近300里山路，到漢口尋找父親。途經但店表姐家，表姐夫熱情接待，而表姐一向對我母親和我姐姐有嚴重偏見，她也不想想我們處在什麼樣的境地，一副冷淡模樣。晚上，表姐夫外出，表姐把我們安排在雜物間，安上一張床，丟來一床破棉絮。我們睡下後，表姐夫從外面回來，見把我們安排在雜物間，一臉的不高興。再看六個人合蓋一床破棉絮，就生氣了。他說表姐：你這做的像事嗎？這一床破絮怎麼蓋？我母親連忙說：沒關係，沒關係。橫豎祇住一夜，給你們添麻煩了。表姐辯道：沒有被子了。表姐夫說：不都在樓上嗎？表姐夫從樓上拿來兩床乾淨被子，又把破棉絮墊在床上，鋪上床單。

　　第二天雞叫頭遍時，表姐已把飯做好，還準備了乾糧。

我們離開表姐家時，表姐夫主動要送我們一程。臨行，表姐夫的父親為避免土改工作組來家清點人口時少一個人的麻煩，就叮囑表姐夫：祇能送到馬鞍山（在當時黃岡縣境內）就一定要返回來，回到家時正好是平時吃早飯的時候。

到了馬鞍山，表姐夫指明了路徑叮囑了一陣就返程了。我母親從沒有來過這裏，又是一雙小腳，我當時祇有5歲多點，幾個哥哥也在童年，一家人走啊走，一會一條岔路，一會一條岔路，人煙稀少，問個路也困難，走不多久就四顧茫茫。正在茫然失措時，祇聽得身後有人高聲喊著我們，回頭一看，祇見表姐夫急急趕來，我們都高興得大聲喊著他。

表姐夫滿頭大汗走近前，他拉著我母親的手，號啕大哭起來。我母親和姐姐也都哭了。祇聽表姐夫邊哭邊說：我看到舅母帶著弟弟妹妹逃難一樣，心裏難過極了！我擔心你們遇上壞人，又擔心你們問路時碰上農會和工作組的人，把你們當作逃亡地主家屬，惹出麻煩來。我越走越放心不下，就趕轉來。二舅有多大個事，這老天爺瞎了眼睛不分善惡太不公道！走，我直送你們到江邊坐船去！我母親忙說：你把路說清楚就行了，還是早點趕回去要緊。表姐夫說：管不了那麼多了，走吧！邊說邊把我扛上肩膀，領著我們向前走去。

1957年，表姐夫對農業合作化提出激烈反對意見，被劃為極右派，開除了教師公職。為了養家活命，他拉起了板車。他身體好，有本錢，二十餘年走遍了整個鄂東的公路。記得1961年夏初我飢餓難忍，跑到黃岡但店表姐家度饑荒。表姐家開了幾塊荒地，種了小麥和紅薯，還有菜地，一家人

有個半飽的生活。幾天後我緩過氣來，表姐就讓我跟著表姐夫出去玩玩，那些時表姐夫在附近一帶拉板車。表姐夫的板車裝滿貨物時，我幫著推拉，放空車時，我們就談文學。表姐夫舊學根底很好，在他的指導下，我們拖著板車做詩聯句，無拘無束，崎嶇的山間公路上灑滿了我們的詩詞歌賦。記得有一天我問他：1957年你放了些什麼「毒」？他哈哈大笑道：放什麼「毒」？你不在農村，不知道農民有多可憐！合作合作，沒有米湯喝。停了一會，表姐夫緊鎖眉頭說了這些年農村餓殍遍野的慘狀，還說了一句非同尋常的話，直指偉大領袖（註1）。他說的都是那些年農村的實際情況，但這些實際情況是不能說的，太陽底下祇能說假話，不能說真話。他說了真話，就是右派。

　　1979年右派問題改正後，他重返教師崗位，教書育人。退休後受聘編寫地方誌，個性使然，秉筆直書，鬧出許多不愉快，他乾脆不幹了。他兒孫滿堂，個個孝順，晚景堪慰。2001年正月初四去世，享年八十歲。驚聞噩耗，我想起往事，感慨不已，寫下了懷念他的詩。

懷念熊昌卜表姊丈

憶昔罹難背家鄉，艱難苦恨倍神傷。
弱姊幼兄小腳母，更有吾身口尚黃。
千山萬壑路漫漫，扶攜四顧心茫茫。
踉蹌顛躓腳起泡，腹饑口渴無乾糧。

暮投佃店姊丈家，倒屣相迎噓暖涼。
嗔怪家人薄怠慢，殷勤親與供羹湯。
翌晨陪送出家門，令尊再三語叮嚀：
馬鞍山前北斗橫，勿忘分別返歸程。
揮手已別忽又返，愴然淚下係親情：
遙看舅母與弟妹，何辜淪為失路人！
憤然呼號譴上蒼，不分善惡何昏昏！
慨然同行再相送，負我肩上重若輕。

一別匆匆五十載，難忘最是難中情。
忽聞姊丈歸道山，悲戚慘慟五內焚。
中夜低迴長嘆息，銀漢清輝對月明。

‖註1‖

　　表姐夫所說非同尋常的話是：「反手焉能撐大廈。」最
先由殷浩生1957年在黃岡地區教育界辯論大會上喊出。當時
黃岡地區教育界同仁公推以殷浩生為首的十位教師，到黃州
與地區教育局組織的十個人辯論，在鐵的事實面前，官方陣
腳大亂潰不成軍，殷浩生趁著會場正氣高昂之際，大聲喊出
「反手焉能撐大廈！」臺下掌聲轟響。後這句話被當局定為
1957年黃岡教育界右派猖狂反黨的重要罪証之一，以殷浩生
為首的十位教師全被逮捕，判處重刑。

和馬叔叔在一起的日子

一

馬叔叔家和我家斜對門，但他們家大門總關著，不像巷子裏其他人家，大門整天都敞開，所以，一年中我很少見到他。而他們家的大門開著的時候，多半是馬叔叔的岳母、我稱呼馬奶奶的一位非常慈祥的老太太，倚坐在大門邊曬太陽，或者說著柔和的北京方言，與鄰里拉拉家常。馬奶奶穿著樸素而潔淨，身邊總蜷縮著一隻很肥的大黃貓，毛色光亮而乾淨，但懶懶的，有時趴在馬奶奶腿上，馬奶奶輕輕撫摸牠，凝視著牠，大黃貓一動不動，對週圍的喧囂充耳不聞。夕陽斜照著油漆斑駁的大門，彌散著人世的滄桑。

馬叔叔家的大門還有開的時候，那就是每天傍晚，馬叔叔的妻子從醫院下班回家，推著自行車走進巷子，叩開大門那一會兒。那是一位美麗的中年女性，高挑身材和歐洲人似的面龐，高貴而矜持，卻又極和善。難怪他們的四個孩子，在這條世俗的市井巷子裏，是那樣鶴立雞群，充滿了典雅而文靜的氣質，特別是小女兒，比花還美！但在巷子裏，很少見到他們的身影，更沒有見到他們在巷子裏奔跑，或者大聲喧嚷。他們一家都默默地與巷子裏的人保持著距離。在他們大人小孩眉宇間眼神裏，都流露著一絲淡淡的愁緒。

他們一家是血統純正的回族，恪守著伊斯蘭的習俗。

在這條名叫生成南里的巷子裏，我從幼年、少年直踏進青年的歲月

二

命運讓我青年人生的第一件事，就是結識馬叔叔。1963年，也就是我十九歲那年，因為家庭出身問題，再加上個人政治不突出，不能繼續升學，成為社會青年。當時的社會青年可不是個好稱呼，是指沒有工作、無所事事、在社會上遊蕩的青年人。到了秋天，市政府組織社會人員到漢陽縣漢江邊做堤，成為我踏入社會的第一份工作，雖然是臨時性的。

清晨六點鐘，五條輪船滿載著做堤的城市民工緩緩溯流而上，金色的陽光透過薄霧，染紅了漢江。我久久癡望著奔流而過的江水，少年意氣，薄霧濃愁，心裏滿是抑鬱和迷茫。突然，我發現在輪船的另一端，靠近船舷邊，坐在行李上的馬叔叔。他逆著陽光，凝視著江水，手指上夾著一支香煙，那側影就像一尊古希臘雕塑。同一條巷子居住的社會青年也來了幾個，都在打撲克牌。我沒有一個說話的人。我望著馬叔叔，心想雖是對門對戶，但我從小到大，也許是年齡的差異，還沒有和他說過一句話。那時我太年輕，滿身學生氣，不好意思主動和馬叔叔說話去。東張西望間，馬叔叔看到了我，他笑著朝我點點頭，我馬上提起行李朝他擠過去。馬叔叔忙起身讓出一塊地方，我放下行李，和他一起坐下來。

馬叔叔好像知道我不知如何說話，就笑著問我：怎麼不讀書了？他的聲音柔和，很有磁性，是北方語音的武漢話。我也笑著回答：政治不及格，不讓我讀。沉默了一會兒，挑過擔子嗎？他又問道。我說：在學校農場勞動時挑過。哦！馬叔叔點點頭。我那時真是年輕得幼稚，又充滿了好奇，馬上想到放在心中好多年的一個問題，就冒失地問道：你們家的大門怎麼總關著？馬叔叔笑著說：大門打開，就對著我們的房間，不像其他人家有一個天井。那你們進出就從後門走？我繼續好奇的問道。是的。大門走得很少。馬叔叔還是笑著說。

我們閒扯了些什麼，差不多都是我在說，馬叔叔笑著聽，那時間就過得快了。十點鐘時，船到漢陽縣城蔡甸鎮，兩千多人的修堤隊伍，以街道為編制，分散住在蔡甸鎮沿漢江上下十里路程的村子裏。我們屬於花樓街辦事處管轄，被分配到一個名叫鄧家臺的村子裏住宿。

我和另七個年輕人分在一戶農家的堂屋裏住宿，可能考慮到馬叔叔是回族，他一個人住在離我們有五家遠的一戶人家。這裏離堤有一里多路，食堂在堤上，早晚兩餐到食堂買，坐在堤上吃，中午一餐送到工地上吃。安頓好，第二天一早就上堤出工了。

三

天剛透亮，上工的哨子就吹響了。我們花樓街的人和滿春街、單洞街的人組成十七隊，隊長是兩個滿春街的老社會

青年，二十七八歲了。說來真是個巧事，正隊長姓傅，副隊長姓鄭。傅隊長右臉上有一塊酒杯大的黑色胎記，而鄭隊長左臉下巴邊直到胳膊手背，有一條帶狀的紅色胎記。全體人員簡單地開了個會，兩個隊長拿腔拿調，自報家門，然後把名一點，對上號，再扯著喉嚨喊些空話套話，最後把任務一安排，就開工了。

這一點名我才知道，馬叔叔名叫馬名揚。我這個人從小就有個臭毛病：不喜歡唬人的領導，有機會就拿他們說些俏皮話。這次，我一下子對兩個裝腔作勢的隊長很反感，不都是社會青年嗎？有什麼值得擺譜的！在前往工地的路上，我對一道走的人嘲笑道：什麼十七隊，就叫疤子隊還好些。大家轟然一笑。我圖一時口舌之快，卻不知道，這一說一笑，為我日後受到的報復打擊，埋下了禍根。

我們的任務是在已有的主堤後面，緊挨著主堤築一條附堤。附堤與主堤等寬，但比主堤矮三分之一。取土的地方離堤邊距離不等，近的地方五六十公尺，遠的近百公尺。上土當然多是女性，挑土自然是男人的事，特別是我們這些年輕男子的事。

馬叔叔當時是四十出頭、屬於年紀較大的人，本可以大半時間去上土，但他基本上和我們年輕人一樣，以挑土為主。他總是不慌不忙的，挑的泥土也是滿滿的，看來，他有過這方面的鍛煉。一擔濕泥土，輕一點的也有七八十斤，對於我這樣在城市長大的人來說，卻是不堪重負。肩膀上沒有力，承受不了一擔泥土，越挑越沉重，越挑越慢，第一天下

來，肩膀疼得摸都摸不得，渾身累得像散了架一樣。晚上回到住處，躺倒床上就不想動了，再也沒有了頭天晚上的歡聲笑語。朦朧中，聽到馬叔叔的說話聲，睜眼一看，見馬叔叔站在我床前，他見我醒了，就說：洗一洗再睡吧。我身都不想翻，哪想起來？他又說了一遍，拍了拍我，我才掙扎著起來，見他打來一盆熱水，有些不好意思，趕忙道謝。

第二天一早到工地，馬叔叔遞給我一根扁擔，說：你那根扁擔太硬了，這根好。不要挑那麼滿，小孩子，悠著點，學會照顧自己。就這樣，我咬著牙堅持下來。一天一天地，我挑得多了，也走得快了，慢慢地，也不感到散了架似的累，十幾天後，每天晚上，都還有精神到馬叔叔的住處閒聊一會。

有一天下雨，不能出工，我就在馬叔叔處多坐了一會兒。馬叔叔坐在床上，用小剪刀貼著臉剪他的絡腮鬍子。閒聊中，我說到自己學習上有些偏科，俄語成績不怎麼好，便問馬叔叔：聽說三個月可以學會日語，有這樣的事嗎？因為我聽說馬叔叔會幾門外語，特別是日語很好。馬叔叔笑著說：怎麼說呢？我覺得任何一門外語，不下十年八年的功夫是學不好的，日語也一樣。但參考消息上說，洛克菲勒為了到南美去訪問，三個月學會了西班牙語，不知道是怎麼回事。

日文中有很多漢字呀，應該比別的外文好學些。

日文中的漢字，有些和中文意思接近，有些則和中文意思完全不同。正因為日文中有很多漢字，許多人以為日文易

學，我覺得是個誤解。應該是增加了中國人學日語的難度。

可我對外語天生的笨拙，學不好。

那是你學習的方法有問題。方法對了，會越學越有興趣的。

談著談著，我突然提出：馬叔叔，我跟您學日語吧？

可以呀！馬叔叔笑著說。

我能學好嗎？

剛才不是說了，方法對了，祇要持之以恆，就能學好的。

我擔心學不好。

可以試一下。

怎麼試呢？

現在不行。回去後，你去交通路外文書店買一本大學教材第一冊，那書挺好的，就可以開始了。

好吧，回去再說。

這天，我發現馬叔叔抽的香煙非常低劣，八分錢一包的那種。我們談話快一個小時，他祇抽了一支香煙。

抽這麼差的香煙？我唐突的問道。

哈哈。馬叔叔笑著不置一詞。

四

快到國慶節了。這年中秋節和國慶節連在一起，工地指揮部決定放六天假，讓民工回家過節。同時決定各隊按完成的土方，公開評定勞力工分，再按各人工分多少發工資，九

月底把錢發到大家手上。

晚飯後在隊長的住處評工分。大家相處近一個月，都熟悉了，誰的勞力強弱，心裏都有數。平心而論，單就個人來說，勞力最強的是單洞街的人，因為當時那一帶挑水吃，成年累月，肩膀上有力氣。而滿春街和花樓街的勞力就差不多，但滿春街的婦女多，花樓街的小夥子多，比較起來，花樓街的勞力要強一些。如果大家實事求是、公正公平的評定工分，都不會有意見的。問題是在兩個隊長的授意和操縱下，故意壓低花樓街的工分，特別是對我和馬叔叔，壓得最低。馬叔叔被評為六分，是一般婦女的工分，有好多壯實的婦女還被評為七分。而我則被評為五分，是半勞力的工分。馬叔叔坐在門口，臉朝門外，抽著煙，一聲不吭，很平靜。我就忍不住了，大叫道：欺人太甚！鄭隊長厲聲道：什麼欺人太甚？我說出滿春街兩個婦女和一個小癩痢的工分問題：她們很少挑土，為什麼評七分，不就是天天給你們洗衣服做衛生嗎？小癩痢肩不能挑還評六分，不就是你們的勤務兵嗎？

那時我身體單薄，一副學生相，像幹不了體力活的樣子。其實，我幹什麼事從不藏奸，挑土也一樣。

沒有人支持我，也沒有人反對，完全冷場了，都看隊長如何處理。我心裏想，看他們怎麼說，反正是鬧翻了，有什麼怕的。

祇聽鄭隊長粗聲粗氣地說道：你說小癩痢不如你，你敢不敢跟小癩痢比一場？

有什麼不敢？比就比！比贏了我要拿七分！我高聲道。

你贏了拿六分，小痢痢拿五分。你輸了拿四分，小痢痢拿七分。鄭隊長陰險的設下圈套。

可以！一言為定！我斬釘截鐵地說。

自始至終，馬叔叔沒有說一句話，我有點不高興。散會後，我一個人走在最前面，快步回到住處。

第二天一早，鄭隊長在附堤上用石灰劃出兩塊各十公尺長兩公尺寬的地方，讓我和小痢痢各認一塊，把泥土挑到裏面，到下班時驗收。

我憋著氣，揀最重的一擔土，約一百二三十斤，挑起就走。小痢痢也是挑起很重的一擔土，走得比我還快。我倒完土，轉身就向上土的地方跑去。路上，馬叔叔攔住我說：不能這樣！這挑不了幾擔的！要悠著點，就按你平時的樣子挑。一句話提醒了我，第二擔就沒挑那麼多，來回也不跑了，但也不停下來。再看小痢痢，還是挑得滿滿的，齜牙咧嘴的跑。午間休息時，小痢痢挑的土比我的略多。到中午收工，我挑的土跟小痢痢的差不多了。下午上工，小痢痢就垮了，他挑著半筐土，拖著腳步，眼睜睜看著我一擔一擔從他身邊挑過。下午收工時，小痢痢已不知去向，而我挑的土比他的整整多出三分之一，許多人向我祝賀，馬叔叔遠遠地向我笑著點點頭，對我伸出了大拇指。

晚上，我到兩個隊長住處去，要求兌現承諾。路上有人對我說，兩個隊長把小痢痢罵得狗血淋頭。我一進門，還未開口，鄭隊長就氣沖沖的對我說：你不道德，要陰謀詭計贏

的，不能加分！我一聽就火了，高聲道：我耍了什麼陰謀詭計？鄭隊長說：你要小癩痢故意輸給你，你請他的客。

笑話！我還要小癩痢故意輸給我！你把小癩痢喊出來，我跟他對質，看我是怎麼跟他說的！

上午我是跟小癩痢說過請他客的話，但我是說不管誰輸誰贏，我都請他吃飯，我們不傷和氣。怎麼變成了我要他故意輸給我的話呢？

此時，小癩痢不知躲哪裏去了。鄭隊長說：你的分不能加，這次比賽不作數。

我越發火了，大喊道：鄭疤子，你欺人太甚！我不想跟小癩痢傷和氣，就跟他說不管誰輸誰贏，我都請他吃飯，哪裏要他故意輸給我！你一天挑不了兩擔，拿最高的十分。你叫小癩痢去偷農民的雞子、偷農民的毛豆喝酒，還要人天天給你洗衣服做勤務兵！你也不過是個社會青年，卻拿著官做！我把話說這裏，你不加，我這就去指揮部告你！

說完我扭頭就走。腳一出門，傅隊長趕出來一把將我拉住，說：你怎麼這急的脾氣！你沒有要小癩痢故意輸，那是小癩痢撒謊！話說清楚了就行了！你贏了，工分就加給你，我們說話算數！

好！你說話算數！還有我們街的馬名揚，勞動那樣踏實，你們踩他！我氣憤地說。

馬名揚有歷史問題。傅隊長正色道。

歷史問題跟挑泥巴有什麼關係？歷史問題又不要你管！他工分太低了！我又喊起來。

是馬名揚要你來吵的？傅隊長瞪大眼睛問。

有眼睛都看得到的事，還要人說？我反問道。

是不是馬名揚要你來吵的？你說實話！傅隊長又追問了一句。

不是！我高聲喊道。

那你是打抱不平？傅隊長威脅道。

路不平眾人踩！馬名揚的工分就是低了！他比女的還差些？我又來火了，聲音很大，暗示給他們洗衣服的兩個女的工分高了。

這時鄭隊長走出來說：馬名揚的工分我們要向指揮部彙報才能定。

狗屁！我大聲說：挑個屁泥巴，你當個事在做！

傅隊長忙說：你回去休息。這事我們商量一下，商量一下。

回到住處，大家都來問情況，我把過程一說，這個說，你怎麼不幫我爭一下？那個也說為什麼不幫他爭。

我大聲說：狗屁！我吵的時候，你們沒有一個人幫忙！都是些軟骨頭！

第二天在堤上見到傅隊長，問他商量結果。傅隊長陰沉著臉，冷冷的說：你六分，馬名揚七分。望也不望我就走一邊去了。

小痲痢呢？他幾分？我問道。

你管不著。傅隊長邊走邊大聲說。

五

　　還有兩天就放假了。這天下午收工後發了工資，我們隊一個工分（底分）折二角一分錢，全工地倒數第二名。我累死累活挑一天泥巴才一元二角六分錢，算下來祇拿到三十幾元錢工資。好多人拿了工資到蔡甸上館子喝酒去了，我沒有去，一個人往回走。路上我抄近路從一個廢棄的磚窯邊斜走過去，忽然，身後傳來急促的腳步聲，我剛要回頭看看是誰，祇感覺後背被人猛推一把，我踉蹌著往前衝出幾步，跌倒在地，祇覺得一個人騎到我身上，把我的頭和肩膀後背一陣亂打。我被打懵了，想翻過身來，但那人力量太大，我絲毫動彈不了，剛把兩隻手撐起來，祇聽一聲大喝：幹什麼！是馬叔叔的聲音。感覺騎在我身上的那人倒下去了，我忙爬起來，一看，是同巷子的小名叫獅子的傢伙，馬叔叔正攔住他。我氣極了，顧不上疼痛，抄起一塊磚往獅子頭上拍去，馬叔叔眼疾手快，一把攔住，獅子撒腿就跑，我順手把磚朝他扔去，打在他背上，他停也沒停，一溜煙跑不見了。

　　我坐下來，這沒頭沒腦的挨一頓打，憋氣極了。馬叔叔說：算了！獅子傻裏傻氣的，肯定受人挑唆。我恨恨的說：算了？找幾個人打死狗日的！

　　那不正中那些人的下懷！馬叔叔說。

　　你怎麼什麼都算了？別人欺到你頭上也算了？我沒好氣的說。

馬叔叔也坐下來，點燃一根煙，木然地望著遠方，半天才說：不算了怎麼辦？你赤手空拳打得過獅子嗎？要拿東西把他打傷了又怎麼辦？你想到後果了嗎？

我開始平靜下來，思索著馬叔叔的話。

一個人要忍的地方太多了！你年輕，許多事還不懂，我一大家子人，不忍行嗎？馬叔叔繼續緩緩說道：你們南方人不是常說一不賭力二不賭吃嗎？一個人不要橫衝直撞的生活，要懂得保護自己，要懂得如何作出選擇。

沉默了一下，馬叔叔一字一頓的說道：狗腿子比主子跑在更前面！

我靜靜聽著。遠方，暮靄沉沉。馬叔叔說的，我當時還真的體會不到。突然，我感到孤單，感到沒有兩肋插刀的朋友，沒有幫助我的人。我站起身，馬叔叔幫我撢去身上的灰土，我們再也沒說一句話，一前一後回到住處。

第二天一早醒來，獅子的床鋪空著，他一夜未回。返漢的輪船下午兩點才來，我坐在床上，頭上幾個大包一摸就痛。不行！我不能忍受被一個傻子打了的恥辱！

我問同住處的人：獅子怎麼沒回來？一個吃完早飯回來的人說，看到獅子和小痢痢在一起。我一聽，略一思索，計上心頭，到小賣部買來一盒好煙，找上同巷子住的兩個小夥子，遞上兩根香煙，說：我體力差些，年齡也小些，你們對我很多照顧，我很感謝。二號是中秋節，三號請你們到我家去喝酒。

一聽請他們喝酒，兩人喜笑顏開。我接著說：獅子也是我們巷子的，我也請他。走，我們找他去。

兩人一聽我還請獅子，忙勸我道：獅子是個頭腦不清白的人，請他做什麼！

我扯著他們往外走，邊走邊說：都是住一條巷子的，不計較。

堤上沒看到獅子，我們又向隊部找去。遠遠的，看到獅子和小痲痢在樹下打撲克牌。他們太專注打牌了，我們走到他們身邊了，他們還沒感覺。我把獅子肩頭一拍，笑著說：獅子，昨天你去哪裏了？我們到蔡甸去喝酒，到處找不到你。三號我請客，中午到我家去喝酒。這不，他們兩位也都請好了。我邊說邊抽出一根香煙，遞給獅子，又遞兩根和我一起來的人，故意不遞給小痲痢，也不搭理他。

獅子接過香煙，愣望著我，說不出話來。

我又把獅子肩頭一拍，還是笑著說：就這樣說定了，三號中午，你們三位一定來！邊說邊望了下小痲痢，祇見他臉色慘白，鼓著雙眼瞪著獅子。

我們三人一離開，就聽到小痲痢和獅子吵起來。那兩位想回頭去看熱鬧，被我一把扯著走開了。

下午在江邊等船，聽到許多人在談小痲痢和獅子打架的事，說獅子偷了小痲痢兩盒煙，小痲痢要獅子還，獅子不還，兩人打起來了。小痲痢的眼睛被獅子打青了，獅子的頭被小痲痢用板凳劈開了，兩人追打到堤上，工地管保衛的人

把他們帶到指揮部，先到醫務室包紮傷口，獅子的頭縫了五針。傅、鄭兩個隊長聽說後，趕忙跑到指揮部，說我們隊的事我們隊自己處理，把人帶回去了。但指揮部的人狠狠批評了兩個隊長，並下令不許小痢痢和獅子再回工地了。

我一聽，心裏樂不可支！我原打算回去就不再來了，把行李都挑上了船。但此時我改變想法了，決定放完假還是要來。

心裏一得意，人就輕狂起來。在船上，我找到兩個隊長，遞上香煙，笑著說：謝謝兩位隊長言而有信，對我的照顧。

兩個隊長都是一臉的詫異表情，接過香煙，鄭隊長冷冷的問道：再不來了？

我忙說：來呀，誰說不來？

傅隊長陰沉著臉說：你把行李都挑上船了，還來做什麼！

還可以挑回來呀！不來有什麼工作做呢？我仍笑著說。

你長得這瘦，受不了的，回去找個輕點的活做吧。傅隊長勸道。

這裏蠻好，我也挑出來了，反正拿不了幾個工分。往前去天氣也涼快了，晚上還可以好好學習毛主席著作。我依然笑著說。

兩個隊長都不做聲，都沉著臉望著我。

毛主席教導我們說：搬起石頭砸自己的腳。毛主席還教導我們說：人不犯我，我不犯人；人若犯我，我必犯人。我

高聲說道。

兩個隊長愣望著我。

六

假期快結束了，我到馬叔叔家約定去工地的時間。我還沉浸在報復的快感中，神清氣爽。

馬叔叔正在修棕床，頭也不抬，邊扯棕繩邊說：你還要去？

去呀！為什麼不去？我反問道。

獅子打你，你也報復了，這也罷了。你還去羞辱兩個隊長，你不怕他們報復你嗎？

怕什麼？他們鬥不過我！

他們鬥不過你？馬叔叔抬頭望我一眼，笑起來了。我也笑起來了。

你真不知天高地厚！馬叔叔搖著頭說。幸虧這是個臨時單位，要是正式單位，你可麻煩了，說不定你一輩子翻不了身！

沒那嚴重吧？我的聲音軟下來，但還在嘴硬。

沒那嚴重？你學校打你政治不及格，不要你升學，你有什麼辦法？

我沒有吱聲。馬叔叔嘆口氣道：活著難那！你太年輕了！

我默然無語，馬叔叔也沒有說話，廳堂裏祇響著他修棕床的捶打聲。

他們會怎麼報復我？半天，我冒出這句話。

不知道。可能很輕微，也可能很嚴重，預料不到。馬叔叔伸起身子，捶了捶腰，望著我說：你不要去想這些了。你剛從學校出來，家裏生活還沒有壓力，學校不能上了，自學呀！你趁著年輕，多學點知識學問，以後有用處的。特別是不要把精力用在勾心鬥角上，那是很無謂的，也很無聊。要學點真本事。要不了三四個月，堤就做完了，等我回來，咱們把日語學起來，行嗎？

好吧。我聽您的。我氣短心虛的說。

七

四十八年過去了，生成南里早已被拆毀，原址上聳立起了佳麗廣場，當年階級鬥爭的血腥也已蕩然無存。然而，歷史不會被時間的流水淹沒，不論什麼，祇要發生過，都不會毫無痕跡地湮滅，一切都不會白白過去。

我後來跟著馬叔叔斷斷續續學過兩年日語，二十幾年後，我在申報高級職稱的兩次日語考試中，取得一次優秀一次及格的成績。隨著歲月的推移，在我荊棘塞途的人生中，時時想起馬叔叔來。當年在社會的邊緣，我的衝動，我的不諳世事，如果不是馬叔叔的提醒、阻止和關愛，我不能想像，將會是什麼樣的後果。也許我的人生會是另外一種軌跡。由此，我時時強烈的感到馬叔叔具有一顆善於體察生活悲劇的同情心。艱難困苦並沒有把這顆心磨硬，使他變得冷

酷，相反倒增加了他對別人的同情與洞察力，顯示出純淨的靈魂和思想境界。

今年六月初的一天，我在漢口唐家墩路中百倉儲超市巧遇馬叔叔的小女兒馬荷，勾起了我對馬叔叔的懷念。馬叔叔的四個孩子，依次是長女馬蓓；長子馬偉；次子馬健，以及當年比花還美的馬荷。聯繫上了，馬偉到我家裏來了幾次，談起往事，許多事情我還是第一次知道。

馬叔叔原籍河北省定縣，上世紀三十年代初隨父親來到漢口。因為謀生，僅僅在舊縣政府做了三個月文牘，五十年代初就被開除了公職，隨後被送勞改農場勞動教養，回武漢後淪為政治賤民，沒有固定工作，一輩子掙扎在社會的底層，掙扎在困苦和恐懼之中。最後，在貧病的煎熬中離開了這個讓他受盡屈辱的世界。

知道馬叔叔這些情況後，我更為嘆息。在那個時代，類似馬叔叔這樣處境的，該有多少！使人略感安慰的是，馬叔叔好歹還有個家，有患難與共的妻子，有四個聰慧孝順的兒女，一家人風雨同舟相濡以沫，這在當時，不僅難能可貴，也是支撐人活下去的力量。

願馬叔叔在天堂安息！

2011年6月26日暴雨之後於漢口八古墩

「再結來生未了因」
——懷念我的大哥雷雯

　　在請朋友們為大哥的詩文集寫點文章時，朋友們都說我應寫點什麼，三哥在電話裏也這樣對我說過幾次。我一直沒有說行或是不行，因為每次說到或想到這事時，心裏就驟然一緊。大哥去世快兩年了，望著他生前的居室，被子還是那樣鋪著；書桌上還放著他看的雜誌和報紙；抽屜裏還放著朋友們的來信和他的手稿；書櫃裏的書還是那樣分兩排整齊地放著；衣櫥裏他的衣服還是那樣掛著和疊著，特別是我一直在整理、校對他的遺作，感受著他的思想、情操，兩年多來似乎沒有中斷過和他的交流，就好像他仍然住在這間屋子裏，就在我身邊，祇是出去散步隨時都會回來一樣。六十年的手足，如今相隔兩世，想起來心裏就隱隱作痛，身上有一種顫抖發冷的感覺，說不出的難受滋味！誰說的「心為什麼痛啊，是誰插上了幾根針？」歷歷往事湧上心頭，在心裏翻騰，真不知從何寫起。

——

　　1962年夏天，大哥歷經劫難從東北回到武漢。望著他憔悴的面容，我既熟悉又陌生，我們整整10年沒有見面了。

1953年元月他出差湖南路過武漢時，在家裏住了幾天，那時，我還是一個未滿9歲的孩子。我祇記得他非常喜歡我，總是抱我親我，用鬍子扎我，晚上和我擠在一床被子裏睡，家裏的伙食也比平時好一些，那是我童年記憶中最快樂的幾天，屋子裏充滿了溫馨和愉悅的氣氛。然而，我沒遮攔的一句話竟惹惱了大哥，給家裏引發了一場軒然大波，溫煦的春天被倒春寒給凍住了。事情出在我身上，但我絲毫不記得這件事，多年後父親告訴我時，我心裏一片茫然。

說是一天大哥抱著我說，長大了當兵去。我回答說不去。大哥問為什麼？我回答說怕被打死了。這一下壞了，大哥當即沉下臉來。當時解放不幾年，正是抗美援朝的時候，對於忠心耿耿滿腔熱血隨時準備為祖國為人民拋灑的大哥來說，我的怕死的回答引起了他極大的反感和憤怒。那時他在東北軍區工作，回瀋陽後，他給父親寫了一封措辭非常激烈的信，指責我之所以害怕當兵是家裏大人灌輸的反動思想，也是一種恐美思想的反映。小孩子知道什麼，責任完全在大人，是大人教的，或是大人平時就這麼說，小孩子聽進去了，小孩子在這樣的家庭中怎能成長為對國家對人民有用的人材！他大發雷霆，對父母橫加指責，他說難道站起來的中國人民害怕美帝國主義的原子彈嗎？而從父母來說，這真是天大的冤枉。後來這事是怎麼平息的，我不知道，但這件事對我的影響和打擊太大，我至今還朦朧地記得，那些天一擦黑，一些親戚就聚在我家裏，都用異樣的眼光打量我，像審訊一樣，問我這話是從哪裏來的，瑟瑟發抖的我如何說得清

楚！我害怕極了，縮在牆角，一動也不敢動。

這件事我一輩子不知道回想起了多少次，隨著時間的推移，當時的一頭霧水慢慢散開，許多糾纏在一起的事情終於一一理順並清晰起來時，我理解並原諒了大哥那些過頭的話，因為大哥生就是剛正不阿、率真純樸、心口如一的性格。那時他熱忱地投身革命，不能容忍一丁點對黨不好的言行，哪怕是他最親近的人。那時的大哥是多麼虔誠啊！虔誠得現在看來像是在讀一篇小說一樣，然而這一切卻是實實在在真實的事。這就是大哥的性格，性格決定了一個人一生的選擇，而這樣的性格也註定了他的悲劇命運。

1927年12月1日（夏曆十一月初八），大哥出生於湖北省黃岡縣三河鄉三里畈鎮。5歲時，大哥以李文俊的名字在本鎮私塾發蒙，由於天資聰穎，很快就讀到了「四書」。1935年，家族中一個接受了「五四」新文化思想的長輩從華中大學畢業回來，開辦了當地第一所新式學校，命族中孩子包括大哥帶頭進入新學校讀書。長輩又當校長又教書，常在課堂上宣揚「五四」精神，把新文化思想帶進了閉塞的山區，滋養著孩子們稚嫩的心靈。可以這樣說，早期的啟蒙教育在大哥心裏播下了自由民主思想的種子。稍長，天性正直善良的大哥對「朱門酒肉臭，路有凍死骨」的社會不平現象異常憎恨，常常做出周濟窮人的舉動。

抗日戰爭時期，大哥進入大別山中的省二高讀書，受世交長輩殷浩生（哲學家殷海光之弟）的影響，開始大量接觸三十年代革命文學特別是魯迅的作品，而這些文學作品又都

是強調自由民主與個性解放的，這使大哥關心國家前途與人民幸福的思想有了較明確的導向與歸屬，如撥雲見日，肯定和強化了他少年時代胸中湧現的悲憫情懷。在這樣的思想基礎上，他開始創作新詩，並逐漸成熟起來。1946年夏，當時武漢《大剛報》的副刊上登載了大哥創作的詩歌──〈野狗的夢〉，這是他的作品第一次公開發表，從此，他與詩歌結下了不解之緣。省二高的學生生活不僅培育了大哥熾熱的文學才情與自由民主的思想，還給予他真摯的友誼和純潔的初戀。

1947年，大哥考入武昌藝術專科學校西畫專業，很自然地，他向藝專的中共地下黨組織靠攏，地下黨組織也把他作為發展對象。在參加了一系列公開的和祕密的革命活動、經受了考驗以後，大哥加入了地下黨的外圍組織──新青聯。這時，大哥不再僅僅是對國民黨腐敗統治不滿，而是將自己視為無產階級戰士，把解放勞苦大眾建立自由民主平等的新中國視為己任。同時，大哥把「五四」的科學與民主思想和黨的宣傳倡導很自然地融合在一起，視為一回事。大哥說，他第一次讀到祕密傳閱的油印本毛澤東著作《新民主主義論》和《論聯合政府》時，讀得熱淚盈眶。當時他心裏的感受是：這才是從根本上為老百姓謀幸福的人民領袖。他暗自下定決心，要永遠跟著毛主席，推翻罪惡的舊社會，將革命進行到底！於是，大哥更自覺地投入到革命活動中，多次冒著極大的危險完成地下黨交給他的任務。一次黨組織要他掩護三個被國民黨通緝的同志轉移，事情非常緊急，大哥立即

趕到接頭地點，把那三個同志安排到一個同鄉家裏，大哥一直陪著他們，直到兩天後地下交通來把他們接走。還有一次，一個在武昌魯巷某寺廟內以出家人身份為掩護的同志暴露了，組織上要大哥和那位同志對換了衣服，坐在和尚房間裏，直到那位同志離開八個多小時之後，大哥才脫下和尚衣服回到學校。至於罷課遊行撒傳單、將家裏的錢送給轉移的同志作路費、到孤兒院教唱革命歌曲等等革命活動，大哥更是積極參加。1948年冬，大哥的身份暴露，上了國民黨特務的黑名單，黨組織立即安排他轉移到了鄉下。這段時期，大哥還創作並在報刊上發表了許多針砭現實歌頌革命歌唱愛情的詩歌和散文。

1949年5月武漢解放，年輕的大哥該是何等的欣喜！他以為永遠推翻了人剝削人人壓迫人的反動社會制度，他以為多災多難的祖國從此進入了一個嶄新的、從未有過的自由民主平等的新社會，他伸開青春的雙臂，擁抱著他熱愛的黨，擁抱著他認為如東昇旭日般輝煌燦爛的新中國。這時，他正式改名為雷雯，拋棄原用的姓名，以示與舊社會決裂，並中斷了大學學業，進入湖北人民革命大學學習，以期盡早投入到建設新中國的火熱鬥爭中。

不久，朝鮮戰爭爆發。全國人民在黨的領導下，掀起了轟轟烈烈的抗美援朝保家衛國運動。這時，也是我們家生活最艱難的時期。作為家庭的長子，大哥此時沒有什麼家庭觀念，他總覺得黨會管我們的，黨的政策是不容置疑的，他全身心地撲在黨的事業上，他所想到的是黨指向哪裏他就奔向

1951年大哥雷雯（右）三哥李文輝在瀋陽市合影

哪裏，哪裏最艱險就到哪裏去。1950年底，大哥帶著他對社
會主義祖國的美好憧憬、對美帝國主義的滿腔仇恨，置家庭
困難於不顧，毅然參軍北上，並作好了隨時為祖國流盡最後
一滴血的思想準備。

　　呼嘯的列車像要把寒冬穿透一樣向北飛馳。二十三歲的
年齡、幾年來在報刊上發表了許多作品、加上一肚子錦繡文
章，英姿勃勃風華正茂的大哥穿著嶄新的軍裝，心裏該是何
等愜意！車窗外是茫茫雪野，大哥一定會在高亢的汽笛聲中
久久凝視，凝視中他一定心潮澎湃心馳神往。此時，詩人氣
質的大哥心裏會想些什麼呢？他心裏一定設計了許多與侵略
者殊死戰鬥的悲壯場景；一定會反覆設計自己英勇犧牲的壯
烈場面，因為正直善良的性格，他也一定會設計出用自己的

生命掩護戰友的動人畫面，他肯定還設計了許多我們今天無法猜測得到的激動人心的戰鬥經歷。然而，年輕純樸的大哥就是再怎麼發揮想像力，發揮到極致，也決不會想到，僅僅幾年的時間，他竟會被莫須有地打成「胡風反革命份子」，被整得死去活來；也決不會想到十二年後，他會拖著在勞改農場被打斷的手臂和一顆滴血的心，回到武漢這個曾經送他奔向革命征程的出發地。

二

當我追溯著大哥的生命歷程並一步一步去接近它、一步一步去走進它時，我發覺大哥的思想太清純了，清純得彷彿是荷葉上的露珠，清純得彷彿是一泓清澈見底的山泉。在志願軍後勤政治部宣傳部（亦即東北軍區後勤政治部宣傳部）工作的大哥，一段時間在後勤部領導張平凱將軍身邊工作，將軍很欣賞大哥的才華和正直純樸的人品。朝鮮停戰後，部隊裁員，後勤部轉業幹部的去向由張將軍最後親自審定。許多聰明人瞄準了張將軍信任大哥這一點，走大哥的門路（當時沒有後門這個說法），他們找出許多理由請大哥向張將軍反映，要求留在大城市和分配到較好的工作單位。直心眼的大哥哪知道生活中的這些玄機，他真的替人一一辦到了。輪到安排大哥轉業的去向，張將軍特意過問，親自徵求大哥的意見，問大哥有什麼困難和要求。那時，大哥還真的有困難——我們全家包括他的未婚妻都在南方，靠政府救濟生活，作為家庭的長子，大哥是不是應該承擔照顧家庭生活的責

任，要求回武漢工作呢？這要求合情合理，而且辦起來也非常簡單──張將軍的弟弟張平化曾是武漢市委（直轄市）的主要領導人，大哥出差湖南時還曾拿著張將軍的家信與其聯繫過；張將軍的父親從湖南到瀋陽去探親時，路過武漢，特地在我們家住了幾天，送給我們許多煙燻肉。如果由張將軍打個招呼，武漢市委安排個把轉業幹部的工作，豈不是小事一椿？然而，大哥時刻想到的是黨的需要，他對組織部的同志說：如果大家都考慮個人得失，那建設社會主義不成了一句空話？他毫不猶豫地向張將軍和組織部門表示，黨需要我幹什麼就幹什麼，絕對服從組織分配。大哥以黨和國家利益為重的態度深得張將軍的贊許，他說：正好，黑龍江省新成立了一個出版社，需要編輯，你是詩人，就到那裏去工作吧。再說，邊疆需要有文化的人，黨正號召內地知識分子支援邊疆建設哩！大哥二話沒說，於1954年底轉業到了黑龍江人民出版社。

在轉業這件事上，大哥是不是書生氣太重了呢？不是的。就是今天看來，大哥也是對的，無可厚非。我們不能用世俗的得失斤斤計較這件事，更不能用時下開口閉口就是金錢就是級別就是待遇來評說這件事。這是一個人的精神，一種嚴以律己公而忘私言行一致表裏如一的精神。誠實正派是大哥做人的準則，當然也成了他終生的負累。當時新中國成立伊始，百廢待興，受了一百多年內憂外患煎熬的中國人誰不希望自己的祖國富強起來？如今解放了，受盡屈辱的中國人民終於站起來了，那個振奮的人心，那個高昂的鬥志，那

個人心齊泰山移的力量，是真的，確確實實是真的。不談國內的老百姓，就連海外華僑港澳同胞也紛紛拋棄優裕的生活毅然回國投身於轟轟烈烈的社會主義建設事業中，你說那個形勢好不好？你說那個人心齊不齊？你說那個力量大不大？你說黨的威信高不高？像大哥這樣把黨的事業放在第一位在當時是極普通的事，艱苦的地方危險的工作大家都爭著去搶著幹，沒去成沒幹成還鬧情緒，認為是組織上不信任自己。可惜的是，這樣好的形勢沒有幾年，就開始大批大批的整得人死去活來，整得國家百孔千瘡，把純真的人性摧殘殆盡，把美好的憧憬毀滅一空。一切都是莫名其妙，忠奸善惡是非黑白統統都弄顛倒了。

在大哥四年的軍旅生活中，有兩件事在他的人生經歷中劃下了重重的痕跡。一件是1952年上海新文藝出版社出版了他的第一部詩集《牛車》；再一件就是結識了詩人牛漢。這出詩集的事當時算是有點轟動，二十五歲的小夥子才華橫溢，可謂春風得意。這結識牛漢的事本來是再平常不過的人際交往，誰料想這件事竟改變了他的人生道路，還差點死在這件事上。

1952年雷雯25歲在瀋陽

1953年元月大哥出差路過武漢，我們兄弟和姐姐與兩位堂姐合影，前排右一為李文熹，後排穿軍裝為大哥雷雯，後排右一為李文極。

　　大哥和牛漢的來往非常一般，詩是他們的媒介，當時牛漢已是頗有名氣的詩人，因參加抗美援朝來到瀋陽部隊。他們僅有的兩三次接觸及以後的少量通信，都是圍繞著如何創作歌頌共產黨歌頌毛主席歌頌壯麗的共產主義事業的詩歌這個當時在他們思想裏的永恆的話題。牛漢告訴他，馬雅可夫斯基的《列寧》是人類詩歌史上一座不可逾越的高峰，是我們學習的榜樣。正如大哥說的，當時牛漢在他心目中「完全是一個崇高的布爾什維克高大形象」。1955年春牛漢被作為「胡風反革命集團骨幹份子」抓起來時，牽連到了大哥。當大哥被作為「胡風份子」關押起來時，他完全懵了。誰聽他的申辯？誰聽他實事求是講述的事情經過？無休無止地批

鬥,把他折磨得求生不得求死不能。當他被死死扣上「胡風份子,對黨不滿」八個字的罪名,押送北大荒阿城勞改農場勞動教養時,這世界就沒有什麼是非曲直可言了。今天,當我寫這篇懷念大哥的文章時,我思想上仍然做不到能夠無所畏懼地走進他在勞改農場那地獄般的生活中去。當我回想起大哥告訴我的那些比死還要難受的肉體折磨、那高貴的靈魂被捆綁在污穢卑賤痛苦的罪惡深淵中無力地掙扎時,我眼前就浮現出那些無法表述的恐怖情景,我的心不禁陣陣顫慄。

1955年雷雯留影,不久即被打成胡風反革命分子,時年28歲。

1956年,雷雯29歲留影。

1957年雷雯30歲在哈爾濱留影

三

　　大哥在農場勞改了4年半,死裏逃生,像牲口一樣活過來了!他被開除了公職,解除勞教後在哈爾濱舉目無親,祇好帶著被打斷的左臂、渾身的傷痕和一顆破碎的心回到了故鄉。

　　大哥一回來,我就寫信告訴了三哥,不久,就收到三哥從昆明寫回的信。三哥在信中說,得知大哥回家,他高興得

流下了眼淚。他不無自責地說，事情因他而起（牛漢是三哥介紹給大哥認識的），害得大哥受了那麼多的苦，在大哥最困難的時候，他卻無力提供幫助，心裏充滿了愧疚和悔恨。他在信中動情地說：「魯迅有兩句詩好像是專為我們兄弟寫的：『渡盡劫波兄弟在，相逢一笑泯恩仇』，

1968年3月大哥三哥在武昌長江邊合影

現在最要緊的是安排好生活，相互扶持，度過困難的日子，生活下去。第一步要做的是兩個人的飯三個人吃，我當竭力貼補家用。」三哥信中字裏行間流露的手足深情感動了我們，也溫暖著我們，特別是在那需要感情溫暖的歲月，彌足珍貴。

由於歷史的原因，解放後我們家的經濟來源全靠大哥、三哥和姐姐，也就是說，我們下面四個兄弟包括父母在內六口人的生活全靠他們，其中最主要的是三哥，在姐姐出嫁後大哥被教養至平反前的20年間，我們這個又大又複雜家庭的經濟重擔全落在三哥一個人肩上。有關我們家那幾年的經濟生活情況，我在拙文〈那時，我還是個孩子〉中有概略記述，此處不贅。

四

　　大哥從勞改農場回到武漢後，他一家和我們住在一起。清貧的生活中，父親和大哥有永遠談不完的話題，從詩詞歌賦到二十五史，從滿清到民國，從風土民俗到人情世故，簡直包羅萬象。他們談到高興處，爽朗的笑聲就從簡陋的房間裏傳出，從精神上看，簡直難以相信他們曾受到過巨大的打擊和摧殘。一天，父親對大哥說，他做了一副對聯的上聯——「愛竹不鋤當路筍」，問大哥怎麼對。父親說著轉身對我說：「你也對一下。」那幾天我正囫圇吞棗地在看張居正的文集，聽父親說的對聯，一下子聯想到張居正在一道奏摺中說過類似的話，於是，我不假思索地把張居正的話複述道：「就是靈芝，祇要是擋了路，也要鋤去，何況是一根筍子。」父親聽了直搖頭，大哥哈哈大笑起來。當然，我後來對了「憐荷強忍苦心蓮」，勉強交卷，但意境比上聯差遠了。

　　一天下午，我幫大哥整理他從東北帶回的一箱書，看到一本泰戈爾的《飛鳥集》，這是我找了好久都沒有找到的書，心頭一喜，就隨手放在桌子上。酷熱的下午沒有一絲兒風，我靜坐在桌前，一邊搖著蒲扇一邊讀起來。慢慢地，我感覺不到熱了，完全蕩漾在愛的海洋中，沉浸在睿智與空靈的詩境裏。忽然，我在「感謝上帝，我不是一個權力的輪子，而是被壓在這輪下的活人之一」的詩句下，看到用鋼筆寫的一行字——「泰戈爾，我看到了你的偉大！」是

大哥的筆跡。又在「鳥兒願為一朵雲，雲兒願為一隻鳥」的詩句下，看到也是大哥寫的一行字──「生活原就是這樣荒唐」。當時，年輕的我對這些詩以及大哥的行批能有多深的理解呢？有的話，也不過是「為賦新詩強說愁」罷了。但是，這詩和大哥的行批卻已深深地刻在我的腦子裏。

雲譎波詭，在後來的歲月中，我們都或深或淺地捲入到被批鬥挨整的階級鬥爭大潮中。但是我們沒有垮下去，每逢下班後或休息時，我們互相勉勵，所以，不論在怎樣艱難的環境下，我們都沒有喪失對生活的信心；沒有放棄對美好的追求。大哥始終堅持創作，詩，是他的生命，而更多的是我們都在沉思。沉思中，泰戈爾的那兩首詩和大哥的批語不時躍入我的眼簾。當整個國家像瘋了一樣，整個社會都陷入狂濤惡浪般動亂之時，我也就更深地理解了泰戈爾的這兩首詩和大哥的批語──那就是知識分子對人類對社會的熱情關注。

沉思可以孕育出深沉的思想，每一個追求思想出路的人，在巨浪大潮中都會艱難地摸索著自己前進的道路。當外面鑼鼓震天，慶祝一個又一個「勝利」時，大哥總是默默地沉思。我知道，他內心裏在不停地反思，反思他所經歷的反胡風運動、反右運動，以及文化大革命運動。大哥以詩人敏銳的洞察力和悲憫的情懷，以知識分子的人格和氣質，對人的存在本身給予了極大的關注。大哥認為他現在的認識與他年輕時接受的「五四」思想是一脈相承的，這中間雖然有過曲折和迷誤，但他從來沒有懷疑過「五四」精神──個性解

放、理性、民主、自由、博愛這些人類的永恆價值。大哥說：任何一個人都不應成為任何政府、社會組織或別人的手段。人應有人的尊嚴，人的尊嚴包含了對人的尊重和人的自尊，從這個意義上來說，人人是平等的。平等的社會應賦予個人自由的含義，個人既享有自由，也須承擔責任。社會應尊重個人的自主性、隱私權以及自我發展的權利。同樣，自由與責任不可分，個人應對自己的行為負責，應積極主動承擔社會責任。這裏面要特別強調的是，個人自由堅決反對使別人沒有自由的「自由」，所以，個人自由不是放縱。在當時那樣嚴峻的環境下，大哥能有這樣鮮明的超前的認識，確屬難能可貴，而這其實是大哥年輕時自由民主思想的延續和昇華。當時大哥一再說到，衹有人權和法治落實，社會上每個人平等享有個人自由才會有真正的可能。

在整個「文革」階段，大哥什麼群眾組織都沒有參加。有朋友多次勸他加入「造反派」組織，他不止一次地對這些朋友說：「我不相信這是一場革命，哪有革命是在什麼之下進行的道理！」在那樣艱難的歲月，在繁重的體力勞動之下，有著豐富的、成熟的社會認識的大哥，對黑白混淆的現實充滿了憤懣，對人生、對社會充滿了關注，創作出了不少高質量的詩歌。而傾注在這些創作中的，是他的思想理念，他的道德情操，他的懷疑，他的憂傷，他的憤怒的投槍，他的赤誠的愛。遺憾的是，許多作品沒有保存下來，以致沒有公開發表。實際上，大哥仍然保持著他正直善良悲天憫人的稟性，從他少年時代起直到老年，他沒有改變他的性格，永

遠是一以貫之的高尚情懷。這裏，作為代表性，特別要提到的是詩歌〈筆〉的創作。

那是一個炎熱的晚上，在煉銅的爐子前烤了八個小時的大哥，躺在床上舒展著快要散了架的身軀。朦朧中，他中學時的同學張善鈞向他走來，對他說：「我的鋼筆尖壞了，你幫我去換一下筆尖吧。」驀然間大哥醒來，四周一片漆黑，萬籟俱寂。望著窗外滿天的繁星，想到因被劃為極右派而自殺的老友，大哥心底湧出無邊的辛酸。他再也睡不著了，躺在床上心裏默念著，這首帶著血淚的詩就這樣一節一節地從心裏流出來（後來也沒有改動一個字）。在這裏，讓我們把這首悲憤的詩再讀一遍吧：

我們徘徊在那迷茫的溪畔
又好像並立在那幽暗的簷前
你說你的鋼筆壞了
要我替你換去那斷裂的筆尖

筆尖還未換好
我又回到這現實的人間
我在苦苦地思索
我在深深地懷念

你生活的那個世界是在哪裏啊
我們不見了二十多年

你對我的懷念好像化成了風
時時刻刻在我身邊旋轉

你是不是也兩眼昏花
你是不是也兩鬢斑斑
你是不是還像從前那樣純潔
你是不是還燃燒著青春的火焰

你在做些什麼啊
為什麼把鋼筆尖兒用斷
難道你一天到黑都在寫
難道你憤怒的火從心底燒到了筆尖

善鈞！不管你是怎樣用你的筆
不管你是怎樣用你的筆啊
你不會把方的畫扁
你不會把扁的畫圓

　　「你不會把方的畫扁，你不會把扁的畫圓！」這發自
內心的呼喚，不僅是大哥在黑白顛倒的年代對自己的告誡，
也是對整個社會的詰問和期待。描寫自己的夢境，是自己處
在格外清醒的時候，大哥是多麼不容易啊！在那樣嚴酷的年
代，他用充滿智慧的筆，以詩這種形式去領會和了悟人生，
健全自己清明的理性。如果說一首有生命的詩的創作，同時

必定是詩人的自我人格的完善，那麼，這首詩就是當時大哥人格的最完美的自我表現。

<h2 style="text-align:center">五</h2>

　　1979年春，大哥的冤案得到平反昭雪，回到黑龍江人民出版社，依然做詩歌編輯。二十四年的冤屈，二十四年的寶貴光陰──地獄般的勞改折磨、社會的歧視、在生命的邊緣沉浮、在社會最底層的拼命掙扎、肉體與心靈所受到的無可癒合的創傷──被「撤銷原胡風份子結論」一筆帶過。

1981年雷雯在杭州岳墓前留影

1983在北戴河　　　　　　　　　　1987年在武漢，時年60歲

　　重回故地，當年的英俊青年而今成了年過半百的老人，這感慨該是何等沉重！細想一下，一個人的生命是多麼寶貴，寶貴到不可能有一天的重複，每一天都像流水一樣消逝，所以，珍惜自己的生命和尊重、關愛別人的生命是同等重要的事，這是做人的基本道德。

　　在紛紜的世事中，在商品經濟條件下，大哥依然保持著知識分子的人格和氣質，保持著自己的道德情操、理想和價值，特別是對兩千年浸透骨髓的奴性，是中華民族多災多難的根源這一點上，大哥有很深刻的認識。大哥始終拒絕加入任何作家協會，也從不寫那些幫忙幫閒的作品。這段時期，大哥不僅殫精竭慮地做好編輯工作，編輯出版了一批高質量的文學作品，還長期保持著旺盛的詩歌創作熱情，同時，他還把更多的關注放到正在成長的家中下一代身上。

　　由於工作的原因，1979年以後，大哥基本上就住在哈爾濱。父母在世時，他每年都要回家探親，父母去世後，他就

一直在外，但他無時不在關心家中孩子們的成長，針對各人的特點和需要注意的地方，傾注大量心血，總是語重心長不厭其煩地寫信回來，幫助孩子們健康成長。其間他在一封給我的信中談到：「（對上大學的孩子）現在是建立你們之間的友誼的時候，除了是非問題，別的就不要糾纏。人長大了需要尊重，父子也要相互尊重，沒有尊重就沒有友誼。如果祇有道義上的父子關係而沒有友誼，那是非常不幸的。父子的友誼非常重要，有這友誼才產生牽掛。總是彆彆扭扭，那牽掛也就沒有了，甚至會產生離遠一點的心態。要尊重孩子的愛好，習慣，祇要不是大錯。……」淺近親切的語言，把他幾十年對人生的感悟通過闡述父子之間的尊重和友誼表達出來。

1988年秋天雷雯 1988年秋天雷雯在湖北
在杉樹林中

1993年7月雷雯與七弟李文熹合影於哈爾濱心遠齋

　　大哥多次在給孩子們的信中強調，再聰明的人如果不刻苦，那祇能是浮光掠影式的應付學習和工作，終究一事無成。古今中外祇要是有所作為有所成就的人，沒有一個不是刻苦的。確實，大哥不僅這樣教導孩子們，他自己身體力行，創作出了大量高質量的文學作品，除早年出版的詩集《牛車》外，平反復出後二十多年間，先後出版了四部詩集，以及大量未發表的作品。在他病重期間，還堅持整理回憶錄《往事非煙》，直到生命的最後一息。

2001年雷雯在哈爾濱寓所，時年74歲。

　　大哥一輩子有許多朋友，他到哪裏工作，與人總是坦誠相見，總會交上幾個知心朋友。他與中學時的同學，勞改農場的難友，代課時認識的教師，工廠裏的工人，都保持著終生不渝的友誼。大哥經常說，友誼是沒有等級的，朋友不是誇耀的商品，更不是交易。特別是重新回到哈爾濱後，他和幾個年輕人建立起來的真摯友誼，情同父子、父女，他的詩中寫的「兒子」「女兒」，全是指的那幾個年輕人，如馬合省、李琦夫婦。2002年11月他從哈爾濱回武漢，是李琦像女兒一樣專程護送而來。他去世後的第一個清明節，馬合省專程從哈爾濱來大別山給他掃墓。還有一個孩子譚敦寰，原在哈爾濱，後調昆明工作，去年6月也千里迢迢從昆明來給他掃墓。

大哥是2002年11月9日從哈爾濱回武漢治病的。在這之前一年中，他逐漸消瘦，直到回武漢前一週，才到醫院去檢查，初步結論是嚴重貧血。我們到車站去接他時，發現他人都病脫形了。11月15日住進協和醫院，經多種儀器檢查，包括骨穿，最後結論是「骨髓增生異常綜合症」。這個病，過去叫「白血病前期」，因這種叫法不準確，改成現名。醫生說，造血功能壞了，骨髓造血的三條線，他壞了兩條，目前對此病尚無有效的治療方法，祇有輸紅細胞一條路，維持生命。

　　這個病的病因雖然不明，但有毒物質的侵害可以造成這個病卻是世界所公認的。我們回想起，1962年夏，大哥從東北回到武漢，生活無著，託親友介紹，1963年到一所中學代課，1967年「文革」中被趕出學校，經街道分配，進武漢冶煉廠煉銅車間當工人達11年之久。那是個癌症高發區的單位，工人大都是為生活所迫或有這樣那樣「問題」的人，勞動保護極差，長期呼吸有毒的空氣，埋下了最後致大哥於死命的絕症。醫學上說有毒物質的潛伏期可達數十年之久。我們的父母都是九十多歲去世的，家族中也從無人得這方面的病。所以，大哥如果不是在工廠裏超強度勞動那麼久，那麼累（三班倒），那樣長期呼吸有毒的氣體，是不會得這種絕症的。

　　在大哥治病期間，我們多方打聽，包括在美國、日本的侄子找醫生諮詢，西醫的治療方法祇能這樣。後一美國醫生建議找中醫試試，我們又從網上找到幾篇中醫治療此病的文

章，吃了近百副中藥，亦無效。這樣，在血色素低於40時，就住院輸血，血色素達到80以上就出院，反反覆覆。那次是2003年9月24日出院，10月10日下午，他發高燒，送醫院急救，上了許多藥，11日上午病情加重，到了晚上9時30分就離開了人世。

　　2003年10月13日遺體火化，18日，遵照大哥生前囑托，我將他的骨灰送到故鄉大別山一片幽靜的松林中安葬。蒼松翠柏，明月清風，與詩魂同在。大哥的安葬自始至終得到世交好友殷永秀女士一家人的鼎力幫助，使我們深為感動。

左｜雷雯手書條幅，自己裝裱
中｜雷雯手書條幅2，自己裝裱
右｜雷雯自撰自書條幅

在這篇文章行將結束時，我陷入深深的悲慟之中，久久不能提筆把文章收住。大哥的精神世界，人格氣質，道德情操，一輩子始終如一，沒有改變。由此，我想到我們這個民族兩千多年來有多少混帳事，真是無法清算。當年大哥在給我的一封信中說：「半年來，我常常希望自己是在夢中，因為我常常做惡夢，一驚醒，心裏又一陣輕鬆，啊，好了，原來是個夢呀！我曾在雲崗抬頭望不盡的大佛下默禱；曾望著茫茫的渤海，心裏想，我要是在夢中多好啊！人生本來是個夢，然而又確確實實有這一段腳踏實地的現實。這一腳一腳的現實，我踩到的痛苦是這樣的多！」

雷雯水墨畫

雷雯水墨畫

　　人生的痛苦是多，但人生也有令人溫暖和眷戀的地方。即使無情的現實粉碎了美好的憧憬，但至少我們還擁有真摯的友誼和深切的親情，使我們在悲欣交集的時候不再流淚。「與君世世為兄弟，再結來生未了因。」九百多年前，當因詩獲罪、身陷囹圄的蘇軾在梳理自己的人生軌跡時，最讓他思念不已和難以割捨的是生死與共的兄弟之情，從而從他的血淚裏迸出了這兩句深摯感人而又淒切哀婉的千古絕唱！仁慈的造物主啊，如果人真的有來生，我願與我的大哥世世為兄弟，綿延那不盡的手足之情……

2005年4月初稿

2010年6月改定

我的四哥李文極

四哥去世近四十年了！我一直沒有為他寫點什麼，總想迴避他，因為他死時才三十六歲，太讓人傷心了！幾十年間，我怎麼也提不起這沉重的筆！

四哥是1937年1月3日出生的，那是夏曆丙子年的冬月，差不多大我八歲。大哥三哥長年在外讀書，後來參軍遠赴東北，姐姐又是個女孩子，在家裏的男孩子，四哥最大了，所以，他十二、三歲時，就扛起了家裏許多事。我記得上世紀五十年代初那幾年春天，為了生活，父親通過朋友，批發來數十斤新茶葉，父親和四哥揹著，坐船搭車，從漢口我們家送到武昌珞珈山等大學裏去。那是很遠的一條路，每年春季總要送五六趟，而四哥那時候也祇是一個半大的孩子，但他是個敏於行而訥於言的人，默默地幫著父母挑起家庭的生活擔子。記得有一年冬天，堂姐給她弟弟做了一套新棉衣，那堂兄與四哥同歲，穿上很鮮亮的棉衣到我家來顯擺，相比之下，我們兄弟穿的都是補了又補的衣服，寒磣多了。不知怎麼遠在瀋陽的大哥知道這事後，剛好他拿到一筆稿費，就寄回二十元叫四哥也去做一套棉衣。收到錢後，父母就囑咐四哥按大哥說的去辦。誰知四哥接過錢後卻不聲不響地買回一百斤大米、幾斤食油，以及肥皂等日用品。父親問四哥怎

麼不去做棉衣？四哥說：這都是家裏急需的東西，我又不是沒有穿的，舊點薄點無所謂，把學習搞好才是真本事。這是我對四哥最早的印象。

四哥李文極14歲留影

　　上世紀五十年代的青年，那種單純，對媒體和政治學習中宣揚的那種所謂善良、正義的絕對相信和盲目追求，以及相信自己生活在人類從未有過的最民主自由美好的社會，直如燦爛陽光下的肥皂泡一樣。1950到1957年，正是四哥從十三四歲到二十歲這段時間，而這個年齡段正是一個人的思想定型階段──他所接受的學校和社會教育，他所仰慕崇拜的人的思想影響，都深深地烙在他的頭腦中。

　　四哥初中和高中都是在武漢市第一中學（當時是男中）讀的。在當時的教育下，在大哥三哥的布爾什維克思想影響下，四哥堅定信仰和嚮往共產主義，對領袖無限崇拜，對共

產黨耿耿忠心，忠誠的血液在他身上奔騰。1954年長江發洪水，為確保武漢安全，數十萬人日夜搶修堤防。四哥是個中學生，又是暑假期間，本沒有他的事，但他從蘇聯青年近衛軍的英雄事蹟中獲取了榜樣和力量，當祖國需要的時候，要義無返顧地衝上第一線，硬是爭取參加了築堤防汛，並因表現突出，在工地上加入了共青團。

到了冬天，政府又發動市民向災區捐獻棉衣，四哥把僅有的一件大衣捐給了災區，自己穿著棉背心過的冬天。他嚴格要求自己，處處以身作則，品學兼優，在班上起到了表率作用，1956年高二上時就擔任了班上的團支部委員。當時市一中是全市最優秀的中學，學生成績遙遙領先於其他學校，1958年春全市中學高考模擬考試，市一中佔了前十名中的八名，四哥班上就佔了五名，他是其中一個。

一方面對黨無限忠誠，另一方面對家庭承擔責任對父母孝順，這樣的狀態無事則罷，而一旦社會與家庭發生矛盾發生衝突，個人就必定會受到社會的無情擠壓。四哥就是這樣落入了生活的漩渦。

在四哥擔任班團支部委員期間，與擔任班主任的老師發生了一次激烈衝突。起因是這樣的：這班主任叫王某某，平時表現得很左，是1957年反右運動中的兇惡打手。他住在校內，對親生母親非打即罵，隔三差五不給飯吃。老人無奈，常常拄著拐杖在操場邊向學生哭訴。四哥覺得班主任的行為有悖黨的教導，也有悖師德，不符合黨所給予的人類靈魂工

程師的光榮稱號，在一次團員生活會上就此事向班主任提出意見和忠告。這事又被反映到學校領導那裏，班主任受到了嚴肅批評。他自知理虧，表面上做出了痛改前非的姿態，實際上對四哥懷恨在心，伺機報復。

1957年4月，父親被湖北省羅田縣公安局逮捕，全家陷入恐懼之中。多年後才知道，父親是被人構害，完全是莫須有的罪名。但當時我們都不知道是怎麼回事，所以學校一放暑假，四哥就趕赴羅田縣打探父親的情況，卻因父親尚在關押期間，什麼也沒有探聽到。

父親被捕後，對黨忠誠的四哥立即向班主任和學校團組織作了彙報。在秋季開學後的第一次團員生活會上，四哥又主動向團組織彙報他在暑假期間去羅田縣探聽父親的情況。

對品學兼優的四哥，班主任一直無從下手報復，四哥的坦誠終於使班主任找到報復四哥的機會了。1958年夏季四哥高中畢業。畢業考試成績出來時，四哥政治成績不及格。四哥政治課考試是滿分呀，政治怎麼會不及格呢？他找到班主任，班主任說四哥去探視反革命的父親，政治立場有嚴重問題，政治不能及格。

政治與數學語文一樣，是主課。一門主課不及格，就不能升級、畢業。不能畢業，又要四哥參加高考。那時，全國正鬧大躍進，不僅正規大學擴大招生，就連專區一級都辦大學，生源嚴重不足，就把已參加工作的年輕人不通過正規考試調進大學，名曰調幹生。即使這樣，也沒有一所大學願意錄取一個政治不及格的學生，儘管四哥高考成績非常優秀。

四哥感到委曲，他認為班主任這樣做是錯誤的個人行為，是挾嫌報復，班主任盜名欺世，欺騙了黨。於是，他向學校黨總支書記反映。但四哥去探視反革命的父親一事在那裏擺著，任何辯解都徒勞無益，反倒說明一點認識都沒有，從而被書記訓斥一通。

　　憤懣、委曲、焦急而又無助中，四哥想到了毛主席：毛主席可是最體察民情了，他老人家一定會給我伸張正義的。於是，四哥流著淚給毛主席寫了封信。他寫信時，我從他身邊走過，瞟了一眼，看到信紙上方寫著這樣兩行字：「敬愛的毛主席，欲語淚先流。」他的整個希望都寄託在這封信上。信掛號寄出，杳無回音。

　　人生的道路就那麼兩三步，這個品質惡劣的班主任砍斷了四哥進入大學的道路，改變了四哥的人生軌跡。政治不及格的問題記載在四哥的個人檔案裏，成為了他的政治問題。在當時階級鬥爭日益猖獗的環境下，這個不大不小的政治問題，成了四哥終生的負累。

　　除四哥之外，他們班上的同學都被各類大學錄取，而他這個班上學習最頂尖的人，卻被大學拒之門外。對生活的美好憧憬一下子灰飛煙滅，四哥沮喪極了。像許多年輕人生活中遭遇打擊想遠走他鄉一樣，四哥也想離開這個傷害他的城市。那時候正值大躍進，到處招工，四哥報名進入武漢市有機合成化工廠當學徒工，這個廠將新招的工人一股腦送到幾千里路遠的吉林省吉林市的化工廠去學習，四哥就是衝著這一點才報名的。

1961年11月母親與四哥李文極在北京頤和園留影

　　一年後四哥回到武漢，不久，有機合成化工廠下馬，工人併入葛店化工廠。1962年春四哥調入武漢製氧廠。製氧廠在漢口古田一路，那一帶是武漢的化工區，一大片工廠，工人子女入學是個問題。於是，由武漢染織廠牽頭，聯合一些同系統的工廠，辦了一所「六廠子弟小學」。1962年秋，四哥就調入這所小學教書。

　　那些年規定學生都要學工學農，中學都有校辦工廠、農場，小學則安排中高年級學生參加一定的體力勞動。四哥是高年級的班主任，他自己讀書時遇上一個品質惡劣的班主任，所以，他在擔任班主任時，對學生愛護有加，勞動時總

1968年3月兄弟六人合影。後排右一為李文熹，前排右一為李文極

是以身作則，肩挑背扛的事總是囑咐學生量力而行，時時告誡學生一不賭力二不賭吃，不要超出承受的範圍，使身體受到傷害，影響了自己的一生。

然而，在1965年春天，發生了一件極不幸的事。一天下午四哥帶班上的學生勞動，挖一條溝，一個愣頭愣腦的大個子學生遲到了好久才來，他看也沒看，站在溝邊拿起鐵鎬就朝溝下挖去。而此時四哥正俯著身子在吃力地搬一塊大石頭，鐵鎬正挖在他頭上，四哥一聲慘叫，當即昏死過去。

經過醫院的急救處置，四哥甦醒過來。自此以後，因外傷引起的腦內星形細胞腫瘤，長期折磨著四哥。他身體左半

邊逐漸癱瘓，三次開顱手術，也沒能挽救他的生命。1972年
12月27日，四哥睜大著兩隻眼睛，含恨離開了這個他曾經全
身心熱愛的世界。

四哥是多麼熱愛生活，多麼熱愛這個社會這個國家。
他嚴以律己，處處以共產黨的宣傳教育來作為自己追求奮鬥
的目標。他每天寫日記，以共產黨員的標準嚴格要求自己，
對照黨員標準，檢查自己有哪些距離。他讀一本書，看一部
電影，都要寫出自己的感受，受到了哪些教育。記得好像是
1955年冬天，他看完電影《夏天的故事》後，激情澎湃，連
夜寫出長長的日記，把電影裏的人物和自己聯繫起來相對
照，自己思想上學習上工作上生活上與電影裏的人物有哪些

1990年元月五兄弟在武昌東湖。從左至右李文熹，李文瀾，雷雯（李文俊），
李文輝，李文鑑。

差距，電影裏的人物成了他活生生的榜樣。那天晚上，夜很深了，他把剛寫完的日記念給我們幾個小弟弟聽，昏黃的燈光映照著他純樸真誠又稚嫩的臉龐。他希望通過他的日記，也教育了我們。

我永遠忘不了那個寒夜裏昏黃的燈光，忘不了燈光下四哥那已經成熟了的極富磁性的男中音，感情投入地讀著他的日記。以至後來一想起他來，腦海裏就馬上映現出了他讀日記時的情景，心裏就隱隱作痛。四哥真誠地相信那些編造的東西，他太善良、單純，太年輕啊！

「悲涼之霧，遍披華林」
——讀《聶紺弩刑事檔案》所想到的

一

　　近日讀《聶紺弩刑事檔案》一文，心情抑鬱，思緒萬端。不為別的，就為這篇長文中所揭露出的前輩文化人中一大堆東邪西毒級的人物，在雨驟風狂的險惡年代，沒有能守住道德的底線，在有司的操縱下，長期密告聶紺弩在朋友間的種種率性之言，終將聶紺弩送進大牢。中夜徘徊，銀漢清輝，思索著這是怎麼一回事？是個人品質問題，還是這個民族的文化有問題？仰望星空，感慨叢生，但更多的是悲哀！為那些作為社會的良心和主軸的知識分子悲哀，也為這個文化悲哀！在那個年代，就如社會學家潘光旦教授去世前自我描述的四個 S 那樣：投降、屈服、活命與滅亡（英文 Surrender、Submit、Survive、Succumb）。其實，這四個S不僅是中國整體知識分子的命運，也是整個國人在威權下的命運！當國人被迫以事實和信念去迎合威權的需要時，這個民族便被出賣了。人格上再下一步，就是誣陷與告密。魯迅在《中國小說史略》中評《紅樓夢》有這樣短短數語：「頹運方至，變故漸多；寶玉在繁華豐厚中，且亦屢與『無常』

靚面，⋯⋯悲涼之霧，遍披華林，然呼吸而領會之者，獨寶玉而已。」（《魯迅全集》第九卷，人民文學出版社1981年版，231頁）

「悲涼之霧，遍披華林」，我們的生活、我們的文化就一直籠罩著這樣的悲涼之霧！在威權之下，知識分子受盡屈辱，沒有了往日追求的瀟灑風骨，沒有了人格品質的約束羈勒，為了在苟活中不致跌入萬劫不復之地，為了讓氣若游絲的呼吸不致被扼斷閉塞，在正直直通厄運、卑鄙可以苟活的二選一中，這個文化哺育出來的絕大多數人沒有能經受住人格的考驗，那麼多泰斗級的人物成了陰暗的下三濫角色，遑論其他！林黛玉說：「我為蘆雪亭遭劫一大哭！」今天，我為中國文化的先天不足一大哭！

這個民族的傳統文化真的有問題！

二

好像又不盡其然。

王元化、樓適夷也是傳統文化培養出來的知識分子。1955年，王元化在肅反運動中被隔離審查，令其交代與胡風的反革命關係。當時周揚提出，祇要王元化承認胡風是個反革命分子，就可以將他的問題作為人民內部矛盾處理。但王元化認為，定胡風是反革命分子缺乏有說服力的證據，在反覆考慮一個星期後，對周揚的意見予以拒絕，即使爾後付出二十多年身陷逆境備受凌辱的極大代價，他也不作人格和氣節上的退讓！

上世紀五、六十年代，樓適夷作為人民文學出版社的副社長，分管編譯室的工作。當時許多被整倒了的人都被安排在編譯室，如馮雪峰、蕭乾、舒蕪、綠原、牛漢等等。大家同處在一個辦公室，又都是彼此彼此，少不了說話較隨意。於是，就有某著名記者、翻譯家暗中把誰誰說了些什麼不合時宜的話，寫成書面材料，悄悄交給樓適夷。為了說明誰誰反動冥頑、惡毒攻擊，這人還故意把別人的話套出來，再書面彙報上去。樓適夷很討厭這種告密行為，每當接到告密材料，就不動聲色地往抽屜裏一塞，回到家對夫人黃煒談起這些事，很討厭地說：「某某真無聊！」這些告密材料，樓適夷既不向組織彙報，也不把它當個事情來處理，時間一長，裝了滿滿一抽屜。下班後，有「清潔工人」來辦公室打掃衛生，發現了這些材料，彙報上去，樓適夷受到批評，這些告密材料也就被暴露在光天化日之下！

樓適夷晚年在家閱報

看來，王元化、樓適夷以及現代一大批傳統文化培養出來的知識分子，他們所受的儒家教育更偏重於理想主義一面，講究道德和氣節。他們所受教育的另一面，是深受五四啟蒙精神的影響，獨立人格和自由思想深入到他們靈魂之中。所以，在他們身上，處處閃現著剛正昂揚的人格氣節和對民主自由的執著追求，即使命運坎坷也不屑蠅營狗苟。

「時窮節乃見」，文天祥在〈正氣歌〉中已點明這個問題。氣節、品德，不僅是區分人品優劣的楚河漢界，更是社會盛衰的坐標。

這樣看來，告密行為還是個人品質問題。

三

個人品質的問題，傳統文化的問題。那麼，怎樣才能維繫人心的道德功能呢？

我不知道。

我知道的是，專制制度更是問題。在專制帝王時代，人們不俯首聽命是很難的，因為儒家理想主義者在歷史上一直扮演著悲劇的角色。歷朝歷代的帝王想盡辦法控制民眾，不僅要控制民眾的行為，還要窺探民眾的心靈，鉗轄民眾的思想，以言論思想定罪，令人不寒而慄！

秦始皇時，是中國因言獲罪的開始，但定人「誹謗」罪還要查實確實說了什麼話。到漢武帝時，就從以言致罪發展到以「腹誹」、「心謗」就可定罪了。所謂「腹誹」、「心謗」，是指心中不滿，但未說出口，僅臉上略有表情，就可

定罪。當時官至九卿的顏異與客人談話，客人說朝廷政令多有不便，顏異不敢答話，僅嘴唇略動了動，就被張湯密告。張湯說顏異雖未說話，但沒有反駁客人之說，而且嘴唇動了幾下，說明他心裏是同意客人的說法的。朝廷遂以「腹誹」罪將顏異處死，自是開中國兩千多年以思想定死罪之濫觴。

張湯的密告是儒家實利主義的表現，以佞媚的行為主動賣身，目的是從既得利益集團那裏分一杯羹，這與前述樓適夷手下人的密告如出一轍。從「腹誹」、「心謗」，一直發展到「思想彙報」、「交心」、「檢舉揭發」、「靈魂深處鬧革命」等等控制人、整人的名堂，而這些控制人思想的名堂是離不開告密行為的。

甚或根本沒有那回事，也可誣其「心懷不滿」而被整肅。

悲涼之霧，遍披華林！

四

尋找告密的根，可以追溯到韓非那裏。早在三十四年前的1975年，王元化先生就寫下了「『告奸』與『除陰奸』」一文，指出：韓非在為專制君主提供的馭民之術中就有「告奸」一法。韓非認為：民眾都是奸猾之徒，為了控制他們，就必須利用人的卑微的求生本能，煽起他們的惡劣情慾，讓他們互相監督、檢舉，成為君主的耳目。祇要是君主不滿的，人人都可以不顧法律，不管是非，不問曲直，哪怕明知他人無罪也得昧著良心去舉發。在〈奸劫弑臣〉裏，韓非進

一步解釋道：「此其所以然者，匿罪之罰重而告奸之賞厚也。此亦使天下必為己視聽之道也。」

天下人都變成君主的眼睛耳朵，這的確是個好辦法！對「反動」言論隱匿不報者，重重懲處；反過來，對檢舉揭發「反動」言論者，也就是告奸之徒，則重重獎勵。在這種誘脅下，儒家實利主義的一面凸現出來。為圖從統治集團那裏獲取安富尊榮，喪失廉恥出賣靈魂幫忙幫閒的人，代不絕縷。

1976年，王元化先生又寫下「牛馬、豺狼、鷹犬」一文，指出：韓非認為人都是見利而趨唯利是圖的。為此，韓非反反覆覆地說：「喜利畏罪，人莫不然」，「畏誅罰而利慶賞」，「夫安利者就之，危害者去之，此人之情也。」人人都祇知道愛自己，為自己，全都是自私自利貪生怕死之徒。所以，韓非的理論，就建立在人的利己主義基礎之上。君主祇要牢牢掌握賞罰二柄，不管是怎樣的人，需要他做牛馬就做牛馬，需要他做豺狼就做豺狼，需要他做鷹犬就做鷹犬。

來源於商鞅連坐之法的韓非告奸之術，陰鷙地煽起人們的卑劣情慾，雖然起到了統治者控制民眾於一時的作用，卻又是專制制度由盛轉衰自取滅亡之路。因為君主騙得了一部分民眾，卻騙不了天下的民眾；騙得了天下民眾於一時，卻騙不了他們永久。君主千方百計無所不用其極地阻止專制王朝的毀滅，卻不知專制必然腐敗，而腐敗如千萬條蛀蟲，蛀空了專制大廈的基石，「忽喇喇似大廈傾，昏慘慘似燈將盡」，專制王朝的毀滅祇是瞬間的事。但周而復始，新的王

朝比舊王朝更專制更殘酷。這就是中華民族兩千多年的悲哀！歸根到底，最受傷害的，還是這個民族和它的文化。

告奸之術緊緊碾壓著我們這個民族的苦難歷程，悲涼之霧，遍披華林！

五

面對這大千世界紛紜往事，「然呼吸而領會之者」，並不僅僅是王元化、樓適夷、潘光旦這些傑出人物有著清醒的頭腦和深刻的認識，就連藝人趙丹，感同身受，病重時提出「管得太具體，文藝無發展」的忠告，卻被說成是「臨死還放了個屁」。

中國的傳統文化是有些問題，如申韓之術，人類的每一種惡劣情慾都成為它的支柱。忠言常遭忌於當道，直行多為社會所不容。王元化先生在談到申韓之術對民族文化造成的傷害時，一針見血地指出：「在這種深文周納的告奸羅網下，專為自己打算的人自然可以乘機撈一把，就是那些正派人，誰不怕牽連到自己頭上來呢？這大概是韓非之術中最得意的一筆罷。」（《思辨錄》第79頁）

而歷朝歷代的專制帝王就是用申韓之術統治天下，卻要求天下臣民用儒家的仁義來效忠於他。儒家的「仁」，標準是修身，這就內聖外王的形成了個人迷信、個人崇拜。竊國者也竊仁義啊！

但是，韓非也知道世上畢竟還有「不畏重誅，不利重賞，不可以罰禁，不可以賞使」的風骨峻嶒視信仰為生命的剛正之士，他們矢志不移地反抗專制追求民主和自由。對這

類人怎麼辦呢？韓非說：「勢不足以化則除之。——賞之譽之不勸，罰之毀之不畏，四者加焉不變，則其除之。」收買威脅不了，對策祇有一個「殺」了。從東漢末的「黨錮之禍」到宋朝幾千太學生請願，再到明朝的東林黨人以及清代康、雍、乾三朝「文字獄」，歷代專制帝王的血腥鎮壓雖得逞於一時，但那些堅持理想不惜犧牲生命的氣節之士，卻得到民眾的擁護與歌頌，並使氣節成為中國知識分子立身處世的最高道德標準，成為全民族的道德觀和價值觀，成為魯迅稱之的「中國的脊樑」。

王元化先生寫作上述幾篇文章時，正是風雨如晦的「文革」末期，他以深邃的歷史目光將告密伎倆剖析得淋漓盡致。在後來的反思中，他更是溯流窮源地將專制制度進行了全面而又深刻地批判，給我們留下了許多啟示與思索，這就是我讀《聶紺弩刑事檔案》後所想到的。此時，我想起王元化先生在〈人文精神與二十一世紀的對話〉一文中的幾句話，轉引在這裏，作為我這篇短文的結束語吧——

> 對知識和文化的信念，對真理和道義的擔當，對人的自由命運的關心，永遠都是人文知識分子的尊嚴所在，沒有這些東西就沒有人文的意義。另一方面，這些信念和追求並不祇是一些光禿禿的衝動，而是有內容的，考慮後果的，負責任的。總之，既有積極的理性精神，又對理性的限度和責任有真實瞭解的知識人，才是二十一世紀真正有力量的知識人。

我所知道的吳丈蜀

　　我居住的漢口生成南里與皮業巷是緊鄰的兩條巷子。1963年春上的一天，我到住在皮業巷8號樓下的李國鑫家裏閒聊。那時我對舊體詩詞興趣正濃，而李國鑫對舊體詩詞懂得不少，我們年齡相仿，相互間引為同道。談著談著，李國鑫拿出一個窄窄的財務上的空白收據本，用充滿敬仰的口吻對我說：這是吳丈蜀的詩詞。我那時不知道吳丈蜀何許人也，接過那收據本，隨便一翻，祇見一張張收據的反面寫滿了詩詞，好清秀的鋼筆字，就從第一張看起。

　　第一張是首七言律詩，題目是「家書寄到慈母照片」，我一行行看下去：「盼得家書遠道傳，開函更喜睹慈顏。夢酣時醒思親淚，客久長疏繞膝歡。老眼方凝知望子，寸心已逸欲驂鸞。春風煩請帶消息，兒健能挑土滿筐。」

　　我大吃一驚，問李國鑫：這吳丈蜀是誰？寫這好的詩！國鑫告訴我：吳丈蜀是四川瀘州人，在四十年代就以書法名世，1951年在中共黨人田海燕（曾任董必武祕書）的策動下，年輕的吳丈蜀懷抱赤子報國之心，攜家帶口從香港返回大陸，1957年在湖北人民出版社第四編輯組組長任上被劃為極右派，保留公職，下放農場勞動了4年多，1962年回到原

單位工作，現在就住在皮業巷2號樓上，與李國鑫家祇隔幾個門面。吳丈蜀的長子吳出藍與李國鑫是同班同學，還有一個同學丁一元，三個人要好，互相走動。李國鑫人聰明，求知慾很強，涉獵面也寬，和吳丈蜀談得上話，忘年二人很投緣，吳丈蜀高興，就把在農場悄悄寫下的這本詩作給他看，他越看越喜歡，就帶回家細讀。

我聽李國鑫說明原委，就馬上說：我也借回家去細讀幾天吧。李國鑫不好意思拂我面子，祇好千叮嚀萬囑咐：再也不能轉借別人了。當時的環境雖比「文革」時略好，但一語不慎被關進監獄的也不在少數，誰不擔驚受怕呢？更何況白紙黑字讓人抓住把柄那可是牽連許多人受害的大事。看著李國鑫滿臉的不放心，我怕他反悔，趕緊拿上收據本告辭而去。

這真是一本好詩，讓我讀得如醉如癡。與古人詩詞相比，這本詩寫的就是我們身邊的生活，讓人倍感親切。我的家人和我個人的遭遇，都依稀能從這本詩中找到影子，讀來感觸很深。兩天後我把收據本還給了李國鑫，在當時的環境下，人際來往中似乎約定俗成，這文字類的東西儘快歸還本人為好。五十年過去了，回想起那個收據本，我還記得裏面的一些詩詞。

〈浣溪沙・運肥〉：「路草回青柳綻芽，學來呼哨趕牛車。施肥最是塘泥巴。心急活忙蹄邁緩，輕揚未忍一鞭加。軛前願得綁繩拉。」

吳丈蜀將運農肥這件毫無詩意的體力活，輕巧寫來有感情有哲理有回味，的確是高手。牛車上塘泥巴裝多了，車沉力薄牛拉得緩慢他也不忍心抽打，因為他自己有超負荷勞動的痛苦經歷。由己及牛，不經意間，流露出了吳丈蜀那悲憫的情懷。

　　繁重的農活並未使吳丈蜀思想頹唐，相反，他思緒奔騰，俯拾皆詩。但在他筆下流淌的，不是柳綠花紅多愁善感，而是在生活窘迫冷峻的時候，他有感於人的善良本性並未被冷酷所摧折，讀書人的良心良知激動著他，用他的筆，寫下了人世的真情和辛酸。

　　「故人憐我寒衾薄，每至臨眠為覆袍。」我記得這是一首七言絕句中的後兩句。在農場，身體瘦弱的吳丈蜀得到同在難中的老朋友的照顧，他把感激、情誼留在詩中。這兩句詩就是今天讀來，依然怦然心動，能感覺到人間的真情撲面而來。在嚴酷的歲月中，落難的知識分子依然保持著憐憫之心，保持著人性中最美的核心──仁愛，那是祇有品行高尚的人才能堅守住的情操啊！

　　由此，吳丈蜀想到寄養在四川老家的兩個孩子因為衣裳單薄，天氣寒冷時不願早起，就不無悲傷地寫道：「遙憐寄食雙兒女，亦解衣單拒起床。」

　　吳丈蜀在數百里之外的農場務農，他妻子是小學教師，在兩個幼子尚未寄養到四川親戚家之前，帶著四個孩子艱難度日。吳的品學兼優的女兒吳過藍在武漢市戲校讀書，那是

冬天時，她想到兩個年幼的弟弟餓得吐酸水，就在每餐吃飯時，從自己的碗中留出一小點，一週六天積攢下滿滿一搪瓷碗，週六帶回家，兩個弟弟高興得抱著她說姐姐真好！不久，因同寢室的同學嫉妒她成績優秀，將她帶飯回家的事告發，學校說衹能吃不能帶走，即使是自己節省下來的也不能帶走，帶走就是偷竊。於是，戲校以偷飯的名義將吳過藍開除了。

其實，這事說白一點，無非吳過藍是右派的女兒，一些別有用心的人利用這件事來表現自己「革命」罷了。但就這件事來說，吳丈蜀應該為自己有這樣心地善良充滿愛心的女兒感到驕傲！他那樣會寫詩，應該寫詩讚美女兒的行為！應該告訴女兒，在這個是非顛倒的年代，要昂首挺胸的做人，要堅持悲憫的情懷並永不氣餒！遺憾的是，沒有看到吳丈蜀就此事寫下什麼，想來他是忍辱含垢罷了！

一天，一個朋友去看望吳丈蜀的妻兒，目睹他們清苦的生活，留下了五元錢。那時的五元錢是可以辦點事的，而且，大家的日子也都是寅吃卯糧。吳夫人將此事寫信告訴了吳丈蜀，吳丈蜀感慨不已，寫下了這樣的詩句：「甑裏蘿萬簷上雪，書生憂德不憂貧。」這後一句從孔子「君子憂道不憂貧」中化出，不僅賦予了新意，更是成為了格言警句。

吳丈蜀一個關係很好的朋友來信，告知工作調動，可能是升遷吧，吳丈蜀立即寄去一首詩：「華堂彩斾待人招，破格芙蓉起蔓堯。休謂前舟投岸早，激流近處總藏礁。」對朋友的祝賀是真誠的，提醒也是真誠的，詩中哲理耐人尋味。

記得起來的多是零璧碎金，「歲盡長安夜，街頭自往還。……暫捨連宵坐，權租一椅眠。頸涼睡不熟，心繫劍門關。」「……灑盡老娘朝朝淚，斑斑，盼得頑兒萬里還。姊德眾甥賢，百計添衣為授餐。四代燈前方笑語，漫漫，來日天涯又割肝。」「週末村童收學早，路旁三五掐蘺蒿。」這後兩句寫得多麼清新自然，活脫脫一幅田園夕照圖。

　　吳丈蜀在農場還寫下了一些歌頌時代的詩詞，「頹園蕭颯，鋤起處、所在炊煙陳跡。記得滄桑多少事，寒鴉聲訴淒切。百丈洪波，連天烽火，人隨盧舍滅。求田問宅，都付這堆瓦礫。而今日暖風和，百卉爭艷，災難從此絕。……」、「……冠待整，袖成條。心情還似少年豪。……」、「……回向天公拊掌，爾強哪比人強！」人的思想是多麼複雜，一方面，吳丈蜀對友情、親情，甚至一草一木，都充滿愛、充滿悲憫的情懷；另一方面，對威權的逢迎，又使他挺不起腰桿來，暴露出儒家實用主義的猥瑣狀態。我無意苛責吳丈蜀獻媚，但他表現的，正是中國知識分子浸透骨髓的奴性。當然，中國的知識分子，絕大多數都是這樣的。你都身不由己在農場勞動，連實際上的自由都失去了，你所經歷的是饑餓的煎熬和生命的掙扎，你怎能寫什麼「日暖風和，百卉爭艷，災難從此絕」！

　　後來我聽李國鑫說，1962年春，吳丈蜀從農場回家後，屬於政府劃定的內部控制對象，遭到左鄰右舍的歧視，特別是派出所佈置所謂積極分子監視他在家的一舉一動，平添許多煩惱。他一家是四川人，喜食四川風味的臭豆腐，就買回

幾塊豆腐黴臭後放在露天曬時，有點豆腐臭味散發開來，被鄰居指著鼻子破口大罵，氣得吳丈蜀渾身發抖，祇喃喃說了「欺人太甚」四個字。真虧了吳丈蜀在那樣不堪的環境中住了二十年！

四個兒女（另有一女過繼給妻妹），還有老母，吳丈蜀經濟上常常入不敷出，有時要靠賣書來解決生活困難。因他家被監督，出入不便，就請李國鑫幫忙去賣。李國鑫說很多是木版的和石印的，他都是拿到水塔旁邊的「長江書店」去賣的。讀書人為生計所迫而賣書，那是走投無路的無奈之舉啊，想起來就會心痛的。

李國鑫告訴我，1963年元旦前夕，他向花樓街辦事處推薦吳丈蜀寫一副春聯。李國鑫是出於好心，想以此讓街辦事處對吳丈蜀產生好感，改善一下吳丈蜀的處境（當時派出所是雙重領導，轄區工作上要聽從街辦事處的安排）。街辦事處團總支書記段先發負責此事，他說右派沒關係，祇要不署名就行。當李國鑫將給街辦事處寫春聯的事告訴吳丈蜀時，吳丈蜀欣喜若狂，把春聯用心用意寫得好好的，記得貼起來的橫批是「興無滅資」四字。

「文革」開始，吳丈蜀感到在劫難逃，因家被鄰居監視，就趕緊將寫滿了詩詞的一個大厚本子委託李國鑫燒掉了。很快，出版社造反派抄了吳丈蜀的家，將他幾十年收藏的碑帖拓片抄沒一空。他曾悲憤地對李國鑫說：我那些碑帖拓片就亂堆在出版社樓梯拐角處任人踐踏，那裏面有許多是

絕版的精品啊！那一腳一腳就像踩在我的心上一樣，我的心都在滴血！

1970年吳丈蜀全家被趕出武漢，遣送到蘄春縣劉河公社。劉河地處山區，不知道他是怎樣掙扎過來的。大約一年多後，根據有關政策，他一家又回到了漢口皮業巷2號，祇是原來所住樓上的兩間前房被派出所的人佔住，安排他一家擠住在樓下很黑的一間後房。實在是擠住不下去，就將皮業巷1號樓上的一間僅十平米的三面破舊木板、一面磚牆的破爛房間調劑給他。就在這間窄小的破房間裏，吳丈蜀會見了慕名求見的日本客人。十一屆三中全會後，吳丈蜀從省出版社調到省社科院文學所工作，並搬遷到武昌水果湖省高知大樓居住。

吳丈蜀搬離皮業巷後，他的名氣越來越大，文化界有不少他的傳聞。1982年，吳丈蜀回到故鄉四川瀘州探親，恰逢張愛萍將軍也在瀘州，此前張將軍在成都寶光寺看到他的書法作品，喜其書法，遂邀他同乘專船沿江而下。吳丈蜀受寵若驚，其心情興奮不下於當年給街辦事處寫春聯的程度。

上世紀八十年代後，我在書店買到幾本吳丈蜀寫的談舊體詩詞格律的小冊子，平心而論，他文字乾淨，深入淺出，國內幾十年間談舊體詩詞格律的書，都沒有他說得清楚透徹。聽說他還將自己的詩詞結集出版了，但我沒有看到，不知道我記得的這些詩詞，吳丈蜀後來是否記得，是否收入他的詩詞集。後來我有幾次在一些大會上見到他，小小個子，

白白淨淨，很斯文，一雙眼睛炯炯有神。他是領導同志，坐在主席臺上，吃飯時，他一桌一桌敬酒。他跟我碰過杯，但我始終沒有和他說過話，始終沒有和他有過任何聯繫。

‖附記‖

本篇中部份吳丈蜀生活資料由李國鑫先生提供，謹致謝忱！

滄桑看雲

我的叔叔李鴻福

1938年10月武漢淪陷前夕，父親和叔叔帶著全家人輾轉回到老家——湖北省黃岡縣三里畈鎮。那時，每天都有很多從江浙攜家帶口往後方逃難的人經過三里畈鎮，父親和叔叔就在鎮頭路邊搭起了粥棚茶亭以及簡易的草屋，幫助逃難的人。有些逃難的病了，父親和叔叔就安排他們在草屋內休息，並請來醫生診治。這些都是無償的。精明的叔叔發現，逃難的人中有不少挑著縫紉機的（就是到了二十世紀八十年代，縫紉機都是一個家庭的重要財產），他馬上想到如果把有縫紉機的人留下來，成立一個專為抗日部隊做被服的工廠，既為抗日做出了貢獻，也解決了我們家的經濟困難。叔叔把這個想法跟我父親一說，得到了我父親的全力支持，父親告誡叔叔，國難當頭，勿以盈利為目的，收支平衡就行了。

說幹就幹。那時，鄂東抗日總指揮兼國民革命軍一七二師師長程樹芬就駐紮在我們家，叔叔馬上找到他。當時，身處敵後的抗日部隊後勤補給非常困難，被服類物資指示部隊就地解決，程總指揮正為部隊的被服發愁，聽叔叔一說，很

是高興，立即指令軍需官與叔叔洽商此事。雙方很快達成一致，形成一個買賣合約。部隊的要求祇一條，按部隊被服式樣、質地、數量、時間交貨，貨到付款。被服廠是私人的，包括人員、廠房、宿舍、原料等等，全由廠方自行解決，部隊不介入。第二天，叔叔就在週邊各路口貼出告示，大意是這裏已是敵後，安全有可靠保證，被服廠招募有縫紉機和會裁剪的工人，家屬也可以進廠做副工，並解決住宿。很快，許多工人攜家帶口前來報名，叔叔克服許多困難，在離三里畈不遠的項家河辦起了被服廠，幾年間不斷發展，到1945年勝利前夕，被服廠發展到兩千多工人，包括他們的家屬，被服廠解決了近萬名難民的生活，可以說，被服廠的建立，為抗日戰爭做出了一定貢獻。

那時，叔叔祇有二十多歲，被服廠建立後，他自任廠長，後改稱總經理，這大一個攤子，全虧他殫精竭慮，上下齊心，與部隊的合作也比較愉快，工廠是穩步發展。一次交貨畢，他笑著對驗收的軍需官說：「你們穿著軍裝戴著軍銜很神氣，我也想加入到部隊裏，穿個軍裝戴個軍銜，神氣神氣。」那軍需官也笑著說：「你自己做的軍服，想怎麼穿就怎麼穿。」叔叔說：「那上不上花名冊？」那軍需官說：「上個什麼花名冊，好玩嘛！」回廠後，叔叔叫工人按他的身材做了一套呢子軍裝，找軍需官要來一雙馬靴，軍銜嘛，將軍太大了，別人不信，小了又沒有意思，就弄了一個上校的牌牌釘在領口上。那軍需官見了哈哈大笑，程總指揮見了也一笑而過，年輕人，好玩嘛！

抗戰勝利，工人們歸心似箭，被服廠一夜之間就解散了，不久我們家也回到了漢口。1949年以後，麻煩來了，說叔叔是國民黨軍隊的上校，我們家是官僚資本，那時父親和叔叔尚未分家，把我們家所有的財產，包括房屋、田地、店鋪、商行、浮財，全部沒收，還要交出600萬元（舊幣）剝削債！已是身無分文的父親和叔叔到哪裏去喊冤？當時真是百口莫辨！

後來，叔叔因這個上校問題被判刑勞改三年。刑滿回漢，安排他在煤炭廠做煤送煤，歷次政治運動中都是挨整的對象，受盡凌辱。「文革」後，對原國民黨人員有一個待遇政策，叔叔找到公司領導，要求落實。公司領導說：「你有什麼政策落實？」叔叔說：「我是國民黨的上校，就按有關政策落實。」公司領導說：「大家都知道你那個上校是假的。」叔叔氣憤地說：「假的？你們現在說是假的，當年怎麼不說是假的？二十幾人被趕出家門，抄家、沒收、判刑勞改，這都是假的嗎？」那公司領導說：「那是極左路線造成的，全國人民都在受罪，劉少奇還被整死了哩！你個人受點委屈算什麼，要向前看，不要說不利於團結的話，以大局為重，還是好同志嘛！」

‖註‖

叔叔李鴻福，又名柏松，1914年生人。1980年10月，在多次上訴無果後，憤而投江自殺。

阮四伯

宅心仁厚的阮四伯是我父親的拜名兄弟。當時，三里畈鎮上老人半遊戲半認真地把街上七、八歲大的十個孩子聚在一起結拜，阮四伯排行第四，我父親排行第十，所以，阮四伯一輩子都親暱地喊我父親老十或老么。後來，十兄弟受的教育不同，生活境遇也相差很大，長大後各自奔忙，結拜的事已淡出了他們的生活。祇有阮四伯和我父親，從小到老，終生不渝地維持著真摯的友誼。

阮四伯一生都沒有跟人紅過臉，在我父親的幫助下，他在鎮上開一個小雜貨店。阮四伯為人正派，雜貨店裏從不賣紙牌、麻將一類的東西。由於請了一個夥計，土改時阮四伯被劃為小土地出租。這成份雖比地主略強，但見人還是低三分。那時，我們家已搬到漢口，沒有了我父親的照應，阮四伯時常受人欺負，常常是深更半夜把他家大門踢得轟轟響，要他到幾十里路之外去送信。無邊的黑夜裏風雨交加，阮四伯常常是頂著淒厲的北風渾身濕透踉蹌在泥濘的山路上，並因此落下了一身的疾病。他本來就老實，這時就更是逆來順受，生怕招惹是非，可老天像瞎了眼一樣，偏偏把是非落到他頭上。有一個地主為了討好立功，胡亂揭發說阮四伯與我父親一起賣過銀子，區政府大喜過望，不做調查瞭解，把阮四伯關起來日夜吊打，逼他交出銀子，這老實人逼打不過，祇得變賣家產，贖出一條命來。其實，哪有賣銀子這椿事！但不管怎麼逼打，阮四伯沒有亂說一句，他寧肯自己傾家蕩

產，也不做冤枉誣陷人的事。而那個誣陷他的地主卻與我們家沾親帶故，為此，阮四伯直到去世，也未在我父親面前提起過這件事。幾十年後，當我於無意間得知這件事的原委時，心裏真不是滋味。

不久，為吞併阮四伯的住宅，把他一家下放到深山中的一個小村裏，靠賣一點小雜貨為生，卻常常入不敷出，過著捉襟見肘的生活。三年經濟困難時期，阮四伯到鎮上進貨，他見鎮政府後門牆根處有灑落的豬食，忙用手揀起來吃下去。此時，他家原來請的名叫啥羅的夥計病已沉重，自覺來日無多，就拖著病歪歪的身子走二十幾里山路去見了阮四伯一面。回來後啥羅對人說：「莫說我還走得動，就是爬，也要去見阮先生一面，不然死都不閉眼睛。」

阮四伯唯一的兒子叫木英，這木英遺傳了阮四伯的忠厚老實，別人多望他兩眼他都臉紅，渾身不自在。由於家境困難，木英早早輟學，十幾歲大的孩子在鎮辦酒廠挑水為生，酒廠裏奸猾缺德之徒常常捉弄欺負他，直到生生用酒把他灌死，反過來卻說是木英自己喝死的，叫阮四伯去收屍。可憐的阮四伯聽到這個猶如晴天霹靂似的噩耗當即昏倒在地，整整一年他都說不出話來，那真是欲哭無淚！從那以後，阮四伯整個的人──他的生活、他的身體、他的精神，完全垮了。

1970年春我父親蒙冤從漢口被遣送回鄉，恰住在與阮四伯相鄰的村子裏，兩個屢遭劫難的朋友又聚在了一起。我父親見阮四伯穿的棉襖破爛不堪，就把自己的一件半舊棉襖送

給他。阮四伯非常珍惜這件棉襖，平素捨不得穿，我父親說了他幾次，叫他注意別凍著了，他總是笑呵呵地說，有火烘，凍不倒。1975年冬，阮四伯感到身體不行了，就掙扎著把這件棉襖洗淨曬乾，疊得平平整整，放在箱子裏，臨終前，他囑咐家人，他要穿老十送他的這件棉襖上路。

甲寶舅舅的父親

甲寶舅舅是我岳母的堂弟，也就是說，甲寶舅舅的父親是我岳母的親叔叔。在我與甲寶舅舅有限的幾次接觸中，好像沒聽他說過什麼話，別人說什麼，他祇是憨厚的笑笑。岳父母告訴我，這樣一個老實厚道人，童年卻有一段悲慘的經歷。

那是民國十九年，甲寶舅舅的父親正在鄂東蘄春縣當縣長，被紅軍捉去，要錢贖人。錢籌齊了，送到指定地點，紅軍又變卦了，說還要多少錢才能放人。錢是一次次籌齊送去，紅軍是一次次變卦。甲寶舅舅的母親把一切都變賣光了，還扯下了一身債，直到把住房都賣了，母子二人到了乞討的地步。紅軍打探實了，才說算了，通知到某某灣子（村子）去接人。親朋戚友一行人趕到某某灣子，有人指點說在做酒的作坊裏，到那裏一找，發現甲寶舅舅的父親被捆綁在酒甑裏蒸死了。

葉先生

上世紀二十年代末，葉先生在湖北黃岡靠近羅田的三里畈鎮開有一家百貨商店。那時候交通不便，加之沿江一帶不

太平，所以，葉先生常常走羅田、英山這條線路到安徽六安去進貨。每次進完貨，總要雇一二十個挑夫，曉行夜宿，把貨物挑回三里畈。三百多里山路，百把斤的擔子，都是父母生的，誰不累呀！所以，一路上，葉先生不停地幫每個挑夫代挑一會，讓挑夫們都能歇口氣。

一次進貨回來的路上，碰到了紅軍，二十幾挑貨，全部沒收。紅軍還強令葉先生和挑夫們排成隊，一個一個搜身。當搜到葉先生時，見葉先生穿著長衫，就大叫剝削階級，要就地正法，嚇得葉先生渾身發抖，話都說不出來。眾挑夫見狀，忙向紅軍求情，說葉先生是勞動人民，幫老闆進貨，穿長衫是因為做生意時裝成先生的樣子。紅軍不信，眾挑夫扯開葉先生的長衫，露出肩膀上厚厚的老繭，紅軍信了，放了葉先生一馬。

在搜葉先生他們的同時，紅軍捉到三個穿長衫的，當場打死！紅軍殺人不用槍也不用刀，說是刀槍要留在戰場上用。紅軍把人按在地上，頭枕一塊石頭，再拿一塊大石頭朝腦袋狠狠砸下去，祇聽「砰」的一聲悶響，腦袋被砸得稀爛！

葉先生死裏逃生，回來後大病一場。過後別人問起，他像掉了魂似的祇知道說：「紅軍好嚇人！」

程樹芬的妻子

程樹芬是湖北黃岡縣新洲人，保定軍校畢業的，抗日戰爭時是鄂東總指揮兼國民革命軍一七二師師長，保住了一方百姓，1946年病故。1950年土改時，新洲農會派人到漢口，

把程的老實巴交、靠撫卹金生活的妻子捉回去，吊在樹上，用棍子扁擔截下身致死。

喪心病狂的李代桃僵

1950年土改時，湖北省黃岡縣但店區政府決定槍斃一個地主。鬥爭大會上，押上兩個地主，五花大綁跪在臺上，由群眾控訴鬥爭。

一切都按計劃進行。兩個地主中一個殺頭一個陪斬。陪斬的一個已被告知不會殺頭，儘管鬥爭得很厲害，他神色倒沒什麼異樣。內定殺頭的那個在震天的口號聲中面色如土，幾次跪不住被民兵扯著才沒有倒下。

當鬥爭會進行到高潮時，區委書記認為時機成熟了，就走到台前，指著內定要槍斃的那個地主，扯起嗓門喊道：「你們說，這個地主該不該殺？」會場一下子靜下來，沒有人出聲。區委書記自以為，祗要他振臂一呼，群眾就會熱烈響應，哪知道竟冷了場。區委書記又喊了一遍，突然，從會場後排傳來一聲「不該殺！」眾人回頭一看，是老實巴交的雇農老熊。頓時，會場上的群眾嘰嘰喳喳、交頭接耳，紛紛點起頭來。區委書記見狀，這還得了！朝著幾個民兵一歪嘴，幾個民兵衝過去，如狼似虎地把老熊抓到台前，用槍托沒頭沒腦地朝他身上亂砸，打得老熊在地上亂滾，聲聲慘叫，滿會場的群眾都嚇住了。

區委書記見打得差不多了，把頭點了一下，幾個民兵收住槍托，祗見老熊像隻死狗一樣蜷縮在地上，痛苦地呻吟

著。區委書記清了清嗓子，朝會場說道：「既然有群眾說這個地主不該殺，那就不殺。」接著，他手指那個陪斬的地主喊道：「你們說，這個地主該不該殺？」滿場的群眾見老熊說了一句不該殺的話就被打得半死，誰還敢說什麼！區委書記見沒有人出聲，就趁勢扯起嗓子喊道：「沒有人反對，拉出去，斃了！」幾個民兵衝上臺，將寫著那一個地主名字的殺頭標往這個地主的後頸上一插，拖到河堤上，一槍下去，半個腦袋都打沒了。

「鬧鐘」和「連中直中」

一

「鬧鐘」是一個人的渾名。那是「文革」初，武漢市二輕一機精工車間乙班開會，討論如何向偉大領袖表示忠心，眾人七嘴八舌提出五花八門的建議。靠窗邊的小李手拿一根小棍子，低著頭在地上畫著什麼，聽眾人鬧哄哄各抒高見，自言自語地說：「一個人買一個鐘。」坐在他旁邊的小曾聽見了，揚起脖子扯著嗓子說：「一個人掛一個鬧鐘！」眾人一聽，頓時鬧騰起來，這個笑著說「反動透頂！」那個笑著說「惡毒攻擊！」幾個人嘻皮笑臉衝過來，把小曾拉到領袖像前請罪。小曾硬著脖子不肯低頭，熊哈子一邊笑一邊使勁按他的頭說：「你個狗日的這反動，還不請罪！」小曾還強著，歪著頭斜著眼睛望著小李，好像在說：你開方子我吃藥！但他始終沒有把小李供出來。那天打打鬧鬧真好玩。

說歸說笑歸笑，這事說大就大說小就小。幸虧小曾出身

好，又剛從部隊復員回來，請罪之後，放了他一馬。後來，「鬧鐘」成了小曾一生的渾名，他的真名再也沒有人叫過。

二

鉗工車間下料的張師傅愛打瞌睡，他們班組討論如何表忠心的時候，他低著頭似睡非睡的樣子。組長說：「張師傅，莫打瞌睡，談一下你怎麼表示忠心。」張師傅還是低著頭閉著眼睛說：「我連中直中。」湖北方言說打瞌睡為中瞌睡，「中」「忠」同音，張師傅是就著組長的話說的一句玩笑話，大家一聽，也都笑出聲來。

這下糟了！張師傅是從舊社會過來的人，1968年清理階級隊伍時，這句俏皮話成了他惡毒攻擊的反黨罪行，打成牛鬼蛇神，關進「牛棚」，吃了許多苦。

小　人

身邊有幾個小人是很討厭的事。小人，說是道德淪喪也可以，說是投機取巧也行，不管怎麼說，總是一種惡劣的品行吧！問題是這種惡劣的品行，今天已是熟視無睹、司空見慣！這裏說的小人，或是為了邀寵，或是極端自私，但在這幾十年中，卻是一個普遍現象。

「文革」中，武漢市某機械廠一身橫肉的呂某某，走起路來左搖右晃像隻母鴨子一跛一跛的，渾身散發著一股陰氣。她的家庭出身是工商業，本屬打擊之列，但有個說法是出身不由選擇，道路可以選擇。於是，呂某某選擇緊靠黨組

織、充當專制打手的道路。那時鬥爭大會頻繁，每次鬥爭什麼人，她都是第一個衝上臺，做出義憤填膺的樣子，又是控訴，又是揭發，聲嘶力竭地喊口號，保衛無產階級專政，保衛毛主席。但八十年代以後，她怎麼出現了一個在美國的大哥，當年她那樣熱愛黨，怎麼不把海外關係向黨交待呢？

再一個是男的，整天無所事事的混日子，卻裝出一副莫測高深的樣子。其實，每個單位都有這樣一些閒人，別的能耐沒有，專做些扛旗打傘的事。那天大會傳達打倒劉少奇的中央文件，散會後，一女化驗員不知深淺地對人說：「毛主席不是說『三天不學習、趕不上劉少奇』嗎？怎麼一下子就成了叛徒呢？」那閒人撿了個耳朵，馬上撿舉，害得那女化驗員被打成惡毒攻擊偉大領袖的現行反革命，鬥得死去活來，「造反」起家的革委會副主任乘人之危，對她多次姦污。

其實，誰都知道毛澤東說過那句話。

可憐的女工

二十世紀八十年代初，武昌某織布廠某女工的丈夫坐牢去了，一家三代六口人的生活，全靠她一人維持，無奈之下，做點皮肉生意以補貼生活。不久，被人檢舉，廠黨支部吳書記把這女工關起來，親自審問，逼她交待問題。不兩天，這女工央求吳書記讓她回家去看看老人和孩子，吳書記厲聲喝斥，嚴詞拒絕。這女工大哭一場，趁中午到食堂打飯、看守疏忽之際，幾步跑到漿紗房，舀起一碗硫酸一口喝

下，當即身亡。不幾天在全廠召開的大會上，吳書記罵這女工是破鞋，黨挽救她，她抗拒交待，自絕於黨自絕於人民，死有餘辜！

一年後，這吳書記也暴露出偷漢子的事。原來是她自己不小心，被野漢子的老婆捉姦在床，眼睛都被打青了，鬧到廠裏天翻地覆。過後吳書記若無其事，照樣頤指氣使，不久，她上調到局裏去了。

懸　案

武漢市某機械廠負責人性嗜淫，廠裏稍端正一點的女職工全被他姦污。有楊姓女工被他姦污後，安排到技術科任副科長。後楊女拒絕其性要求，又被退回車間做工人。有嚴姓女，性貞烈，寧死不從。某負責人在食堂進餐時，肆無忌憚地指著嚴女對人說：「她不給我搞，是個苕！」（湖北方言苕是傻子的意思）後某調水泥廠任負責人，照樣姦遍全廠女工，甚至借談話為名，把女工推倒在辦公桌上姦污，連門都不關。「文革」初期，社會混亂，某突然失蹤，不久發現其悶死在郊區亂泥塘裏，至今未能破案。

一句無心話判了七年徒刑

「文革」中，偉大領袖每說個什麼話，被稱作「最新最高指示」，傳達到下面，是要遊行慶祝的。什麼時候傳達來了什麼時候遊行，哪怕是刮風下雨，哪怕是凌晨半夜，一樣敲鑼打鼓地上街。這樣，既顯示了領袖的偉大，又表現了革

命群眾的忠心。

　　湖北省新洲縣的老盧，三十多歲，人高馬大，每次遊行都少不了包括他在內的六個身強體壯的人抬著領袖像的木架子，走在隊伍的最前面。一天他感冒了，渾身不舒服，半夜傳來緊急集合的通知，傳達最新最高指示。病了也得去呀，這可是個立場問題，是你病大還是最高指示大？要不要世界革命了？

　　還是老盧他們抬著領袖像迎著呼呼的北風走在遊行隊伍最前面。領袖像迎著大風，這讓抬的人更吃力。走了兩條街，老盧渾身乏力，身上直冒冷汗，但他咬牙堅持著。一會，前面的隊伍堵住了，老盧他們停下來。領隊的說，把架子放下來歇一歇。老盧放下架子，像放下了千斤重擔一樣，渾身一陣輕鬆。可沒過幾分鐘，隊伍走動了，領隊的招呼他們把架子扛起來。老盧一轉身，看到一個二十幾歲的小夥子空著兩手正和人說笑，就喊道：「小王，你個小狗日的跟老子替個手，把這個雞巴日的抬一下。」那小王平時很聽老盧的，聽他一喊，連忙過來把架子扛到肩上。

　　遊行到清晨才結束，早上照常上班。不一會，通知老盧到保衛科去，公安局來了兩個人，問了老盧幾句，就把他銬走了。不久，老盧被以惡毒攻擊偉大領袖的現行反革命罪，判處七年有期徒刑。

　　原來，老盧一句「你把這雞巴日的抬一下」，被人告發，當時在場的人很多，都聽到了，證據確鑿。雖然大家都知道當地人說話愛帶髒字，也知道老盧是指木架子，而不是

罵領袖，但就是沒有人出來為他說一句公道話。在那種環境下，誰又敢為現行反革命說話呢？

讀《往事非煙》

姜弘先生在「詩人的往事」一文中稱，如今以「往事」為題的著述甚多，其中要數章詒和的《往事並不如煙》和《伶人往事》最令人矚目。話是這麼說，但章著多是他人之「往事」，而擺在我面前的這本《往事非煙》，則是我的大哥、詩人雷雯記述自己在大悲大劫世界中的痛苦呻吟和血淚掙扎！

先兄雷雯在他逝世前一年多整理定稿的這本五六萬字的回憶散文，是記述他被打成「胡風反革命分子」後的不幸遭遇。特別是「淮北的枳」這一篇，更是在他去世前五個多月、病已沉重時寫定的。這裏不談反胡風一案始末，而是雷雯與胡風毫無瓜葛，他不認識胡風，也不喜歡胡風那艱澀的文學理論。荒唐的是，僅僅是因為他與劃進胡風反革命集團的牛漢有過幾次交往，通過幾次信，就被死死扣上是「帶著胡風的密令到哈爾濱來佔領文藝陣地的」。雷雯交待不出這荒誕的罪狀，便被關押起來，中共省委派來專人主持逼供，一切都是莫須有，活生生把一個嶄露才華的年輕詩人打成「胡風反革命分子」，並予以降職降級的行政處理。1957年，雷雯向出版社的黨支部書記反映他聽到的一個對牛漢的處理情況，這支部書記不屑一聽的樣子。雷雯找到社長，社長說如果對處理有意見，可以向組織上提出來，黨給你撐

腰。一肚子冤屈的雷雯寫了一個申訴材料，交給社長，不兩天，支部書記把這材料貼出來，說是反革命分子翻案。1958年元月，黨組織在不通知雷雯本人的情況下，在他的檔案裏塞進劃為極右派的結論，並且不作任何解釋，以「胡風分子對黨不滿」這八個字的罪名，將雷雯開除公職，交給公安局押往農場勞改，開始了他長達近五年的生不如死的非人生活。

那近五年求生不得求死不能的地獄般生活，雷雯死裏逃生，像牲口一樣活過來了！經歷了生死祇隔一層紙的生命，怎能讓那些悲慘往事像煙一樣飄散？雷雯蒙冤受屈是因為他認識一個叫牛漢的胡風分子；而一個出身資產階級家庭的工程師，僅僅是摸了一下戀人的耳朵根，就被以「流氓罪」關押勞改；一個僅僅是到北京國務院反映工資問題的搬運工人，就被以「壞分子罪」關押勞改；一個僅僅是將報紙上領導人的照片畫了兩撇鬍子的建築設計師，就被以「現行反革命罪」關押勞改；一個讀小學五年級的孩子，僅僅是用彈弓打了領袖像的眼睛，就被以「思想反動罪」關押勞改……雷雯告訴我，這每一篇非煙往事，雖然大多祇有短短數百字，但都要用好幾天才能完成，經常是提起筆來，那些滿是血淚的往事一齊擁來，在腦子裏亂轉，半天寫不出一個字；經常是心在顫慄，渾身發冷，有時甚至抽搐。然而，他還是咬著牙走進那不堪回首的往事中！當他病已沉重，讓我代他整理這部書稿時，我發現他曾對我講述過的一些更可怖更失去人性的往事，沒有寫出來，就問怎麼回事？頓時，倚在病床上

的雷雯眼裏充滿了淚水，好久，好久，他用顫抖的聲音說，那太可怕了，我承受不了，我沒有寫出那些事的力氣！看到他那樣痛苦難受，我當時真後悔問起那些事。

那是些什麼事啊！國家餓死人的那幾年，勞改農場死人無數，每天半夜把死屍堆在馬車上，拉出去挖個大坑埋掉。餓死的人都是伸著胳膊翹著腿，齜牙咧嘴骨瘦如柴失去了人形，東北天寒地凍，不一會就凍得硬梆梆的，亂堆在馬車上，在昏暗的月光下拖過，非常恐怖！恐怖不恐怖，這是後來想起來的，當時誰都沒有恐怖這個感覺了。為了活命，人人都掙扎在死亡線上，人人都成了野獸，不，比野獸還厲害！餓瘋了的人先是朝別人碗裏吐口水，別人一愣，他就搶過來吃。一天就那小半碗高粱米，為了活命，口水算什麼！口水不管用了，就抓一把大便糊在別人碗裏，搶過來就吃。大便也不管用了，體力好的就欺負身體弱的、病的，手抓大便朝別人碗裏抹去，別人死死抱住碗，就朝人滿頭滿臉抹去，弱的病的管不了許多，活命要緊，連著大便把高粱米兩口吞進肚裏。那抓大便的見沒有搶到一點吃的，就蹲在地上有氣無力地嗚嗚哭起來。那段時間每天開飯都是這樣亂，誰也管不了，也沒有人管。還有人不知吃了什麼東西，吐了一地，馬上有人像狗一樣趴在地上舔進口裏，不，比狗不如，狗還不吃人吐的東西呢！

就是在那樣惡劣的環境裏，雷雯依然保持著悲憫的情懷。他身體底子好，雖然受盡折磨，但在生命的極限處活過

來了。他從未幹過一件欺負人的事，當然，他也無力阻止別人的獸性暴發。他儘可能地幫助人，時常將家裏寄來的食品，無非是些豆子玉米粉之類，無償分給病弱的人。他的食品挽救了好幾條人命。想一想，那是在什麼環境下！那是在他自己隨時都可能餓死的情況下！為什麼1979年他重回哈爾濱後，勞改農場的難友奔相走告，紛紛前來看望，有的甚至從吉林、遼寧趕來，直到他去世，很多難友二十多年都和他保持著很好的友誼呢，就因為他救過人的命！

就是在那樣惡劣的環境裏，雷雯也沒有放棄他熱愛的詩，吟誦詩詞創作詩是他的精神生活，詩，支撐著他抵禦死亡的威脅。他在一個小本子上寫了一些詩，被人告發，管教幹部命人把他吊起來，唆使一個流氓一棍子打斷了他的左臂。這流氓遭到了所有人的鄙棄，沒有人理他。這流氓急了，一天夜裏他跪在雷雯腳前，乞求原諒。雷雯原諒了他。我問雷雯，這種人怎能原諒？雷雯嘆了口氣低頭不語，半天，他抬起頭望著我說：「你哪裏經過那些事啊！」。

雷雯在這本小冊子的「前言」中寫道：「這些遙遠遙遠的往事，一直沒有成為飄散的煙，它是一層厚厚的帶雨的雲，橫在我的心上，擋著我的陽光。」

而我卻祈禱，讓這些淒涼的往事成為飄散的煙吧！我不願它橫在我們以及子孫後代的心上，我不願它擋著我們以及子孫後代的陽光！

我向誰祈禱？

「隱瞞的右派」

1955年反胡風時，我的大哥、黑龍江人民出版社的詩歌編輯雷雯被劃為胡風反革命分子，在單位被關押了大半年，放出來後受到降職降級的處理。雷雯與胡風毫無瓜葛，他不認識胡風，也不喜歡胡風的文學理論，他受牽連僅僅是認識被劃進胡風反革命集團的牛漢，他們見過幾次面，通過幾次信，見面、通信都是談的詩歌創作一類問題，而且都是很布爾什維克的。就是這樣的一般關係，硬將雷雯誣陷成是「帶著胡風的密令到哈爾濱來佔領文藝陣地的」，雷雯百口莫辨。

1957年，雷雯向黨組織反映他聽到的一個對牛漢的處理情況，認為對自己處分過重，被黨組織定性為反革命翻案，在不通知雷雯本人的情況下，在他的檔案裏塞進劃為極右派的結論，並且不作任何解釋，以「胡風分子對黨不滿」這八個字的罪名，將雷雯開除公職，送交公安局械往勞改農場勞動教養。

在農場勞改四年半，雷雯死裏逃生，像牲口一樣活過來了。回到故鄉武漢，先是在中學代課，1967年進入武漢冶煉廠電解車間做煉銅的爐前工，是毫無勞動保障的臨時工。這個工作異常辛苦，不僅勞動強度大，而且有毒，對身體有很大危害，許多工人年紀輕輕就患癌症，一命嗚呼。時間一長，沒人願到電解車間去工作，所以，電解車間的工人都是從社會上召來的有這樣或那樣問題而又為生活所迫的臨時

工。即使這樣，為了生活，雷雯也沒有請過一天病假，沒有一次遲到早退或曠工，更沒有違犯過廠規廠紀，當然，這也埋下了他後來患上血癌的病根。

1974年，冶煉廠看雷雯八年如一日兢兢業業工作，決定將他轉為正式工，就從黑龍江勞改農場調來雷雯的檔案，發現了雷雯的右派結論，而這個右派問題在雷雯給冶煉廠黨組織寫的自傳中沒有交待。這下名堂來了，冶煉廠黨組織連夜刷出大幅標語，說是挖出一個隱瞞的右派分子，是毛澤東思想的又一偉大勝利。雷雯懵了，這是怎麼回事呀？他第一次知道自己還是個右派！誰聽他的解釋？誰聽他的辨白？黨委書記在全廠職工大會上厲聲斥責雷雯欺騙組織，命雷雯老老實實接受群眾監督，老老實實接受改造。

無奈之下，雷雯寫信到黑龍江人民出版社，要求說明並澄清這個問題。過了好長時間，出版社發來一個公函，說雷雯是隨著右派一起處理的，所以有這個劃為右派的結論，但雷雯仍應以胡風分子結論對待。

那一段時間，雷雯頭戴胡風分子和右派分子兩頂帽子，備受煎熬。

這樣的人能寬恕嗎

1957年，殷海光先生的胞弟殷浩生先生被劃為極右派，當時他在湖北省黃岡縣總路咀中學教書。同年底，在黃州召開的全縣鬥爭大會上，命浩生先生等極右派跪在臺上接受群眾鬥爭。浩生先生在臺上大聲說：「不跪！」昂然挺立。這

時，家庭出身地主、急欲圖表現向共產黨表忠心的上巴河小學女教員胡某某衝上臺，大罵浩生先生：「你這個反動透頂的東西！」邊罵邊幾耳光朝浩生先生臉上使勁抽去，頓時，浩生先生的嘴角流出了鮮血。又有幾個打手衝上臺，對浩生先生猛一陣拳打腳踢，打得浩生先生癱倒在臺上。

「文革」初，這胡姓女人又無中生有，誣陷海光先生的侄女殷永秀女士，害得身懷六甲的永秀女士被殘酷批鬥。

到了上世紀九十年代中期，永秀女士退休返鄉，老同學老朋友經常到她家聚會。那胡姓女人也退休了，多次托人帶信給永秀女士，想去拜訪。為此，永秀女士在給友人的一封信中寫道：「反思幾十年中的痛苦生活，我既深深感到友情和人情的可貴與溫暖，也深深感到落井下石的卑劣與為虎作倀的下流。世事紛紜，我不想再一一理清什麼，我祇想告訴你，在歷次政治運動中，有兩種行為不可寬恕，那就是誣陷和打人。這是我做人的原則和底線。」

冬至隨筆

冬　至

一

今天是冬至，俗謂進九，一年中的冬天正式開始了。

「亭前垂柳珍重待春風」（也有將「亭」寫作「庭」）。每個字九筆，代表一個「九」，九個空心字貼在牆上，一天寫一筆，一看就知道春天還有多遠。

想出把這九個字排列在一起的那位古人是天才的詩人。

漢字給了詩人無限廣闊的想像空間。漢字就是為詩人創造的。

二

「父在母先亡」。這是江湖術士看相算命的套路。

這就是漢字的奇妙之處——話語權永遠在解釋者手上。

痞子文化一斑

上世紀八十年代後期，一陣風，湖北武漢突然冒出許多以「九頭鳥」命名的名堂，特別是媒體，什麼「九頭鳥專欄」、「九頭鳥採訪」，以及「九頭鳥房地產」、「九頭鳥藥業」等等等等，一時間九頭鳥遮雲蔽日，大有氣吞江城之勢。

九頭鳥是傳說中的妖鳥，用以比喻奸詐狡猾之人。「天上九頭鳥，地上湖北佬」，不知從何時起，九頭鳥成了外省人對湖北人的蔑稱，往年血性的湖北人遭此詬罵是要拔刀相向的。可現在這情況，如同某人是王八，本是暗中的事，某人乾脆做一頂綠帽子戴在頭上，洋洋得意毫無顧忌地向人炫耀，其心態之猥瑣卑鄙，跡近無賴。

人們常問什麼是痞子文化？這就是很有代表性的正宗痞子文化。

蔡喜兒

上世紀二、三十年代，鄂東一帶流行的地方戲無正式名稱，俗謂「啊呵腔」，大約是取其一人主唱眾人相和的形式罷了。黃岡但店人蔡喜兒，是當時唱「啊呵腔」紅遍鄂東的名角。

某次蔡喜兒與人說話投機，談及自己的家世——原來，蔡喜兒家是但店很有名望的大財主，蔡喜兒祖父去世時，蔡喜兒尚在母腹，蔡父請來風水先生，要求選一處有利後人做官的墳地。風水先生拿著羅盤選了半天，最後指著一地說，葬於此處後人可位列公侯。蔡父大喜，厚賞風水先生。等到蔡喜兒出世，千頃地裏一根苗，蔡父是百般呵護，著意培養，請的家塾先生都是鄂東的名師。

誰知蔡喜兒天生的愛唱戲，家人無法阻止。稍長，蔡喜兒偷偷溜出家門，搭上一個戲班子，從此浪跡江湖。

蔡喜兒下海後，蔡父又羞又惱，想起選墳址時風水先

生說的話，心緒更難平靜。於是，蔡父重金請來省城最有名的風水先生把墳地重新看一下。這省城來的風水先生沒有用羅盤，祇在墳地上下左右一看，說道，所選墳址可蔭及後人位列公侯，錯倒沒錯，問題是這公侯墳址是「虛」的，不是「實」的。蔡父一聽，大悟：原來蔡喜兒下海唱戲，是這虛假的公侯墳地惹出來的！

淪為乞丐的私塾先生

過去連個秀才都沒有考上的老童生，如果家裏沒有一點財產，老來境遇就會很不幸——不僅僅是清苦，甚至悲慘！不算太老的時候還教個泥巴館，三五個或七八個學生，勉強混個生活費。再老一點，人遲鈍了，口齒不清了，就沒有人家願意送孩子來。這些老先生們家裏多半無田無地，又沒有做過體力活，老來也沒有體力了。還有的年輕的時候沒有能力成家，中年以後娶個拖一群兒女的寡婦，日子更慘，他們到沒有書教的時候就祇好去討米。上世紀二十年代中期，黃岡三里畈那裏就有這樣一位外號叫「魔王先生」的私塾先生，他老來就拖著一群兒女淪為乞丐了。

這魔王先生寫得一手好詩，一次家父在大路上遇見他，很客氣地問他最近寫詩否？魔王先生說：前幾天傍晚，我馱著一捆柴在新鋪那裏過河，見好美的景致，寫了一首詩，我念給你聽聽：「鴉鳴犬吠日沉西，雨霽新晴月色低。綠水有情趨浪去，可憐乞丐帶柴歸。」

黎元洪說蔡元培是少正卯

黎元洪當民國總統期間，辛亥武昌首義領導人之一的謝石欽拜見他，時黎在會客，傳話請謝稍等。不一會，黎送客出來，謝見客人原來是蔡元培。蔡走後，黎手指蔡走的方向問謝：汝觀此人如何？謝答曰：當世之俊傑也。黎沉下臉，咬牙吐出三個字：少正卯！

此事為謝石欽之幼公子謝昭尚親口告訴我的，當不虛耳。

兩個正直的讀書人

張子野，湖北黃岡人，清末民初湖北名人張荊野之少公子，篤信基督，善詩詞。其姊張清和女士旅居新加坡，以書法名世。姐弟二人與殷海光的父親子平公相友好。上世紀四十年代，張子野服務於基督教會，五十年代後，安排至武漢市皮革聯合加工廠做勤雜工，備歷艱辛。其〈寄姊〉詩云：「姊無歸意我難來，披讀家書和淚開。勉勵文壇爭勝負，愁親老病自悲哀。新時取值憑勞動，舊制悠閒去不回。生長中華強盛日，惱人情緒鬢毛催。」

張侍奉老母住漢口車站路二號，因婚姻屢受欺騙，於家事甚是灰心。1964年末，有人覬覦其居所，誣告其與姊通信有對黨不滿的言論，遂被判刑入獄，勞改中被打折一腿。八十年代初始出獄回漢，住漢口公安街，貧病而亡。

劉伯卿，亦為黃岡人，張子野之同窗摯友，善詩詞，

性狷介，上世紀六十年代在武漢市物資局工作。「文革」伊始，被揪鬥，劉視鬥己之人乃平素最鄙夷之奸佞小人，大怒，向其猛摑一掌，罵道：「你是什麼東西，竟敢鬥我！」那小人惱羞成怒，呼同類將劉亂棍打死。

兩個自殺的「胡風分子」

一個佚其姓名，是家住漢口羊臺子巷的碼頭搬運工人。這人大字不識一個，但平時愛說俏皮話，時不時諷刺領導幾句。反胡風時，領導說他是胡風反革命集團的，下令把他關在躉船上，逼他交待與胡風密謀反黨的罪行，交待不出就用刑，他被逼急了，趁人不備，跳江溺亡。

再一個是家住漢口漢潤里的婦科醫生周鍾英，四十多歲，丈夫去世後，帶著四個兒女和白髮蒼蒼的父母艱難度日。丈夫有個要好的同學在市一男中教語文，時不時在報紙上發表個豆腐塊。反胡風時，學校把那教員關起來，說是胡風反革命集團的，派人找到周鍾英，限期交待那教員的反黨罪行，並威脅說，如果包庇就要負法律責任。周鍾英怎知道這些名堂，恐懼不已，自縊身亡。

不是笑話二則

一

「文革」中的1970年，某婦在武漢市第二醫院分娩，因是頭胎，分娩困難，產婦痛苦不堪，頻頻叫喚。此其時也，接生的醫護人員手舉《毛主席語錄》，對產婦說：「我們現

在一起學習一條最高指示：『下定決心，不怕犧牲，排除萬難，去爭取勝利！』快，一起念，下定……」產婦疼痛不已，汗如雨下，手亂揮，喊叫道：「不念哪！不念哪！」「快念！」「不念哪！不念哪！」產婦頭亂擺。醫護人員怒道：「你不念最高指示就不給你接生！」產婦痛苦萬狀，依然亂喊道：「不念哪！不念哪！」醫護人員喝斥道：「這麼多生孩子的，沒有像你這個樣子的，政治立場哪裏去了？以後怎麼培養革命接班人？」喊叫聲喝斥聲亂成一片。

孩子最後是生下來了。這產婦後來在病房裏跟人談起，忿忿說道：「當時痛得要死，還叫人念最高指示，真是開國際玩笑！」

二

1969年秋，寄居在漢的三歲侄兒腹瀉，武漢市兒童醫院收入住院。管床的女醫生詢問檢查一番後，讓護士送來一瓶水藥，叫我給孩子服下。我把藥瓶打開，順勢聞了一下，一股馬齒莧的味，心想，這是什麼藥，這怎麼能治病？趕忙找到那女醫生，說孩子有些脫水，要求輸液。那女醫生冷冰冰地說：「不是讓護士送藥去了嗎？」我說護士送來的是一瓶馬齒莧的水，這怎麼行呢？那女醫生把臉一沉，用教訓的口氣對我說：「怎麼不行？偉大領袖毛主席教導我們說：『一根針，幾把草，也能治病。』」我愣住了，望著那女醫生一張冷漠的臉，說不出話來。

現在看來，上面兩則短文好似笑話一般，然而確確實實是曾經發生在我們身邊的真實事情。醫護人員的行為似乎愚

不可及，但在那個年代，那個歷史情況下，他們是真誠的，因為整個國家都在瘋狂迷信之中。具有諷刺意味的是，這迷信一碰到具體問題就不靈驗了。比如那產婦，她的自然喊叫，她的拒絕迷信，比那些深陷迷信泥沼之中的醫護人員更清醒、更明白。

丁潔岑

丁潔岑，河南人，性耿介，上世紀五十年代後期擔任武漢市財政局長。1960年他從河南探親回來，對人說：「一個老嫂子拉著我的手說：『大兄弟，餓死人了！』」被人告發，打成右傾機會主義分子，免去其職務。

程　彪

上世紀五十年代末六十年代初，程彪是武漢市交通運輸管理局長。餓飯的那幾年，一次武漢市負責人向湖北省領導反映糧食問題，說要餓死人了。當時王任重主政湖北，他在某次省委會議上責問各專區怎麼不交糧食，現在武漢市鬧糧荒，影響很壞。各專區的領導當場大聲叫屈，說我們那裏的糧食堆積如山，武漢市不派汽車來拖，叫我們怎麼辦？眼看著糧食都要爛掉。王任重一聽，大怒，責罵武漢市謊報軍情，欺騙上級，動搖民心，是嚴重的政治問題。武漢市的幾個負責人一下子慌了，忙責成市交通局組織車輛下鄉運糧。

當時貨運卡車不是很多，要解決這樣大型的運糧任務，需要一百餘輛汽車。程彪接到任務後，興奮不已，心想祇要

有糧食可運，再大的困難也要克服。他一方面從市內各單位調來一些貨車，一方面和中央在漢單位聯繫，借來一些貨車，很快組織起近二百輛大小卡車的突擊運糧車隊，分赴各地運糧。

運糧車隊到了各專、縣，農村正在餓死人，哪有糧食給武漢市！一個到通山縣運糧的幹部事後對人說，縣裏叫他等著，等到他把縣糧食局圖書室的藏書全部看了一遍，也沒有等到一斤糧食！

車隊空去空回，程彪氣得跳腳大罵，被人告發，要打他的右傾，被當時主管武漢市經濟工作的常務副市長伍能光保下了。伍說：「這個右傾那個右傾，還要不要人做事？再說程彪說的都是實情，糧食沒有拖回來不說，這麼寶貴的汽油浪費了多少？下瞞上壓，怎麼得了！」

人性的光輝

家住武漢市生成南里的陳某，中年守寡，帶著一群兒女無以為生，無奈做點半開門生意。「文革」初，紅衛兵開她的鬥爭會，把她的頭髮亂剪一氣，脖子上掛一雙破鞋，按著她的頭，反剪雙手，令她交待問題。陳的十六歲的大女兒衝上臺，指著鬥她母親的紅衛兵大聲斥責道：「你們吃不吃飯？」「要不要人活命？」陳的其他兒女一擁而上，把她搶回家。對比在「文革」中搧自己父親耳光和逼得父親自殺的名導演名作家，以及在歷次政治運動中檢舉揭發自己父母「反動」言行的人、大耳刮子打自己「反動」父母的人、踹

斷父親肋骨的人，陳的兒女們身上閃現著的人性光輝，將會為後人鄙棄、唾罵我們這幾代人時，挽回一點面子。

兩隻蘋果

朋友夫婦倆退休後，赴美國與獨生女兒團聚，女兒安排父母住在靠近加拿大邊境的一個小鎮上。

夫婦倆的住宅在小鎮的邊緣，離鎮邊的教堂最近，所以，他們門前的小路是全鎮人上教堂的必經之路。在他們住宅與教堂之間的路上，有一棵蘋果樹，樹上的蘋果青了又紅，熟透了落在地上，全鎮的人無數次從蘋果樹下走過，夫婦倆留意到沒有一個人摘樹上的蘋果，也沒有一個人撿地上的蘋果。夫婦倆看在眼裏，心想這蘋果可能很不好吃，不然怎麼沒有人摘呢？

第二年，蘋果又熟透了，朋友想知道這蘋果到底是怎樣難吃，就趁無人之際，從地上撿了兩個蘋果回家，洗淨後與老伴分嚐，卻感覺味道與買回的蘋果一樣，沒有什麼異常之處。

那一夜，朋友夫婦倆失眠了。他們想了很多，也談了很多。從中西文化、哲學思想、道德、宗教、教育、民族、人口、素質、培養，等等等等，涉及面之廣，思想認識之深，是他們之間從未有過的。對於蘋果，他們所悟到的是：美國人從小就教育孩子，不是自己的東西就別動它！

不是自己的東西就別動它，就是不要非法去佔有不屬於自己的東西——小到一隻蘋果，大到人的自由權乃至生命

權。這是做人的基本道德和準則。人人做到了這一點，那才是和諧社會！

難忘的航行

長江航運被公路運輸打垮，除了許多客觀因素外，主觀上有沒有原因呢？找一找自身的問題應該不是什麼難事。我有一次在長江上難忘的航行，事過十四年，提起來恍如昨日。

那是1992年10月下旬，我和兩位老先生從萬縣上船，為的是看一看即將淹沒的三峽。

船上亂哄哄，過道裏樓梯上全是人，人挨人、人擠人，上個廁所都困難。秩序混亂人員嚴重超載不說，最要命的是船上提供的中午和晚上兩頓伙食，自己罵自己的話，是豬狗都不吃的東西——滿口是沙的飯，菜葉上還有泥巴，黃燜丸子做得倒是好看，實際上是個鹽坨子，無法下口。就這樣，價格還奇貴。

買的飯菜都倒江裏去了，船上連點心都沒有賣的，我們餓了一天。白天過完三峽，晚上7時船到宜昌，我們趕忙在躉船上買來許多速食麵和火腿腸（價格比市面上貴一倍），誰知船上竟停止了開水供應，速食麵無法下嚥。找到船上管事的反映，他口裏總是回答馬上供應，但一天一夜也未見一滴開水。有經常坐船的乘客告訴我們，條條船都是這樣。無奈，祇好以火腿腸勉強充饑。

第三天晚上船到漢口，餓了兩天的我們連家都來不及

回，就先到館子裏去解決肚子問題。

現在，三峽大壩建成後，長江航運就不是一落千丈的問題，而是全面崩潰！客觀原因是，南京以上水深不夠。現在長江沿岸到處都是裸露的沙灘，江中露出許多荒涼的沙洲。什麼浩瀚的長江、滾滾的長江，都已成為歷史！

黃河毀了，長江毀了，下一步輪到誰？

唱戲可以使國家強大

「唱戲可以使國家強大」，這句話，是某京劇名旦在中央電視臺對著全國人民說的，我聽後一陣悲哀！戲子的輕狂本當不得真，問題是這句話的背後，是愚弄還是意淫？不管是愚弄還是意淫，讓這句淺薄而又愚蠢的活，通過層層關節有聲有色地宣傳出來，水平之低，令人鄙夷！

邪乎的明星出場費

「一曲清歌一丈綾，美人猶自意嫌輕。不知織女螢窗下，幾度拋梭織得成。」這是北宋寇準寫的一首詩。詩中所說的「一丈綾」，猶如今天的明星出場費，即使在八、九百年前，縱貴也貴不到哪裏去，與「織女」勞動價值的差別也不會大得出奇，但還是引得寇大人感慨不已！

如果寇大人看到今天的明星出場費，他不氣得吊頸才怪哩！唱幾首歌，一、二十分鐘的事，動輒數萬、十數萬、乃至數十萬數百萬塊錢，而且是稅後淨得，一個普通體力勞動者幾十年幾輩子都掙不回來，西北的農民更是幾十輩子都掙

不到這個數，不是邪乎是什麼！更有甚者，一個戲子穿一件睡衣在體育場上走個步，做幾個鬼臉，兩三分鐘，屁都來不及放一個，就拿走十四萬塊錢（大陸人民幣），這世界是怎麼回事？

一場音樂會的票價每張賣到數萬美元，這世界是怎麼回事？

這一切都太邪乎了！

這一切祇能說明一點：這個國家出了許多亟待解決的問題！

回首舊遊

江宗敬

　　江宗敬先生送我這本《五雜侃》的時候，是1995年春天，他剛退休，受聘一家科技開發公司，一間挺大挺講究的辦公室，我有時去坐坐，品嚐各種茶，閒聊一陣。他知道我嗜茶，一次我去了，他從抽屜裏拿出這本書，遞給我說：我看完了，裏面有好多談茶的文章，你肯定引為同道，送給你吧。我一看是何滿子的新著。其實，說是新著，多是為報紙寫的專欄，積以時日，就是一本書了。

　　那時候我認識江宗敬已十餘年了。我們同在一個機關，他編一本雜誌，向我約稿，一來二去，我們就熟悉起來。他是四川成都郊縣人，他說他的家庭就像巴金小說《家》中寫的高家那樣的舊式大家庭。上世紀四十年代末五十年代初的青年，自然而然地滿腔熱血，於是他十七歲就參加志願軍入朝，是鐵道兵。朝鮮停戰後回國，爾後三十年間，他先在黑龍江，後來到廣東，最後落在湖北武漢。我們同事十年，在他退休後我們常有往來，忽然他得了絕症，2003年他69歲就去世了。

　　他去世已八年多了，我時時想起他來。他是個聰明人，用「鍾敬」這個筆名寫了幾十年散文。他給我看過幾篇他的

作品，是幾張剪報和幾本雜誌，沒有發表的我沒有看到。他過去幾十年間發表的我也沒有看到，可能他覺得那個年代寫的作品沒什麼意思，丟棄了罷；或者是他經歷了太多的驚濤駭浪，提起筆來慎之又慎，輕易不動筆罷。

他思維敏捷，語言明快、犀利，俏皮話不斷，年輕人總喜歡圍著他，聽他海闊天空。從他口裏出來的那些文壇掌故作家軼事，一套一套鮮活鮮活的，是他永遠談不完的話題。他編的雜誌是內部發行的季刊，一年四本，一本就普通月刊雜誌那樣厚薄，而且稿源充足。先是他一個人編，到付印前組織三、四個人去印刷廠突擊一天，三校付印。這樣的工作方法是難以保證質量的，記得有一次把「地下黨」印成了「地上黨」，引起有關領導的震怒。後來他當副主編，一個人一間辦公室，另安排一個人做編輯工作，他也就看看清樣。我們下班後要同走一段路，有時候他談起他的寫作計劃，他每次都要談到要寫他的母親，在那樣大家庭裏的艱難。我聽著就順著他的話說：好呀！你快寫吧！後來他退休了，我們閒聊時，他還在說要寫他的母親，並說了些他們那個大家庭的故事，好吸引人！我仍是催他快寫吧！每次他總是說馬上就寫。再後來就是他生病動了手術，我提著水果去看他，他還不忘了對我送他水果點心揶揄幾句。再後來，他就去世了。

我常常想起他要寫他母親這件事，畢竟是故人，何況思想上也有許多共鳴之處。有次在街上碰到他女兒，我談起這件事，他女兒茫無所知。我說：你回家問問你母親，看她是

否知道這事。如果寫了，不管寫了多少，我願意幫你們整理出來，爭取發表。對你父親，對你祖母，對我們大家，都是一個紀念。我強調我會是無償地做這些事，並留下我的電話號碼，請她一定好好找找，回我一個准信。但他女兒一直沒有來電話。

他寫一筆秀氣字，生活上很講究，也非常愛整潔。他辦公桌上總是很整齊乾淨，沒有雜物，抽屜裏也井井有條。他家裏也收拾得很乾淨，書櫃裏的書差不多像新的一樣。他辦公室以及家裏書房的環境和條件都很好，他應該寫出很多作品來的啊！

阮　方

阮方先生好筆頭，寫文章一副大手筆，是武漢市的名記者，也是1957年《長江日報》社的大右派。後來是江漢大學的教授，新聞專業。他社會活動多，各種職務一大串，但他筆頭甚健，倚馬可待，質量上乘，可謂革命生產兩不誤。離休後，江漢大學的課照常上，《武漢晚報》也抓住他不放，擔任業務指導，每天看清樣，抓質量。而社會上乃至外省市的約稿講課評閱之事在他門前排起隊，他應付裕如。

忙碌中他整理自印了一本自選文集，取名《走過風雨》，付印前他請我幫忙看看終校。他的文筆真好，讀來如臨其境，其中幾篇回憶錄，我印象深刻地有這樣三件事。

一件事是反右運動中，他言傳身教手把手帶出來的一名記者，在面對面批判他的會上「喊得最兇」，使他很傷心。

這記者我也熟悉，筆頭子一生都不行，但很有組織能力，呼風喚雨，場面上拉得開。後來在上世紀八十年代，他為了立身，私下裏將幾篇大文章請阮方幫忙弄一下，阮方不計前嫌，幫他把那幾篇文章弄得漂漂亮亮，使他把局面打開。

再一件事是阮方被打成右派後，人成另類，心裏憋屈，夜深人靜時向妻子傾訴，他在書中是這樣寫的——

> 白天在報社受了一肚子委屈和冤枉氣，晚上回到家裏祇好對著妻子發洩。比如我對她說：「我本來不反黨的，像這樣顛三倒四地搞，我倒覺得應該反反黨了。」當然，這說的祇是一些氣話。誰知我在家裏說的這些氣話，卻在第二天的大字報上被揭露出來，揭發批判我的「應該反黨論」，以及我對群眾的揭發批判「極其反感」等等。
>
> 從貼出來的大字報的口氣判斷，寫大字報的人就是與我同住一屋前房後房的李某某，我萬萬沒有想到他每天晚上豎著耳朵隔著房門偷聽我在家裏與妻子的竊竊私語。

我饒有興趣地問阮方，這人是誰呀？阮方說：世界就這麼大，都認識的，過去幾十年了，不提也罷。我不放棄地追問。阮方嘆口氣道：跟你說了，就到你這裏為止。我點頭答允。阮方說：是某某某。我脫口而出道：喲，他還蠻會寫舊體詩詞哩！

還有一件事是1984年，《長江日報》社慶祝創刊35周年，新老報人聚會一堂。一個當年鬥右派的「英雄」，此時笑容可掬，滿腔熱情地伸出手來準備與一位當年的「右派」握手，誰知那位「右派」臉一側，對那熱情的臉和手視而不見，轉身走開，害得那「英雄」悻悻然把手收回，處於十分尷尬的窘況。

　　我也是問阮方，這人又是誰呀？阮方告訴我是誰。畢竟我不是報社的人，阮方去世後，我見到那位老先生，談起這件事，那位老先生笑起來了，說：那不是我，阮方記錯了，我沒有被劃右派。

　　我一下子愣住了。

　　由此我想到阮方在同一篇文章中，寫到被打成右派後所受到的屈辱，特別是同被打成右派的一個人，天天向黨組織打小報告，誰誰說了什麼，誰誰對抗批判，誰誰表現不滿、私下牢騷滿腹等等。更卑劣的是，這人頭天揭發某幾個右派是反黨小集團，第二天又上昇為反黨聯盟，像條瘋狗一樣亂咬人。隨著阮方以及當年報社右派的過世，這兩件事我們永遠都不知道是誰了。

　　阮方是2002年4月16日去世的，我想到他的《走過風雨》，寫下一副輓聯——

　　　孰料一生風雨，到如今總算是走過風雨
　　　尚遺滿目淒涼，問天下何時能不再淒涼

嗚呼哀哉！尚饗！

晏炎吾

晏炎吾先生是華中師範大學的教授，他可不是個一般的學人，他是《漢語大字典》的執行副主編。我和他不是因「小學」而交往，那時我業餘時間為一家報紙編舊體詩詞專欄，晏先生傳統學養甚厚，於舊體詩詞上造詣甚深，我向他約稿，一來二去，就熟悉了。

晏先生對我是有求必應。自上世紀八十年代以來，以創作舊體詩詞為主的各種詩社如地裏爛芝麻，遍地都是。特別是許多離退休的幹部，包括許多大專院校在職不在職的各類專業人員，個個都是詩人，人人都能寫幾筆。

我編那個舊體詩詞專欄時，要求來稿嚴格遵守詩詞格律，舊體詩一律用平水韻。我每天都要收到數十封甚至百十封來稿，也難怪，偌大個城市，公開發表舊體詩詞的報紙唯此一家，他稿子不投你投誰去？但可用的稿子實在太少。一方面稿子多得不得了；另一方面我又為能用的稿子不夠版面而發愁，晏炎吾先生就是我在這種尷尬的情況下慨然支持我的。

大量來稿不能採用，自然招來非議。突出的有這樣兩件事——

某地委退下來的專員寫來一首春遊詩，我未採用。一個月後，他帶著生活祕書和司機找到我辦公室來（頭天來了一次，適我外出，第二天上班時在我辦公室坐等）。他的祕書質問我為什麼不用首長的詩作？我笑著告訴他們，首長的稿

子我已毫無記憶，且不用的稿件已作處理，也找不到了。祕書馬上從公事包裏拿出一張紙，上面正是這首長的春遊詩，詩後還註明首長擔任過的職務。我接過一看，啞然失笑，心想：這樣的詩要用，那報紙每天發一整版也發不完。就很客氣地對首長說：沒有什麼詩味，再說格律也不對。首長有點不高興，但還算客氣，他抓住我後半句話說：你說我哪裏格律不對了？我心裏一默誦，就說：第一句就不對。

怎麼不對？

您看，「磨山春天好風光」，除了「好」字，有六個字都是平聲。

首長沒有做聲。我看首長態度還算客氣，就主動說道：普通話北方話是不好調平仄，特別是普通話把入聲劃到上聲和去聲去了。首長打斷我的話說：你們專欄發的詩平仄都對嗎？

我笑著說：就那大塊版面，我不敢說每首詩都好，但我敢說每首詩的格律都是對的。

一週後，我收到首長給我寄來的一封厚厚的信，拆開信封把我嚇一跳，幾十張信紙，一萬餘字。他從古至今說起，誰誰哪首五言詩連用五個平聲，誰誰哪首七言詩連用六個平聲甚至七個平聲，把許多古代詩人連帶詩作都圈進去了。我看了信甚為感動，提筆給首長回了封信，這封信的主要內容我還記得。我說：您的信簡直是鴻篇巨製的學術論文。許多人離退休後就是打麻將，而您卻下如此大的功夫來考證一件事，這是嚴肅的文化傳承，令我肅然起敬！其實，寫學術文

章與寫詩詞同是創作，甚至是更嚴謹的創作。前人有視作詩填詞為雕蟲小技，您有尋幽探微之長，何不捨小技而發揚己之所長，創作出更有價值的學術作品來呢？

這是一件事，是個喜劇結尾。還有一件事，就不那麼愉快了。

是武昌某名牌大學出版社社長兼總編輯，剛退下來，也成了詩人。這社長的大作我未採用，他人倒沒有來，打來電話問我，是什麼問題使我不採用他的作品。剛好他的詩作在一堆準備處理的來稿中，我找出來說：韻不對。社長說：什麼韻不對，你懂詩韻嗎？他口氣既生硬又不禮貌。我有點不高興了，說：我就知道你的詩不合韻。社長要我指出來，我指出後，社長說：你是要求平水韻嗎？我說：寫舊體詩不用平水韻用什麼韻？社長說：現在寫詩都用新韻，你太落後了，還用平水韻！

什麼新韻？我一時丈二和尚摸不著頭腦。

社長冷笑道：你連新韻都不知道，還編什麼詩？說完掛上了電話。

我忙給一個詩社的朋友掛電話，他告訴我，有人以現代普通話為準，編了一本《詩韻新編》，現在寫舊體詩的都以它為準。

我把那書找來一看，簡直是一派胡言亂語，怎麼也接受不了。

不久，在一個有很多大官出席的紀念座談會上碰到了那社長。我本不認識他，是他在發言中提到了我，說我不用他

的詩，不知道《詩韻新編》還編詩歌專欄。臨了他還拿腔拿調裝模作樣地說：不要為難這個同志，更不要處分他。幫助幫助他，提高自身的業務能力就行了。

　　我正要發言，誰知擔任過湖北省以及武漢市領導人的李爾重接過那社長的話茬，說：我寫詩也不愛受格律和押韻的束縛，可以自由點嘛！有人插話問道：您看詩歌以後會怎麼發展？李爾重拖著腔調說：我看詩歌以後的發展，就是毛主席所說的，走民歌發展的道路。

　　會場上一片讚許聲，許多人相互點著頭，我還能說什麼呢？

　　不久，我在一個學術交流會上碰到晏炎吾先生，中午休息時我跟他提起這件事。我忿忿說道：沒有那個金剛鑽，你就不要攬這個瓷器活。格律就是格律，在那兒放著，誰也動不了！你沒那個本事，寫什麼舊體詩呀！你可以去寫現代自由詩寫民歌呀，你可以去寫快板順口溜呀，寫三句半二人轉呀！那自由多著哩，還聽了毛主席的話！又想裝模作樣，又沒那個本事！舊體詩形成了一千多年，不是誰說改就能改的！這些人也不把自己掂量掂量，真是笑話！你把老祖宗的東西閹割篡改削足適履算什麼本事！

　　我不停地發洩著，晏先生笑了。他沒接過我的話頭，卻笑道：我有一首〈詠戲〉的絕句，送給你。

　　好呀！那謝謝了！我拱著手說。

　　晏先生念道：「四個角兒囊世界，兩根弦上話人生。從來假戲須真做，粉墨登場自有情。」

天地大舞臺！受晏先生這首詩的觸動，我後來也寫了一首〈詠戲〉的七言律詩答謝他：「逐妄迷真自有因，祇緣塵世太艱辛。圓他未熟黃粱夢，償爾空思倩女魂。幻想天青鋤敗草，胡編烏白唱陽春。尋常閱遍榮枯事，一樣如癡淚濕巾。」

朱祖延的「觸目驚心」

西元2011年12月，夏曆丁卯年歲末寒冬，朱祖延先生魂歸道山，享年九十。

朱先生的工作單位是湖北大學，於「小學」上造詣甚深，曾擔任《漢語大字典》副主編、《中華大典‧語言文字典》主編，著作等身。尤其是他主持編纂的《爾雅詁林》，達到了很高的學術地位，在全國學術界引起強烈反響。他逝世後，我把他送給我的一張條幅掛出來，讀著上面他寫的一首詩，十三年前他送這張條幅給我的情景如在眼前。

條幅上是朱先生自撰自書的一首七言絕句：「春林愛看晨曦上，更喜秋陰轉晚晴。百歲年光駒隙過，乘除世事莫心驚。」

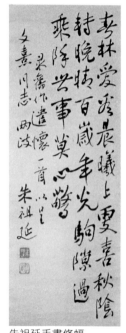

朱祖延手書條幅

那是1998年6月，我參加在湖北大學主辦的海峽兩岸殷海光學術研討會，抽空去看望朱先生。我們談起這個研討會，就從殷海光堅持自由民主精神、反抗國民黨獨裁專制說起，我談到剛看不久的一個醫生寫的回憶錄，朱先生愣望著我，非常專注地聽我講述那本回憶錄中的內容。到我起身告辭時，朱先生說：你看的這本書是借的還是你自己的？我說是我自己的。朱先生說：能不能借我看看？我說：那沒問題。明天我就給您送過來。

第二天一早我就把書送到朱先生手上。一週後朱先生來電話讓我去拿書。那天我要到一個朋友家去拿一篇稿子，正好順路到朱先生家去取書。

朱先生用一張報紙把書包得緊緊的，很慎重地遞給我，嘆著氣說道：唉！真是聞所未聞觸目驚心！有幾章本想再看看，算了，橫豎就那回事。我忙說：您留著看吧，這書是我的，您想看多久就看多久，沒關係的。朱先生搖搖頭說：我這裏來往人多，你還是拿走為好。我接過書，朱先生忙叮囑道：放提包裏啊，放好了啊！待我放好書，朱先生說：我寫了一張條幅送給你。展開條幅一看，就是上面說的那首七言絕句，朱先生題款請我「兩政」（「政」通「正」）。

朱先生是個溫文儒雅的人，滿面春風，和悅謙恭。從幾十年的政治風雨中全身走過來，他應該看到了太多的「觸目驚心」啊！

後記
——而今誰識書生

　　陸達生前的同事黃君看到拙文〈天鵝之死〉後，輾轉聯繫上我，共話往事，嘆息不已。夜深人靜，我倚在床上心情久久不能平復下來。不僅是陸達，幾十年間多少不堪回首的往事在心裏翻騰，情不自禁，寫下一首絕句：「雖是初逢似舊雨，遙憐故友話淒涼。此生祇剩一支筆，劍氣簫聲總斷腸。」

　　文明使這個世界的大部份人都生活得井井有條，但人生不能選擇，這種不能選擇常常使我憤懣。所以，我筆下流淌的，雖是悲哀淒涼，卻不是絕望。「世事滄桑不自傷，拚將血淚寫文章。憑欄誰識書生面，一笑拈花四野茫。」這就是那天夜裏我寫下前一首詩後，欲罷不能，又寫下的一首「縱筆」詩。

　　黃君是通過張君和我見面的。張君長於書畫和金石，給我和我學書法的孫女所治之印甚佳，我送他一首絕句：「慘淡情懷方寸間，丹青更是起雲煙。才華卻為衣食累，空鎖關河六十年。」他送我一幅太湖石圖，我又戲題三絕句，其一曰：「此石嶙峋出自然，千年凝氣萬年還。我心匪石血如火，我腰如石豈一彎。」題畫詩直抒胸臆，格律稍粗。

實際上，四十餘年來，我祇寫了寥寥三十餘首舊體詩，因為「文革」初受人牽累，我寫的一百餘首舊體詩「暴露在光天化日之下」，過了一段艱難日子。那以後許多年再也沒有寫過舊體詩。

但我始終認為，有些感情上的東西祇能用舊體詩這種體裁才可以表現出來，也就是說，祇有舊體詩才能承載感情的奔瀉。「祇有雷門堪擊鼓，人笑人嘲都是譜。」記得「文革」中期黨團組織恢復生活，剛脫囹圄的友人羅君又要交代自己的「思想錯誤」，接受開除團籍的處分，甚是煩心與反感，跟我談起，一下子觸動了我，情不自禁地說出兩句詩：「舊劫不隨人事老，時時翻出作新愁。」而今羅君早已作古，年復一年，我時時想起這兩句詩來，不為別的，僅僅是那時的感情還在心裏激蕩。

這種激蕩的感情常常在心裏燃燒起來。老報人陸老米壽之慶，秀才人情，我奉上兩首詩，其一曰：「南山松柏鬱青青，鐵幹虬枝拂白雲。國事艱難人事老，中宵猶自聽雞鳴。」不僅是祝壽，也把燃燒的感情傾注在詩中。

忘年至交翁月卿先生是清末封疆翁同爵的嫡親孫女，她的叔祖父翁同龢更是清季重臣。月卿先生家學淵源，成就書法名家，以近九十之高齡自撰自書《葆真集》出版，之前亦有數本書法集和散文集《西街憶舊》面世，我曾寫詩相賀：「風雨西街憶舊遊，小樓磨硯幾春秋。葆真結集星垂野，璀璨銀河筆底收。」「九十書家孰與儔？更兼筆下寫春秋。每瞻雙璧親和力，風暖長江月滿樓。」

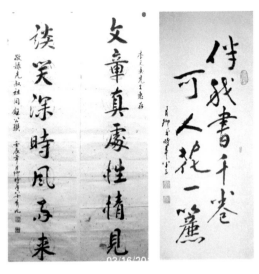

　　寫詩確實是心靈的撞擊，那一瞬間撞擊出來的火花就是詩。有時面對驚天動地萬眾歡騰的場面就是寫不出一句詩，就因為沒有那個撞擊。有時卻因一點小事一首小詩旳觸動，性靈相通，激發出寫詩的慾望。老友徐山皕先生出身名門，是明朝開國元勳徐達後裔，滿腹經綸，錦心綉口，勤於書信往返，誦讀如賞水墨丹青，我曾委婉寫詩相贈：「每讀華章感慨深，牽人情趣一煙輕。低迴可惜先生筆，不寫民間疾苦聲。」

　　故友張老寫下一首品新茶的鷓鴣天詞：「穀雨春尖碧嫩香，一瓢江水煮瓊漿。分茶漫憶放翁句，品茗猶懷陸羽鄉。凝郁馥，溢芬芳。壺觴代酒細評量。而今但得晨昏飲，可以清心滌俗腸。」這首詞的後兩句一下子觸動了我，感而和之：「漫道新茶似酒香，洗心明目勝瓊漿。燈紅人擁邯鄲

路，月白舟搖陸羽鄉。晤故友，對幽芳。行藏用捨自思量。雨前沏得桃溪水，解我無端千結腸。」

聞一多先生的侄女聞立詢女士看到我這首詞，嘆道：無端是有端。真是這樣。那段時間我在機關鬱悶極了，到了無法工作下去的地步，最後找到市裏老領導幫我溝通，在無任何優惠條件的前提下，提前六年退休。這首詞既是寫的品新茶，更是寫的我當時鬱結的心情。這裏的「故友」指茶，黃庭堅〈品令〉詞把茶寫為「故人萬里，歸來對影。」「雨前」也是指茶，穀雨前的新茶。雨前茶用桃花源的溪水沏出，就是我那時心情的寫照。

世交殷永秀女士與夫君童耐冰先生結廬大別山麓，林泉自娛，我每年都要去小住數日，竹籬花徑，清泉烹茶，心靈都得到洗滌。某年初秋我造訪時寫了一首絕句：「近樹參差遠樹迷，小樓半隱萬山低。塘邊扁豆新如筍，滿天煙雨子規啼。」那個子規真叫多，成百上千的在清晨的山嵐煙雨中啼叫飛翔，畫面美極了，也擾人清夢。

深冬時節永秀女士來信邀我去看梅花，我依前韻作答：「近事朦朧遠事迷，清霜千里入雲低。殷勤告訴梅初放，夜闌魂夢杜鵑啼。」兩年後的冬天我去了，朔風冷雨，世界是一片蕭殺的衰敗景象，而小園裏卻盛開著各種梅花，爭紅鬥艷，幽香銷魂，令人神清氣爽，我張口就得兩句：「窮冬富有新生意，耐冷梅花鬥雪開。」特別是一樹紅梅花怒放在窗前，我寫下幾句新詩：「窗前／開一樹紅梅花／像一團火／把心裏的冰雪燒化／把它撒到天上／化一片絢麗的雲霞」

四個畫家朋友合作，將我一首七絕詩意畫在一幅四尺徽宣上：「姹紫嫣紅映白頭，無猜鷗鷺掠沙洲。春濃須謝三分雨，雲淡飄然一葉舟。」這張畫掛在我家客廳，為人讚賞。

李文熹詩作條幅，
翁月卿書

龍華寺對聯，李文熹撰、翁月卿書

　　而我與佛門也甚有淵源。武昌蛇山上的龍華寺是明代成化年間闢出的一方淨土，歷經五百四十年世間風雨，今年春夏間應住持之請，我為龍華寺作了兩副對聯：「龍象護莊嚴看花雨繽紛法流永匯；華章誦妙諦聽梵音清遠禪悅長存。」把「龍華」二字嵌在聯首，住持合十稱謝。另一副是：「寺近長江江流不息風帆動；廟枕蛇山山深靜穆釋門空。」從龍華寺地理位置聯想到佛門廣大，慈航垂佑，江流有聲，慧境空靈。

向慕前人半日閒

在世間風雨中，儘管理性思考吞噬著我的靈魂，我又常常為友情所感動。黑龍江省的譚敦寰和馬合省李琦夫婦，雙城的張濟，他們都稱我七叔，還有吉林省的陳效方兄，我為他們寫過一首七律：「書生事業倍關情，華髮蹉跎歲又更。萬里莽原悲驥老，中宵風雨聽雞鳴。幾回魂夢松江岸，依舊煙雲武漢城。幸得良朋如滿月，天涯何處不同明。」

和他們的交往緣自先大兄雷雯。先大兄落籍哈爾濱，取「心遠」二字為書齋名，雖是從陶詩「心遠地自偏」中得來，也確實暗喻地理偏遠。他的部份詩作取名「銀河集」與「煙雨集」，喻其詩短篇多，我曾有詩相寄：「群書萬卷蘊幽懷，浩氣文章跌宕來。風月一樽饒酒興，乾坤獨攬盡詩

才。銀河璀璨垂穹宇，煙雨蒼茫響春雷。寥廓雲天人遠望，心遠先生幾時回？」

南京大學陳遠煥先生為人真誠熱情，古風猶存。去年我到南京，遠煥兄始終相陪，令人感動。那天他陪我遊石頭城「鬼臉」時，突然烏雲潮湧，雨驟風狂，遠煥兄未帶雨具，渾身濕透，還搶著給我照像留念。我曾寫下這樣幾句，因自覺不佳，就沒有告訴他──「雲黑雷沉鬼臉遮，舊京王氣忽還家。秦淮夜夜燈如火，白下年年歌滿車。蟲臂蟲肝追時尚，民膏民脂壘繁華。相思紅豆隨人老，伴我真情到天涯。」

姜弘兄書桌上有他一張滿面笑容的照片，且他與夫人每年去深圳過冬，去年行前，我送他一首詩，詩題是〈題姜弘先生玉照兼祝南行平安〉：「白髮飄然笑可聞，不堪荊棘說前塵。曾信革命千般假，幸得人生兩頭真。時有文章驚四海，更兼睿智掣長鯨。公今南下迎春去，應逐新雷第一聲。」

姜弘兄和我是五十年的兄弟，肝膽相照。他雙目幾近失明，還為這個小冊子寫來序言，令我十分感動。當我提筆給這個冊子寫後記時，讀著姜弘兄寫的序言，「而今誰識書生」這句悲涼的詞句油然湧上心頭，感慨悵惘之中，順著筆，把這些年來寫的一些舊體詩串聯起來，以為後記。

這本小冊子在臺灣的出版，得力於南京現代史學家周正章先生的推薦和臺灣秀威出版公司總編輯蔡登山先生的青睞。我和正章先生在北京紀念胡風學術研討會上朝夕相處，

回漢後寫下一首絕句寄贈給他：「借得胡家始識荊，文章驚世息紛爭。寒風凜冽京城路，踏破殘冬萬木青。」這裏，謹向周正章先生、蔡登山先生和編輯劉璞先生以及為本書的出版耗費心力的諸位先生致以衷心地感謝！

李文熹

2012年11月30日內子生日記定

雖是初達以意承運憐故

友話淒涼此生祇剩一支筆

劍氣簫蕘隱斷腸　世事

滄桑不自傷　拼將血淚寫文

章憑櫚誰識古生面一笑拈

花　の　野范

李文彩集筆二首

癸巳年育外書時年李李

讀歷史23　PC0310

拈花一笑野茫茫
——殷海光及其他文人舊事

作　　者/李文熹
主　　編/蔡登山
責任編輯/劉　璞
圖文排版/賴英珍
封面設計/王嵩賀

發 行 人/宋政坤
法律顧問/毛國樑　律師
印製出版/秀威資訊科技股份有限公司
　　　　　114台北市內湖區瑞光路76巷65號1樓
　　　　　電話：+886-2-2796-3638　傳真：+886-2-2796-1377
　　　　　http://www.showwe.com.tw
劃撥帳號/19563868　戶名：秀威資訊科技股份有限公司
　　　　　讀者服務信箱：service@showwe.com.tw
展售門市/國家書店（松江門市）
　　　　　104台北市中山區松江路209號1樓
　　　　　電話：+886-2-2518-0207　傳真：+886-2-2518-0778
網路訂購/秀威網路書店：http://www.bodbooks.com.tw
　　　　　國家網路書店：http://www.govbooks.com.tw
圖書經銷/紅螞蟻圖書有限公司
　　　　　台北市114內湖區舊宗路2段121巷19號（紅螞蟻資訊大樓）
　　　　　電話：+886-2-2795-3656　傳真：+886-2-2795-4100

2013年4月BOD一版
定價：340元
版權所有　翻印必究
本書如有缺頁、破損或裝訂錯誤，請寄回更換

國家圖書館出版品預行編目

拈花一笑野茫茫：殷海光及其他文人舊事 / 李文熹著. --
一版. -- 臺北市：秀威資訊科技, 2013.04
　　面；　公分. -- (讀歷史23 ; PC0310)
BOD版
ISBN 978-986-326-102-5(平裝)

855　　　　　　　　　　　　　　102006749

讀 者 回 函 卡

感謝您購買本書,為提升服務品質,請填妥以下資料,將讀者回函卡直接寄回或傳真本公司,收到您的寶貴意見後,我們會收藏記錄及檢討,謝謝! 如您需要了解本公司最新出版書目、購書優惠或企劃活動,歡迎您上網查詢或下載相關資料:http:// www.showwe.com.tw

您購買的書名:＿＿＿＿＿＿＿＿＿＿＿＿＿＿＿＿＿＿＿＿＿＿

出生日期:＿＿＿＿＿年＿＿＿＿＿月＿＿＿＿＿日

學歷:□高中 (含) 以下　　□大專　　□研究所 (含) 以上

職業:□製造業　□金融業　□資訊業　□軍警　□傳播業　□自由業
　　　□服務業　□公務員　□教職　　□學生　□家管　　□其它＿＿＿

購書地點:□網路書店　□實體書店　□書展　□郵購　□贈閱　□其他

您從何得知本書的消息?

　□網路書店　□實體書店　□網路搜尋　□電子報　□書訊　□雜誌

　□傳播媒體　□親友推薦　□網站推薦　□部落格　□其他＿＿＿＿＿

您對本書的評價:(請填代號　1.非常滿意　2.滿意　3.尚可　4.再改進)

　封面設計＿＿　版面編排＿＿　內容＿＿　文／譯筆＿＿　價格＿＿

讀完書後您覺得:

　□很有收穫　□有收穫　□收穫不多　□沒收穫

對我們的建議:＿＿＿＿＿＿＿＿＿＿＿＿＿＿＿＿＿＿＿＿＿＿＿

＿＿＿＿＿＿＿＿＿＿＿＿＿＿＿＿＿＿＿＿＿＿＿＿＿＿＿＿＿＿

＿＿＿＿＿＿＿＿＿＿＿＿＿＿＿＿＿＿＿＿＿＿＿＿＿＿＿＿＿＿

＿＿＿＿＿＿＿＿＿＿＿＿＿＿＿＿＿＿＿＿＿＿＿＿＿＿＿＿＿＿

11466
台北市內湖區瑞光路 76 巷 65 號 1 樓

秀威資訊科技股份有限公司　　　收
BOD 數位出版事業部

∙∙∙

（請沿線對折寄回，謝謝！）

姓　　名：＿＿＿＿＿＿＿＿＿　年齡：＿＿＿＿　性別：□女　□男

郵遞區號：□□□□□

地　　址：＿＿＿＿＿＿＿＿＿＿＿＿＿＿＿＿＿＿＿＿＿＿＿

聯絡電話：(日) ＿＿＿＿＿＿＿＿＿＿　(夜) ＿＿＿＿＿＿＿＿＿＿

E-mail：＿＿＿＿＿＿＿＿＿＿＿＿＿＿＿＿＿＿＿＿＿＿＿